FREDRIK SKAGEN

# Der stumme Zeuge

Das Buch

Seit der Fertigstellung einer großen Hotelanlage in der Nachbarschaft wird das Überleben für den Motelbesitzer Ferdinand Krogh immer schwieriger. Seine finanzielle Lage scheint aussichtslos. Da wird er zufällig Zeuge eines Gesprächs zwischen einem Hotelgast und dem Finanzberater Mesner, einem flüchtigen Bekannten. Die beiden Männer planen einen Überfall auf einen Geldtransporter. Ferdinand Krogh kann die Tat beobachten und beginnt daraufhin, einen der Drahtzieher zu erpressen. Krogh ahnt nicht, dass sein Spiel durchschaut wird und er in tödlicher Gefahr schwebt.

Der Autor

Fredrik Skagen ist einer der erfolgreichsten skandinavischen Autoren überhaupt. Seine zahlreichen Romane und Kinderbücher wurden vielfach preisgekrönt.

Im Diana Verlag erschienen: *Schwarz vor Augen*, *Weiße Spuren*, *Im Sog der Nacht* und *Das dritte Opfer*.

# FREDRIK SKAGEN

# Der stumme Zeuge

Roman

Aus dem Norwegischen
von Knut Krüger

Diana Verlag

Titel der Originalausgabe
SKRIK

Redaktion: Ralf Dürr

Deutsche Erstausgabe 09/2004

Printed in Germany 2004
Umschlagillustration und -gestaltung: Hauptmann
und Kampa Werbeagentur, München – Zürich, unter
Verwendung eines Ausschnitts des Gemäldes SUMMER
EVENING von Edward Hopper, 1947 © Whitney
Museum of Modern Art, New York
Satz: Wilhelm Heyne Verlag, München
Druck und Bindung: GGP Media GmbH, Pößneck
Gedruckt auf chlor- und säurefreiem Papier
ISBN: 3-453-87828-0
http://www.heyne.de

*Für Bo*

Über dem blauschwarzen Fjord hingen Wolken
wie blutrote Feuerzungen.
Meine Freunde gingen fort,
und allein,
zitternd vor Angst,
vernahm ich den großen Schrei der Natur.

*Edvard Munch, 1895*

# Sabotage

Niemand nimmt Notiz von dem Mann, der regungslos im Dunkeln verharrt, zwischen den undurchdringlichen Schatten der Bäume.

Autos schwenken auf den Hotelparkplatz ein. Türen schlagen, hohe Absätze klacken dem Eingang entgegen. Der Duft von Parfüm und Rasierwasser liegt in der Luft. Geschäftige, muntere Stimmen. Flatternde Mäntel, die in der Eile nicht zugeknöpft wurden. Freudige Erwartung und pochende Herzen. Ein Bedürfnis soll befriedigt werden: die Wiederbegegnung mit einer Zeit, die dem Publikum gehörte, das sich an diesem Abend einfindet. Eine wunderbare Periode, die nur mit Hilfe der richtigen Assoziationen, der richtigen Musik und der richtigen Sängerin zum Leben erweck werden kann. Ein Revival steht auf dem Programm.

Nachdem der letzte, verspätete Wagen eingetroffen ist, lässt der Mann weitere fünf Minuten verstreichen, ehe er aus dem Dunkel tritt. Er ist sich sicher, dass der Dirigent inzwischen den Taktstock gehoben und das Publikum in die richtige Stimmung versetzt hat.

In der rechten Hand hält er einen merkwürdigen

Gegenstand, der aussieht wie eine riesige Kneifzange. Die mechanische Kraftübertragung ist so groß, dass es nur eines einfachen Handgriffs bedarf, der keine besondere Muskelkraft erfordert. Die Zange ist so lang, dass er sich nicht einmal bücken muss. Rasch bewegt er sich von Wagen zu Wagen. Er hat ungefähr dreißig Sekunden für jedes Fahrzeug eingeplant, doch in der Praxis geht es viel schneller. In den ersten fünf Minuten schafft er siebzehn Fahrzeuge. Nach jedem Fahrzeug lässt er seinen Blick über den Parkplatz schweifen, um sich zu vergewissern, dass niemand in der Nähe ist. Sein Ziel ist es, sich jeden einzelnen Wagen vorzuknöpfen; dann wäre der Effekt am größten.

Währenddessen hat das Orchester bereits einen Sturm der Begeisterung entfacht. Das Publikum applaudiert frenetisch, als die in die Jahre gekommene Sängerin die Bühne betritt – einst war sie auf die Bühne geschwebt –, um ein paar Lieder aus der guten, alten Zeit zum Besten zu geben. Auf diesen Moment haben alle gewartet. Im schummrigen Saal entsteht eine Gemeinschaft, die allein dieser Generation vorbehalten ist. Nur die wenigsten haben bei dieser geballten Ladung Nostalgie zwiespältige Gefühle.

Der Mann auf dem Parkplatz wird nur zweimal gestört. Er muss sich ducken, als eine Frau, möglicherweise die Kartenverkäuferin, ihren Wagen holt. Gott sei Dank ist dieser noch unbeschadet. Dann muss er hinter einem *Jetline Metallic* in Deckung gehen, als ein älterer Herr von einem fetten Golden Retriever über den Asphalt gezogen wird. Von diesen Unterbrechungen abgesehen, arbeitet er eine geschlagene

Stunde im strömenden Regen, bis er fast alle der ungefähr dreihundert Fahrzeuge bewältigt hat.

Dann zieht er sich dorthin zurück, woher er gekommen war, zwischen die Bäume. Seine rechte Handfläche fühlt sich ein wenig taub an, die Haare kleben an seinem Kopf. Er geht zu seinem Fahrrad, klappt das Werkzeug zusammen und klemmt es auf den Gepäckträger. Der Abdruck der dünnen Reifen wird sofort vom Regen verwischt.

Nach Beendigung des denkwürdigen, von der staatlichen Ölgesellschaft wohlwollend gesponserten Konzerts suchen manche Zuhörer die Hotelbar auf, um noch einige Zeit in Erinnerungen zu schwelgen. Der Großteil des Publikums strömt jedoch auf den Parkplatz hinaus. Die Handflächen sind immer noch warm nach dem lang anhaltenden stehenden Applaus. Da der Regen nicht nachgelassen hat, steigen alle ohne Umschweife in ihre Fahrzeuge – und erleben eine unangenehme Überraschung:

Die Motoren ihrer teuren Autos verweigern den Dienst.

Die Anlasser surren, als handele es sich um wütende, gefangene Wespen. Hier und da folgt auf das Surren ein dumpfer Knall, doch keiner der Motoren will richtig starten. Dann steigen die Fahrer wieder aus und sehen sich ebenso verwundert wie ungehalten um. Einer ahnt, was hier los ist, und geht hinter seinem Wagen mit eingeschalteter Taschenlampe in die Hocke. Er entdeckt, dass das Ende des Auspuffrohrs flach zusammengedrückt ist, wie eine Zahnpastatube. Es dauert nicht lange, bis die anderen Fahrer an ihren

Autos dasselbe feststellen. Nicht betroffen sind lediglich fünf elektronisch betriebene Wagen, die triumphierend vom Parkplatz rollen.

Die Irritation der anderen schlägt um in blinde Wut. Oder wie es eine Tageszeitung am nächsten Tag so treffend formulierte: *Die Gemüter gerieten zunehmend in Wallung*. Die herbeigerufenen Feuerwehrleute arbeiten bis Mitternacht mit Eisensägen und anderen Werkzeugen daran, die Auspuffrohre wieder zu öffnen.

Das Ereignis ist so außergewöhnlich, dass der staatliche norwegische Nachrichtensender sowohl im Radio als auch im Fernsehen darüber berichtet. Die Reporter spekulieren über die möglichen Motive des kollektiven Sabotageakts. Wer mag dahinter stecken? Jugendliche Rowdys oder militante Umweltschützer? Die polizeilichen Ermittlungen laufen, doch niemand hat etwas gehört oder gesehen. Von den unbekannten Tätern fehlt jede Spur.

Solche und ähnliche Aktionen geschehen immer wieder, heute oder morgen, früher oder später. So, wie sich die Dinge entwickelt haben, ist das wohl unvermeidlich.

# Fish & Chips

Ferdinand wollte gerade Feierabend machen, als er durch die Scheibe einen kräftigen Mann erblickte, der mit wehendem Mantel aus seinem roten Sportwagen stieg.

Etwas an seinem Gesicht, vielleicht das markante Kinn im Neonlicht, löste bei Ferdinand ein Alarmsignal aus, eine unangenehme Erinnerung, die er am liebsten in den hintersten Winkel seines Gedächtnisses verbannt hätte. Er wusste nicht, was genau ihn so beunruhigte, doch verursachten solch vage Assoziationen stets ein flaues Gefühl in seinem Magen. Statt aufzustehen, blieb er unbeweglich am Schreibtisch sitzen. Leute, die aus ihren Autos stiegen, waren für Ferdinand der alltäglichste Anblick der Welt, doch er hatte das Gefühl, dass der Mann weder tanken noch nach einem Zimmer für die Nacht fragen wollte.

Im Fenster sah er den Widerschein der grünen Leuchtreklame, die er vor drei Jahren installiert hatte: BELLEVUE BENZIN & HOTEL. Zu seinem Leidwesen war das Schild von der neuen Straße aus nicht zu erkennen.

Er lauschte. Die Tür zum Geschäftsraum war angelehnt, dumpfe Schritte näherten sich.

»Kann ich Ihnen helfen?«, hörte er Tore, der hinter der Ladentheke stand.

Keine Antwort. Der Mann steuerte offenbar direkt auf sein Büro zu. Ferdinand rollte mit seinem Bürostuhl zum PC hinüber, der immer noch angeschaltet war, und beugte sich über die Tastatur. Als er die Gestalt im Türrahmen ahnte, blickte er rasch vom Monitor auf und erhielt die endgültige Bestätigung. Er tat so, als sei er intensiv in seine Arbeit vertieft und wolle nicht gestört werden.

»Ja?«, sagte er zerstreut und zündete sich eine Zigarette an.

Der Mann im Wintermantel legte unbeirrt seinen Aktenkoffer mitten auf dem Schreibtisch ab, als wäre es sein eigener. Dann ließ er sich mit seinem altbekannten Raubtierlächeln auf dem Besucherstuhl nieder. Von vorne stach seine vorgeschobene Kinnpartie weniger ins Auge, doch seine stets geröteten Augen, die Ferdinand schon früher an eine hungrige Ratte erinnert hatten, ließen keinen Zweifel. Dass der Mann dreißig Jahre älter geworden war, spielte keine Rolle.

Für Ferdinand war er immer noch der furchteinflößende Boss, dessen Gunst man sich besser nicht verscherzte. Einige Male hatte er mit ihm gemeinsame Sache machen dürfen, und ein paar Brotkrumen aus seiner Hand hatten wie Konfekt geschmeckt.

»Na, wie geht's, Kleiner? Nein, äh, sag nichts ... lass mich nachdenken!« Nach wenigen Augenblicken klatschte er begeistert in die Hände. »Mücke, so haben wir dich genannt! Du hast dich überhaupt nicht verändert.«

Ferdinand rutschte unruhig hin und her. Er spürte, dass der Rauch seinen Hals austrocknete.

»Jetzt sag bloß nicht, dass du dich nicht erinnerst!«

»Ähm ...«

»Hinterste Reihe am Fenster.«

»Reidar?«

»Bingo! Reidar Vang, der Albtraum aller Lehrer.«

»Ich dachte, du wärst zur See gefahren.«

»Bin ich auch.«

»Und ... in Amerika geblieben ...« Ferdinand bemühte sich, einen Ton anzuschlagen, den der Boss verstand und akzeptierte. Er hatte dessen selbstbewusste Frechheit immer bewundert und seine eigene Unterwürfigkeit verabscheut.

Reidar entblößte erneut sein Gebiss, und Ferdinand wunderte sich, dass sich bis heute kein Zahnarzt seiner schiefen Zähne erbarmt hatte.

»Amerika? Spinnst du, Mücke? Auf dem Weg nach Newcastle bin ich seekrank geworden und dort von Bord gegangen. Ich hab direkt neben dem Fußballstadion einen Stand gehabt, *Fish and Chips*, das erste und einzige Fiasko meines Lebens.«

»Und was machst du jetzt?«

»Ich handle immer noch mit Chips, aber von der richtigen Sorte. Hab zufällig deinen Namen auf einer Liste potentieller Kunden gesehen. Ferdinand Krogh, dachte ich, gibt's den auch noch? Also hab ich mich gleich auf die Socken gemacht. Dachte, ich muss meinem alten Kumpel doch ein gutes Angebot machen.«

Also Verkäufer, dachte Ferdinand. Vertreter für Kartoffelchips in vier Geschmacksrichtungen. Reidar wirkte genauso aufgeräumt und unerträglich wie früher. Gab es wirklich Erwachsene, die auf seine billige Masche hereinfielen? Er selbst hatte sich seinerzeit damit abgefunden, Mücke genannt zu werden – seine Freunde meinten es ja nicht böse –, doch jetzt, nach so vielen Jahren, brannte das Wort wie eine Ohrfeige. Er hatte alle Schikanen und Erniedrigungen seiner Kindheit in den hintersten Winkel seines Kopfes verbannt, aber der Boss erweckte sie wieder zum Leben.

»Ich muss gleich weg.«

»Du wirst doch wohl ein bisschen Zeit haben, um über die guten, alten Zeiten zu quatschen.«

»Ein anderes Mal.« Ferdinand hatte wirklich etwas vor, scheute sich aber, Reidar davon zu erzählen. Der würde sich kaputtlachen, wenn er hörte, dass Ferdinand zu einem Vortrag der Organisation STOP wollte.

»Pech für dich, dass dein Laden jetzt auf der falschen Straßenseite liegt. Ich hätte dich fast nicht gefunden.« Die Rattenaugen blitzten.

»Ach, viele schneien hier zufällig rein, außerdem habe ich meine Stammgäste.«

»Ich könnte drauf wetten, dass immer weniger Gäste kommen. Gib's zu, Mücke. Das *Bellevue* ist in der Krise, weil die Kunden ausbleiben. Du brauchst eine rettende Geschäftsidee.«

»Überhaupt nicht.«

»Du hast dich wirklich kein bisschen verändert. Wirst rot, sobald dich jemand anspricht. Ich werde nie deine knallrote Birne vergessen, als Gudrun dich damals aufgefordert hat! Du weißt doch, die blasse Bohnenstange mit den strähnigen Haaren. Was aus der wohl geworden ist ...?«

Die herabsetzende Beschreibung verschlug Ferdinand die Sprache.

»Herrgott, wie unbeholfen ihr über die Tanzfläche gestolpert seid ...«

Das Schlimmste war, dass Reidar Recht hatte.

»Danach hast du dich in eine Ecke verkrochen.«

»Verkrochen?«, quakte Ferdinand mit belegter Stimme.

»Hätte ich auch gemacht an deiner Stelle. War ja nicht gerade die schärfste Tussi in der Klasse.«

Während sich der Boss über sein vorstehendes Kinn strich, spürte Ferdinand, wie seine Kiefermuskeln sich verhärteten. *Was aus der wohl geworden ist?* Wie würde Reidar reagieren, wenn er ihm erzählte, dass er mit dieser Gudrun verheiratet war, sogar glücklich verheiratet?

Er schaltete den Computer aus. Am liebsten hätte er den Mann vor die Tür gesetzt, doch dazu fehlte ihm der Mut. Reidar war der Stärkste in der Klasse gewesen. Ferdinand legte seine Zigarette auf dem Aschenbecher ab und stand auf. Er wollte demonstrieren, dass *er* hier das Sagen hatte.

Doch sein Gast hatte den Finger zielsicher in die Wunde gelegt, so, wie früher. Wie konnte er nur wissen, dass ...

Statt sich zu verabschieden, öffnete Reidar mit breitem Grinsen seinen Aktenkoffer. »Ja, das waren Zeiten, Mücke! Aber jetzt schau dir an, was ich dir mitgebracht habe, um deinen Laden wieder in Schwung zu bringen. Ein paar hundertprozentige Knüller fürs Weihnachtsgeschäft! Diesen Beeper, zum Beispiel.«

Er zeigte ihm einen kleinen schwarzen Gegenstand, doch Ferdinand schüttelte energisch den Kopf. »Für Signalgeber interessieren sich meine Kunden nun wirklich nicht.«

»Du könntest selbst einen brauchen, damit deine Angestellten dich jederzeit erreichen können.«

»Mein einziger Angestellter weiß, wo er mich erreichen kann.«

»Okay, okay. Wer sich versteckt, muss selbst die Konsequenzen tragen.«

Reidar legte den Beeper in den Koffer zurück. Dann präsentierte er ihm einen flachen, weißen Gegenstand, der kleiner war als eine Visitenkarte. »Wie wär's damit? Ein kleiner, handlicher Artikel, der dir eine Reihe von Fragen beantwortet. Was glaubst du, was das ist?«

»Ein Reflektor, den man an der Kleidung befestigen kann. Die sind doch seit Jahren aus der Mode gekommen.«

»Jeder kann sich mal irren, sagte der Igel, als er von der Schuhbürste hinunterkroch. Ja, es sieht aus wie ein Rückstrahler, aber es leuchtet nicht im Dunkeln. Sagte ich nicht, dass ich immer noch mit Chips handele? Ich gehe jetzt zu meinem Auto. Wenn du siehst, dass ich mich reingesetzt habe, hältst du das Ding an dein Ohr und drückst auf den Knopf.«

»Ach, Reidar, ich mache mir nichts aus Spielereien.«

»Dauert nur eine Minute.«

Ferdinand setzte sich wieder hin und beobachtete Reidar, der gemächlich zu seinem Wagen schlenderte. Sein ganzer Auftritt hatte etwas Unwirkliches. Unversehens war er mit einem Abschnitt seines Lebens konfrontiert worden, den er am liebsten für alle Zeit vergessen hätte. Erröte ich immer noch? Ferdinand wusste, dass er ihn hinauswerfen und ihm klipp und klar zu verstehen geben sollte, dass er keine Zeit für ihn habe und mit Typen wie ihm keinen Umgang pflege. Doch alles, was er zustande brachte, waren ein trockener Hals und verhärtete Kiefermuskeln. Binnen weniger Minuten hatte ihm der Boss ein paar Faustschläge versetzt und mitten ins Schwarze getroffen. Genau wie in alten Tagen. Reidar war ein Experte darin, wenn es galt, Menschen dort zu treffen, wo es richtig wehtat. Und für einen Gegenangriff fehlte ihm der Mumm. Mental befand er sich in derselben Situation wie vor dreißig Jahren. Nichts hatte sich verändert.

Als er sah, wie sein ehemaliger Mitschüler auf dem Fahrersitz Platz nahm, legte er gehorsam das flache Plättchen an sein Ohr und drückte auf den winzigen Knopf. In der nächsten Sekunde hörte er eine Stimme. Sie gehörte zweifelsfrei Reidar, obwohl sie einen hohen, metallischen Klang hatte.

*»Hast du dich noch nie gefragt, worüber deine Angestellten reden, wenn du nicht in der Nähe bist? Was sich Freunde hinter deinem Rücken erzählen? Sehr lehrreiches und nützliches Wissen, Mücke. Mit diesem Wissen kannst du deine nächsten Schritte planen und bist immer derjenige, der die Kontrolle hat ...«*

Er blickte verstohlen zum Wagen hinüber, ahnte die Umrisse des Mannes hinter dem Steuer. Für einen Augenblick ahnte er auch die Tragweite der angedeuteten Möglichkeiten.

*»Wenn du mich verstanden hast, dann heb jetzt deinen Arm.«*

Ferdinand hob den Arm und stand erneut auf. Dann winkte er Reidar zu sich. Jetzt war das Maß voll. Er würde ihm beweisen, dass er kein ängstlicher Tölpel und die Schulzeit längst vorbei war.

»Praktische Sache, was?«, sagte Reidar und stellte grinsend sein Gebiss zur Schau. »Du hast mich gehört, aber ich konnte dich nicht hören.«

»Ich glaube nicht ...«

»Alles, was du brauchst, sind zwei Chips. Der weiße ist der Empfänger, und dies ist der Sender.«

Als er ein kleines blaues Plättchen auf den Tisch legte, entgegnete Ferdinand unverblümt, dass er weder Freunde noch Feinde bespitzeln wolle.

»Der Preis ist sensationell. Die Batterien kosten mehr als das ganze Gerät, aber dafür halten sie auch mehrere Monate.«

»Das kann doch unmöglich legal sein.«

»Aber natürlich ist das legal. Gilt offiziell als Scherzartikel. Ist alles überprüft und anerkannt.«

»Nein, danke. Ich muss jetzt zumachen. Es war nett ... sehr nett, dich gesprochen zu haben.«

Reidar schüttelte lächelnd den Kopf. »Mensch, Mücke, du bist wirklich genauso schwer von Begriff wie früher. Hier biete ich dir etwas an, das dein Leben verändern kann, und du lehnst einfach ab.«

Er öffnete den Aktenkoffer und reichte ihm eine Broschüre. Ferdinand nahm sie mechanisch entgegen.

»Weißt du, was ich mache, alter Freund?«, sagte Reidar und schnippte mit den Fingern. »Ich gebe dir noch eine Chance, aus alter Verbundenheit sozusagen. Behalte die beiden Chips für eine Weile und denk über das Angebot nach. In einer Woche bin ich wieder in der Gegend. Dann schaue ich vorbei und erkundige mich, ob du zufrieden bist. Der Einkaufspreis ist ein Witz, trotzdem bekommst du einen Superrabatt. Denk aber dran, dass der Vorrat nicht unbegrenzt ist.«

»Ehrlich gesagt, Reidar, bin ich nicht besonders begeistert ...«

»Aber deine Kunden werden es sein, jede Wette!«

»Tja ...«

»Und sonst? Alles so weit in Ordnung?«

»Ja, danke.«

»Gratuliere, da geht's dir besser als den meisten. Immer schön Kurs halten, wie Gabrielsen sagte – na, du weißt doch, unser alter Pauker. Mensch, hat der dich fertig gemacht, als er den Fischgestank bemerkte ... ach, lassen wir das.«

Plötzlich schien Reidar Vang aufzugehen, dass er den Bogen überspannt hatte. Er nahm den Koffer und ging auf die Tür zu. Doch bevor er verschwand, drehte er sich noch einmal um. »Also in einer Woche. Probier die Chips aus, und du wirst sehen, dass sich dein Leben verändert.«

Er hörte noch, wie Reidar ein paar Worte mit Tore wechselte, bevor er mit einer Zeitung unter dem Arm zu seinem Wagen spazierte. Er stieg ein, wendete den

Wagen und rollte vom Tankstellengelände. Seine Visitenkarte sowie die beiden Plättchen, die auf dem Tisch lagen, bezeugten, dass sein Besuch kein Hirngespinst gewesen war.

Vertreter? Wie konnte sich Reidar nur einbilden, einem früheren Mitschüler seine Waren verkaufen zu können, wenn er ihn fortwährend beleidigte? Hätte der Drecksack hier übernachten wollen, hätte Ferdinand ausnahmsweise so getan, als seien alle Zimmer belegt. Denn es wäre nicht schwer zu erraten gewesen, wie der Abend in diesem Fall verlaufen wäre. Reidar hätte ihn genötigt, die nächste Hotelbar anzusteuern, um ihn unablässig mit seinen alten Erinnerungen zu peinigen. In Gedanken sah er Reidars ungläubiges Gesicht, sein vorgeschobenes Kinn und die amüsierten Rattenaugen, wenn er ihm erzählt hätte, mit wem er verheiratet war.

*Mit Gudrun? Mach mich nicht schwach, Mücke!*

Er schämte sich seiner eigenen Feigheit. Schämte sich darüber, dass er es nicht einmal gewagt hatte, den Namen seiner Ehefrau auszusprechen. Er hätte Gudrun holen sollen, um Reidar zu zeigen, dass sie keine strähnigen Haare mehr hatte. Um ihm zu beweisen, dass sie eine Frau war, derer man sich nicht schämen musste.

Was ihn jedoch am meisten getroffen hatte, war Reidars Feststellung gewesen, das *Bellevue Benzin & Motel* liege in einem toten Winkel, der von niemand wahrgenommen würde.

Ferdinand ging in den Verkaufsraum, dessen Regale gefüllt waren mit Motoröl und Frostschutzmittel,

Scheibenwischern und Putzleder, Schokolade und Snacks. Tore Blix war zwanzig Jahre alt und langweilte sich hinter der Kasse. Die meiste Zeit blätterte er in Zeitschriften. Das klassische Bild eines Geschäfts, dem die Kundschaft fehlte. In zwei Stunden würde er die Tür hinter sich absperren und nach Hause radeln. Abgesehen von den Samstagen hatten sie immer bis sieben Uhr geöffnet.

»Ich mach Schluss für heute.«

Tore erschrak, machte aber keine Anstalten, etwas zu unternehmen, beispielsweise die Regale aufzuräumen. Im Grunde war das auch nicht nötig. Alles war von vornherein in bester Ordnung, so, wie Ferdinand es verlangte. Außerdem brauchte Tore konkrete Anweisungen. Er war geistig ein wenig zurückgeblieben, sprach langsam und hatte Probleme, längere Wörter auszusprechen. Dafür war er zuverlässig – und anspruchslos, was seinen Lohn betraf.

Er nahm sich zwei Flaschen Bier und eine Schachtel Zigaretten, durchquerte das Büro und schlenderte den schmalen Gang an der Waschanlage entlang, der zur Rückseite des Gebäudes führte. Dort schloss er die Tür hinter sich ab und trat auf den asphaltierten Platz, der die Tankstelle vom Motel trennte. Obwohl der kalte Wind ihm ins Gesicht schlug, blieb er wie üblich kurz stehen und warf einen missbilligenden Blick nach links.

Hinter dem langen, künstlich angelegten Wall, der das Motel von der Autobahn abschirmte, sah er die Lichter des Einkaufszentrums *Soria Moria*. Noch vor drei Jahren war hier unberührte Natur gewesen. Als der Bau der Umgehungsstraße genehmigt wurde, hatten weder Gudrun noch er eine Beeinträchtigung des Geschäfts befürchtet. Der Vorsitzende des lokalen Fördervereins hatte gejubelt. Von nun an würde der kleine Ort wieder eine friedliche kleine Gemeinde sein, die vom stinkenden Durchgangsverkehr verschont bliebe. Doch als in unmittelbarer Nähe riesige Betontürme gen Himmel wuchsen, ahnten viele Gewerbetreibende Unheil.

STOP war die einzige Organisation, die gegen das Projekt zu Felde zog, doch offensichtlich ohne Erfolg. Die übrigen Einwohner hatten sich damit begnügt, die Baufortschritte kritisch zu beobachten, und gehofft, das Vorhaben würde ohnehin zum Scheitern verurteilt sein. Schließlich war es doch reiner Wahnsinn, ein Einkaufszentrum zu bauen, das so weit von der Stadt entfernt lag. Außerdem gab es im Ort jede Menge Einzelhandelsgeschäfte. Und wer, zum Kuckuck, sollte das riesige Hotel und eine weitere Tankstelle nutzen? Nein, es handelte sich um eine gigantische Fehlplanung, das war so sicher wie das Amen in der Kirche.

Aber die Investoren hatten offenbar genau gewusst, was sie taten. Das *Soria Moria* mitsamt den angeschlossenen Herrlichkeiten, die unter anderem einen Vergnügungspark sowie ein Hotel mit Konzertsaal umfassten, war von Anfang an ein Publikumsmagnet gewesen. Die Leute strömten aus allen Richtungen herbei. Das Parkareal musste schon bald erweitert werden, was kein Problem war, denn angrenzenden Wald gab es mehr als genug. Selbst für die Menschen in der näheren Umgebung schien das neue Mehrzweckzentrum ein attraktives Ziel zu sein. Doch die Hoffnung der ortsansässigen Unternehmer auf eine stimulierende Wirkung für die gesamte Region erfüllte sich nicht. Darüber hinaus ließen viele Einheimische ihre alten Geschäfte im Stich und machten ihre Einkäufe stattdessen im *Soria Moria*, selbst jene, denen das Projekt stets ein Dorn im Auge gewesen war.

Gleichzeitig wurde der Zusammenhalt im Ort geschwächt. Einzig der Sportverein, der Bridgeklub und die lokale Sektion von STOP blieben unbeeinträchtigt. Letztere war die einzige Organisation, die, nicht ganz unerwartet, einen vermehrten Zulauf verzeichnete.

Ferdinand bereute zutiefst, dass er vor ein paar Jahren das Angebot abgelehnt hatte, die neue Tankstelle neben dem *Soria Moria* zu übernehmen. Auch Gudrun, die das Motel betrieb, hatte davon nichts wissen wollen. Geblendet von ihrem mäßigen Erfolg als selbständige Unternehmer hatten sie die Zeichen der Zeit nicht erkannt.

Ferdinand spürte, dass sich seine Kiefermuskeln erneut anspannten. *Hier biete ich dir etwas an, das dein Leben verändern kann, und du lehnst einfach ab.*

Dass ausgerechnet Reidar ihn daran erinnert hatte, dass er dringend etwas unternehmen musste, ärgerte ihn maßlos.

# Ein Staubkorn im Universum

Das Gebäude hinter der Tankstelle war eine lange Baracke gewesen, die Ferdinand vor zehn Jahren umgebaut hatte. Der Seitenflügel des Motels hatte zwölf überdachte Eingänge mit separaten Parkplätzen. Von vorne betrachtet machte die Anlage einen soliden, wenn auch gewöhnlichen Eindruck. Erst wenn die Gäste die hell möblierten Zimmer betraten und die prachtvolle Aussicht auf den Fjord bemerkten, begriffen sie, warum das Motel *Bellevue* hieß. Hinter den großen Fenstern erstreckte sich eine lange Veranda, deren abgeschirmte Abschnitte zum Verweilen einluden.

Rechter Hand hinter dem Haupteingang befanden sich ihre Privatwohnung sowie eine bescheidene Rezeption mit ein paar Korbstühlen. Hinter der Rezeption lag der Frühstücksraum. Für diesen Bereich war Gudrun verantwortlich. Früher hatte sie Hilfe benötigt, um die Zimmer zu reinigen und die Bettwäsche zu wechseln, doch inzwischen bewältigte sie alles allein. Selbst im Sommer hatte sie keine Putzhilfe anstellen müssen. Das Motel hatte einen noch stärkeren

Umsatzeinbruch erlitten als die Tankstelle.

Als Ferdinand zur Tür hereinkam, registrierte er sofort, dass nur ein einziger Schlüssel am Schlüsselbrett fehlte. Dass außer ihrem eigenen Auto kein anderes Fahrzeug auf dem Parkplatz stand, hatte ihm bereits signalisiert, dass im Laufe des Nachmittags keine weiteren Gäste gekommen waren. Ihr einziger Gast war ein Sänger aus dem Süden des Landes, der in dieser Woche in der *Happy Bar* auftrat und kein Auto besaß. Dass er sich für das Motel entschieden hatte, lag vermutlich daran, dass die Preise des *Soria Moria*-Hotels seine finanziellen Möglichkeiten überstiegen. Doch selbst günstige Preise, Fernseher auf allen Zimmern und die fantastische Aussicht schienen die Menschen nicht zu verlocken, im *Bellevue* abzusteigen.

BITTE HIER KLINGELN stand auf dem Schild an der Rezeption. Im November waren nur sehr wenige Gäste dieser Aufforderung nachgekommen.

Gudrun saß am Wohnzimmerfenster, als er hereinkam. Sie legte ihr Strickzeug beiseite und schaute auf. »Hallo! Das Essen steht auf dem Herd.«

»Kommst du mit zur Versammlung?«

»Ach nein, ich möchte zu Hause sein, wenn Monica vom Fußballtraining kommt. Außerdem ...«

»Ja?« Ihre Haare glänzten im Schein der Lampe. Gudrun sah richtig hübsch aus. Wie konnte Reidar nur etwas anderes behaupten?

»Außerdem hat gerade ein Mann angerufen und für heute Nacht ein Zimmer reserviert.«

»Das sollten wir rot im Kalender ankreuzen.«

Der Nachteil am Motel war, dass abends immer jemand zu Hause sein musste. Monica war noch zu jung, um Gäste zu empfangen und ihnen ihre Zimmer zu zeigen.

Er ging in die Küche, legte die beiden Bierflaschen in den Kühlschrank, nahm den Kochtopf und stellte ihn auf den Küchentisch. Als er den Deckel abhob, stieg ihm der verführerische Duft eines frisch zubereiteten Risotto in die Nase. Dann hörte er hinter sich Gudruns Stimme.

»Bekomme ich keinen Kuss zur Begrüßung?«

»Entschuldige.« Er stand auf und spürte im nächsten Moment ihre Arme um seinen Hals. Erst kürzlich waren sie nach einem Streit übereingekommen, wie wichtig die körperliche Zuwendung in der Beziehung war. In Zukunft wollten sie beide darauf achten, sich zumindest kurz in den Arm zu nehmen, wenn sie sich begrüßten. Nun hatte er diesen Vorsatz bereits vergessen.

Sie nahm am anderen Ende des Küchentischs Platz. »Du warst mit deinen Gedanken woanders.«

Ferdinand schaufelte sich Risotto auf den Teller. »Stimmt!«

»Ich habe es dir angesehen.«

»Kannst du dich noch an das Schulfest erinnern, als du mich zum Tanzen aufgefordert hast?«, fragte er langsam.

»Ja, natürlich. Wie kommst du jetzt darauf?«

»Ach, nur so.«

»Du warst damals nicht gerade begeistert.«

»Ich hab mir bloß nichts anmerken lassen. In Wirklichkeit hatte ich einen Ständer.«

Gudrun kicherte. »Das hast du mir noch nie erzählt.«

»Jetzt weißt du's.« Er fühlte sich plötzlich sicher und wusste, dass er nicht errötete. Sie passten gut zusammen, Gudrun und er. Wenn nur ihre finanzielle Situation nicht so angespannt wäre.

»Ist irgendwas passiert?«

»Nein, vielleicht bin ich deshalb so unruhig. Aber wir schaffen das schon.«

»Aber natürlich schaffen wir das. Ich hab mir bereits zwei Klavierschüler und einen Übernachtungsgast besorgt.«

»Großartig. Was habe *ich* heute zustande gebracht? Immerhin habe ich zweihundert Liter mehr Benzin verkauft als gestern.«

»Gratuliere.«

»Wie heißt er eigentlich?«, fragte er.

»Wer?«

»Na, unser Gast.«

»Smith, glaube ich. Er hat auf dem Handy angerufen.«

Hinterher, während sie Kaffee tranken, fragte er sich, warum er so fürchtete, bei dem Gast könne es sich um Reidar Vang handeln. Er war doch auf dem Weg nach Norden, fort von ihnen.

»Ich glaube, wir kriegen Schnee«, sagte sie.

Er hob den Kopf und warf einen Blick aus dem Fenster. Vielleicht hatte sie Recht. Der Mond über dem blanken Fjord hatte einen diesigen Hof. Schnee wäre ihm willkommen. Schnee würde ihn auf andere Gedanken bringen, ihm neue Kunden bescheren – Leute, die ihre Reifen wechseln mussten.

Die Professorin kam aus der Stadt, hieß Margot Stjern, war um die vierzig und lehrte Biologie an der Universität. Gegen Ende ihres Vortrags versuchte sie zu verdeutlichen, was sie mit »Zeichen der Vergänglichkeit« gemeint hatte. Sie spähte über den Rand ihrer Brille und musterte das gemischte Publikum, das sich in der Bücherei eingefunden hatte. Dreißig Zuhörer waren für den kleinen Ort eine ganze Menge. STOP erfreute sich zunehmender Beliebtheit.

»Stellen Sie sich einen Spielfilm über die Entwicklung der Erde vor«, sagte sie.

Ferdinand gehörte zu denen, die sich aufrichteten und versuchten, der Aufforderung nachzukommen. Eigentlich hatte er hier nichts verloren, fühlte sich aber verpflichtet, auch einmal an solch einer Veranstaltung teilzunehmen. Warum hatte er von diesen Leuten nie etwas wissen wollen? Er hatte doch niemals versucht, sich mit ihren Argumenten auseinander zu setzen. Es war Gudrun gewesen, die ihn auf die Idee gebracht hatte. »Ich habe sie gestern im Radio gehört. Sie hat wirklich etwas zu sagen.«

»Der Film handelt von den vier Milliarden Jahren, die vergangen sind, seit die Oberfläche unserer Erde zu erkalten begann«, fuhr die Professorin ohne Manuskript fort. »Jetzt stellen Sie sich die gesamte Erdentwicklung komprimiert in *vier Stunden* vor. Im Film geschieht diese Entwicklung also zehn Millionen mal schneller als in Wirklichkeit. Können Sie sich das vorstellen?«

»Zehn Millionen ist eine gewaltige Zahl«, warf Jakob Måsvik ein. Der korpulente Bahnhofsvorsteher, der die lokale Sektion von STOP leitete, war ein notorischer Autogegner. Als Ferdinand hereingekommen war, hatte er verwundert die Brauen gehoben, ihn freundlich begrüßt und sich zufrieden seine rosigen Patschhändchen gerieben.

»Ganz Ihrer Meinung«, sagte Margot Stjern und nickte. »Aber so schnell muss der Film nun mal sein, damit sich das Publikum nicht zu Tode langweilt. In den ersten drei Stunden wird ohnehin nichts anderes geschehen, als dass sich gewaltige Bergmassive auftürmen und wieder zusammenfallen. Faszinierende Bilder, für anspruchsvolle Kinogänger auf die Dauer jedoch ziemlich langweilig.«

Das Publikum wurde munter, die Rednerin fuhr engagiert fort. »Schließlich beginnen die Zellen sich zu teilen, und Leben entsteht. Doch wenn die ersten Kriechtiere auf der Bildfläche erscheinen, dauert der Film nur noch *zehn Minuten*. Kurz vor seinem Ende sterben schlagartig alle Dinosaurier aus und werden von Säugetieren und Vögeln ersetzt. Gebirge wie der Himalaja und die Alpen entstehen. Der Film dauert nur noch wenige Sekunden, als die ersten menschlichen Wesen aus ihren Höhlen kriechen und auf der Suche nach Nahrung in die Sonne blinzeln.«

Sie machte eine kleine Pause. Worauf wollte sie hinaus? Alle außer Kriminalhauptkommissar Knut Hatling schienen aufmerksam zuzuhören. Ferdinand fand es ein wenig peinlich, dass ausgerechnet sein Freund, der Polizist, eingenickt war.

»Erst während der letzten drei Sekunden des Films geschieht das, was wir gemeinhin als Prähistorie der

Erde bezeichnen. Jetzt verläuft die Entwicklung mit einer rasanten Geschwindigkeit; vom Publikum ist noch einmal höchste Konzentration gefordert. Im Laufe dieser wenigen Sekunden, die schneller vergehen, als ich sie beschreiben kann, finden enorme Klimaschwankungen statt. Viermal wird Nordeuropa von gewaltigen Eismassen bedeckt. Und dann ...«

Ferdinand hielt den Atem an.

»... ganz am Ende des vierstündigen Films spielt sich die Geschichte der Menschheit ab. Die letzten 6000 Jahre sind im Film nur eine kurze Sequenz. Dem Bild der Cheopspyramide folgt unmittelbar die Explosion der Atombombe, und natürlich ist es den Zuschauern nicht möglich, im Bruchteil einer Sekunde den Unterschied zwischen Henry Fords T-Modell und unseren heutigen, von Robotern gefertigten Familienautos wahrzunehmen. Der Film ist zu Ende.«

Die Rednerin ließ ihre Worte auf die Zuhörer wirken. Die erste Reaktion kam von Jakob Måsvik.

»Ich glaube, diesen Film würde ich mir kein zweites Mal anschauen.«

»Das glaube ich Ihnen gern, aber eigentlich wollte ich auf etwas anderes hinaus. Ich wollte Ihnen demonstrieren, dass unsere moderne Zivilisation, nehmen wir die letzten hundert Jahre, in der Erdgeschichte nur eine unfassbare kurze Zeitspanne beansprucht. Eine Zeitspanne allerdings, die für die Zukunft unseres Planeten von entscheidender Bedeutung ist. Auf die Länge des Spielfilms übertragen, haben die Menschen in der letzten Tausendstel Sekunde die Lebensgrundlagen weitgehend zerstört, die in den vorangegangenen vier Stunden aufgebaut wurden.«

»Tausendstel Sekunde?«, erwiderte Måsvik ungläubig.

Margot Stjern lächelte. »Anders ausgedrückt: Wenn wir nicht schnell lernen, unsere zerstörerischen Kräfte zu bändigen, wird unsere großartige Zivilisation ein jähes Ende nehmen und nicht mehr gewesen sein als ein Staubkorn in der Geschichte des Universums.«

Was für eine düstere Prognose, dachte Ferdinand und schaute sich um. Er kannte die meisten Zuhörer, fragte sich jedoch, wer das Paar in der hintersten Reihe war – ein Mann und eine Frau in verschlissener Kleidung, beide Anfang dreißig, die sich an den Händen hielten.

»Doch wer will schon wahrhaben, dass wir Menschen nur eine unbedeutende Episode in der Geschichte des Kosmos sein werden und dass all unser Streben darauf hinausläuft, uns selbst zu zerstören? Der Homo sapiens – ein gescheiterter Versuch der Natur, der sich so schnell nicht wiederholen wird.«

Hatlings kantiger Schädel mit dem Borstenschnitt war an Ferdinands Schulter gesunken. Ferdinand stieß ihn in die Seite. Der Polizist war einfach chronisch müde.

»Noch irgendwelche Fragen?« Die Rednerin spähte über den Rand ihrer Brille.

Da dies nicht der Fall war, dankte Måsvik ihr für den »fundierten und anregenden Vortrag« und überreichte Margot Stjern unter Küssen und Umarmungen einen Blumenstrauß. Hinterher, bei Kaffee und Kuchen, saß Ferdinand direkt neben ihr.

»Meinen Sie nicht, dass Ihre Prognosen etwas zu pessimistisch sind?«

»Ich fühle mich ausschließlich der Wahrheit verpflichtet. Außerdem macht mir die Entwicklung, die wir nehmen, wirklich Angst. Und wir sollten alles daransetzen, den Politikern klar zu machen, dass es fünf Minuten vor zwölf ist.« Die klaren Augen hinter der Brille blickten ihn durchdringend an.

»Angst kann auch lähmen«, entgegnete Ferdinand.

»Da haben Sie leider Recht.«

»Was kann der Einzelne schon gegen die internationalen Großkonzerne ausrichten?«

Margot Stjern lächelte. Ein wenig arrogant, fand Ferdinand. »Ich habe gehofft, das wäre aus meinem Vortrag hervorgegangen. Wir müssen bei uns selbst anfangen und die Ratschläge einer Organisation wie STOP beherzigen, statt weiter an dem Ast zu sägen, auf dem wir sitzen.«

»Wenn ich kein Benzin mehr verkaufe, werden es andere tun.«

»Das stimmt natürlich. Aber irgendjemand muss beginnen.«

»Ich habe aber keinen anderen Job, den ich ausüben könnte.«

Knut Hatling, der an der anderen Seite des Tisches saß, erwachte zum Leben und beugte sich vor. Er und Ferdinand waren die einzigen Anwesenden, die den Aktionen von STOP mitunter kritisch gegenüberstanden. »Sagen Sie, Frau Stjern, verteidigen Sie wirklich die militanten Aktionen, die STOP im Ausland durchgeführt hat?«

»Im Großen und Ganzen ja. Vor allem, weil ich sie nicht als militant empfinde. Diese Aktionen sind der Ausdruck einer tief empfundenen Angst vieler Menschen.«

Der Polizist schüttelte den Kopf. »Sicher, nur müsste es möglich sein, diese Angst auf zivilisierte Weise zum Ausdruck zu bringen. In einer Demokratie müssen nun mal gewisse Spielregeln eingehalten werden.«

»Die letzten zwanzig, dreißig Jahre haben leider gezeigt, dass diese Spielregeln nicht ausreichen.«

»Vor ein paar Wochen haben Kriminelle auf dem Parkplatz vor dem *Soria Moria*-Hotel die Auspuffrohre sämtlicher Autos zusammengeklemmt. Wollen Sie solchen Vandalismus etwa verteidigen?«

Margot Stjern sah den Polizisten ernst an. »Wenn die Aktion geeignet ist, die Leute aufzuschrecken und aus ihrer Lethargie zu reißen, dann ist meine Antwort ja.«

»Auch wenn Mitglieder von STOP dahinter stecken sollten?«

»Das bezweifle ich. Mir ist nicht bekannt, dass so etwas in Norwegen geplant ist – vorläufig zumindest nicht.«

»Vorläufig?«, schnaubte Hatling. »Hier geht es um eine schwerwiegende Sachbeschädigung, und Sie reden von ...«

»Immer mehr Menschen begreifen, worauf sich unser Wohlstand gründet und wie es um unsere Gesellschaft bestellt ist. Man muss nur die Augen öffnen und sich umschauen.«

In diesem Augenblick richtete Måsvik seinen dicken Zeigefinger auf den Polizisten. »Wenn Sie nur gekommen sind, weil Sie jemand von uns verdächtigen, die Autos beschädigt zu haben, sollten Sie das offen sagen!«

Ferdinand erhob sich rasch und bedankte sich für den Abend. Er missbilligte das Verhalten beider Parteien. Er hasste Streit. Außerdem verspürte er das Bedürfnis nach einer Zigarette. Das Paar aus der letzten Reihe schloss sich ihm an. Sie hatten weder Kaffee getrunken noch an der Diskussion teilgenommen. Draußen sah er sie beide auf ihr Fahrrad steigen und in der Dunkelheit davonfahren.

Es hatte begonnen zu schneien. Mit hochgeschlagenem Mantelkragen und glühender Zigarette trat er den Heimweg an. Irgendwie fühlte er, dass er wichtige Anregungen bekommen hatte, fern von den Sorgen des Alltags. Fern? Der Biologin zufolge hing alles zusammen: Konsumgesellschaft, Umweltverschmutzung, Klimawandel, Naturkatastrophen und neue Krankheiten.

Mitten auf der Fußgängerbrücke, die über die Bahngleise führte, blieb er stehen. Mit den Augen folgte er dem Verlauf der Gleise in Richtung Süden, der Hauptstadt entgegen. Als Kind hatte er sich stets vorgestellt, gleich hinter der nächsten Kurve läge ein geheimnisvoller Ort. Inzwischen wusste er es besser, doch das Kribbeln in der Magengrube stellte sich immer noch ein. Gleich hinter der Kurve hatte er das große Abenteuer vermutet. Er warf die Zigarette weg; die Glut beschrieb einen leuchtenden Bogen in der

Luft, bevor sie erlosch. Ein Mini-Meteor. Ein Zeichen der Vergänglichkeit.

Als er die Hand auf das kalte Geländer legte, überkam ihn ein mulmiges Gefühl. Als er zehn Jahre alt gewesen war, hatten ihn zwei starke Jungen über das Geländer gehoben und gedroht, ihn fallen zu lassen, weil er sie bei ihrem Lehrer verpetzt hatte. Einer von ihnen war Reidar gewesen. Ferdinand verscheuchte die Gedanken und ging weiter.

Er liebte es, allein durch die spärlich bebaute Umgebung zu schlendern und über Gott und die Welt nachzudenken. Vielleicht sollte er wieder zu joggen anfangen. Er war schließlich erst fünfundvierzig.

Dann erblickte er die grüne Leuchtreklame auf dem Dach der Tankstelle. BELLEVUE BENZIN & MOTEL. Würde er aus dem Dunkel herausfinden, wenn dort die Lichter ausgingen?

# Soria Moria

Gewisse Besorgungen ließen sich in dem kleinen Ort nicht mehr erledigen. Viele Geschäfte hatten ihr Warensortiment reduziert, waren Pleite gegangen oder umgezogen. Letzteres galt auch für das Postamt und die Bankfiliale. Trotz wütender Proteste und Unterschriftensammlungen hatten sie ihre alten Geschäftsräume hinter dem Bahnhof aufgegeben und waren ins *Soria Moria* umgezogen. Sie wollten dort ansässig sein, wo ihre Kunden auch einkauften.

Tatsächlich war in der Stadt nur ein einziges Lebensmittelgeschäft namens *Haugens kolonial* übrig geblieben, ein hoffnungslos altmodischer Laden, dessen Preise mit denen des gigantischen Supermarkts auf der anderen Seite der Umgehungsstraße einfach nicht konkurrieren konnten. Dort kauften nur noch die Leute ein, die ohnehin über eine bescheidene Kaufkraft verfügten – ältere Menschen und Personen, die sich kein Auto leisten konnten.

Am Morgen nach dem Vortrag von Margot Stjern fuhr Ferdinand zum *Soria Moria*. Sein Finanzberater logierte eine Etage über derjenigen, in der sich nun die

Post und die Bank befanden. Er hieß Jens Mesner, trug meist einen dunklen Anzug mit sepiafarbenem Schlips und faltete stets die Hände, wenn er seinen Besuchern nicht gerade Kaffee einschenkte. Ferdinand wusste, dass er mit Frau und Kindern am Ortsrand wohnte, hatte jedoch noch nie mit ihm persönlich gesprochen. Mesner hatte hübsche, beinahe keltische braune Augen, doch verriet sein Gesichtsausdruck eher professionelle Freundlichkeit als persönliche Herzlichkeit.

»An Ihrer Stelle, Herr Krogh«, sagte er nachdenklich, »würde ich alles verkaufen und an einem anderen Ort neu anfangen.«

Ferdinand zuckte die Schultern. »Diese Möglichkeit habe ich schon geprüft. Aber von der Summe, die mir letztes Jahr geboten wurde, wäre nach Tilgung der Schulden so gut wie nichts übrig geblieben.«

»Tja, es lässt sich nicht leugnen, dass Sie sich in einer schwierigen Situation befinden. Bei Ihrer Erfahrung in der Branche hätten Sie etwas vorausschauender sein sollen. Höchst bedauerlich, dass Sie die Möglichkeit nicht genutzt haben, schon vor ein paar Jahren hierher zu kommen.«

»Das bedaure ich selbst am meisten!«

»Entschuldigen Sie, aber vermutlich haben Sie gelernt, dass man nicht zögern darf, wenn sich plötzlich eine Chance bietet.«

»Können Sie mir nicht lieber erzählen, wie ich aus dieser Misere wieder herauskomme?«

Mesner überhörte den Vorwurf und löste die Hände voneinander. »Mehr Kaffee?«

»Nein, danke.« Ferdinand schaute aus dem Fenster. Sein Blick glitt an der monotonen Reihe der Geschäfte und Restaurants entlang. Das war absolut nicht seine Welt.

»Wenn Sie nicht verkaufen wollen, bleibt Ihnen nur die Möglichkeit, Ihre Geschäftstätigkeit zu verändern oder zu erweitern. Doch so, wie sich die Dinge in Ihrer Gegend entwickelt haben ...« – Mesner hätte ebenso gut behaupten können, er wohne am Ende der Welt –, »... wird es das Beste sein, Ihr Kreditinstitut um ein neues Darlehen zu bitten. In diesem Fall müssen Sie natürlich ein überzeugendes Konzept vorlegen.«

Konzept, dachte Ferdinand. Faselten diese Bankleute nicht stets von Konzepten, wenn sie keine genauen Vorstellungen besaßen?

»Anders ausgedrückt, Herr Krogh: Sie müssen sich etwas wirklich Neues, etwas Bahnbrechendes einfallen lassen.«

»Ich verstehe.«

»Etwas, das richtig Eindruck macht.«

»Stimmt.«

»Etwas, das die Leute in Scharen zu Ihnen treibt.«

»Sie sagen es.«

»Aber das ist wohl kein Kinderspiel.«

»Nein.«

Der Finanzberater hatte diese Floskeln offenbar nur gewählt, um Ferdinand vor Augen zu halten, wie utopisch dieser Anspruch war. Seine Hände nahmen wieder ihre Grundstellung ein – gefaltet.

Ferdinand machte Anstalten, sich zu erheben.

»Die dritte Möglichkeit«, sagte Mesner, »besteht

darin, den Status quo so gut es geht aufrechtzuerhalten und auf eine neue Chance zu warten.«

»Meine Frau und ich können uns kaum noch das Essen leisten.«

»Tja, dann sollten Sie vielleicht die Möglichkeit in Erwägung ziehen, unser neues Kreditprogramm namens GAME in Anspruch zu nehmen. Die Zinsen sind hoch, gewiss, doch wenn Sie zu den monatlichen Gewinnern gehören, werden Ihnen die Schulden erlassen.«

»Ist das Ihr Ernst? Die Gewinnchancen sind gleich null.«

»Stimmt, aber wahrscheinlich gehen Sie auch Pleite, wenn Sie es nicht versuchen.«

»Ich dachte, Sie wären ein seriöser Finanzberater«, entgegnete Ferdinand verärgert. Noch bevor sein Gegenüber etwas erwidern konnte, war Ferdinand verschwunden.

Kurz darauf befand er sich in einem der vier Cafés des Einkaufszentrums. Er saß in einer ruhigen Ecke und musterte das Lokal.

Er musste zugeben, dass es ihm gefiel. Warme Farben, angenehme Musik und eine entspannte Atmosphäre. Es stimmte einfach nicht, wenn Leute wie Jakob Måsvik das Einkaufszentrum als menschenfeindlichen Ort bezeichneten, als ausgeklügelte Einrichtung, die nur dazu diente, den Leuten das Geld aus der Tasche zu ziehen. Wenn er mit Gudrun über dieses Thema sprach, waren sie sich in ihrer ablehnenden Haltung schnell einig, doch wenn er in Ruhe darüber nachdachte, musste er sich eingestehen, dass ihm dieser Ort gar nicht so zuwider war. Vielleicht, weil hier ständig etwas passierte.

Er angelte sich eine weitere Zigarette aus der Schachtel und zündete sie an. Der Ausblick vom *Bellevue* war natürlich von unvergleichlicher Schönheit, doch irritierend gleichförmig. Kein Wunder, dass die Leute hierher kamen, wo eine ausgelassene Stimmung herrschte und man stets Freunde und Bekannte traf.

*Pech für dich, dass dein Laden jetzt auf der falschen Straßenseite liegt.*

Reidars Feststellung schmerzte noch immer. Dann erinnerte er sich daran, dass er hier war, um auf Ideen zu kommen. Um sich inspirieren zu lassen. Das Gespräch mit Mesner hätte er sich sparen können. Es hatte ihm nur erneut seine aussichtslose Lage vor Augen geführt. Heute Abend musste er ein weiteres Mal mit Gudrun darüber reden. Endlose Grübeleien und Neid auf die anderen, die es geschafft hatten, brachten ihn auch nicht weiter.

Er musste endlich handeln. Vermutlich wäre es das Beste, alles zu verkaufen, den kargen Gewinn einzustreichen und woanders neu anzufangen. Aber er würde sich nicht so weit erniedrigen, bei der *Soria Moria*-Tankstelle um einen Job zu bitten.

Er leerte seine Kaffeetasse, verließ das Café und nahm die prall gefüllten Regale des größten Supermarkts in Augenschein, dessen Obst- und Gemüseabteilung an einen botanischen Garten erinnerte. Alles war so delikat und fantasievoll präsentiert, dass es große Willenskraft erforderte, einem Einkauf zu widerstehen. Dennoch war offensichtlich, dass die Preise relativ niedrig waren. Ein Jahr vor der Eröffnung des Einkaufszentrums hatte es einen Wettbewerb um den besten Namen für den zukünftigen Supermarkt gegeben. Einzige Bedingung war gewesen, dass die Zahl 2000 dazugehören sollte, um den Anbruch in ein neues Zeitalter zu demonstrieren. CASH 2000 und CHEAP 2000 waren in die engere Wahl gekommen, doch im Zuge der Bestrebungen, das Englische in der Alltagssprache zurückzudrängen, hatte RÄUBERKAUF 2000 schließlich das Rennen gemacht.

Schwachsinn, meinten die einen. Perfekt, meinten die Betreiber und behielten Recht. Selbst Ferdinand musste zugeben, dass ihr Konzept voll aufgegangen war.

Wie zum Beispiel die Idee der ständigen Gewinnspiele. Natürlich hatten sie die Idee aus dem Ausland, aber das machte sie nicht schlechter.

Eines der Gewinnspiele lief darauf hinaus, dass jeder zweitausendste Kunde gratis einkaufen durfte – ganz gleich, ob es sich um einen großen oder um einen kleinen Einkauf handelte. Hin und wieder ertönte an einer der Kassen eine schmetternde Fanfare, gefolgt von einer durchdringenden Lautsprecherstimme, die verkündete, dass ein bestimmter Kunde seine Rechnung nicht zu bezahlen brauchte.

*»Was für ein Räuberkauf! Das nächste Mal könnten Sie der Glückliche sein!«*

Für Reue war es zu spät, falls man nur ein paar Zwiebeln oder eine Packung Spaghetti im Einkaufswagen hatte.

Mit ein bisschen Glück konnte man auch RÄUBER DES MONATS werden. Die Kunden mussten nur die nummerierten Kassenzettel aufbewahren. Jeden Monat wurde ein Gewinner gezogen. Wer den richtigen Bon vorweisen konnte, durfte sich mit Waren im Wert von 20.000 Kronen versorgen. Kurz vor Weihnachten wurde auf entsprechende Weise der RÄUBER DES JAHRES gekürt, dem die stolze Summe von 200.000 Kronen zufiel. Es ließ sich nicht leugnen, dass RÄUBERKAUF 2000 eine Methode entwickelt hatte, stets neue Kunden anzulocken. Ein Besuch in diesem Supermarkt hatte hohen Unterhaltungswert, und am spannendsten war der Moment, in dem man sich den Kassen näherte. Auf der anderen Seite der Umgehungsstraße mussten sich die Kunden von *Haugens kolonial* mit zunehmend knauserigen Angeboten für 3-Liter-Eimer mit Marmelade oder tiefgefrorene Chicken Wings zufrieden geben.

Weder Ferdinand noch Gudrun hatten je gewonnen, aber das lag sicher daran, dass sie so selten im *Soria Moria* einkauften. Als er die Kasse erreichte, hatte Ferdinand ein Pfund Bananen, ein Stück dänische Leberwurst und ein englisches Fußballmagazin für Monica im Wagen. Eigentlich hatte er gar nichts einkaufen wollen.

Als er sein Portemonnaie zückte, ertönte wie üblich keine Fanfare, und als er den riesigen Supermarkt mit dem schmerzlichen Gefühl einer Niederlage verließ, hatte dieses Gefühl nichts damit zu tun, dass er für seine Waren hatte bezahlen müssen. Draußen schlug ihm ein kalter Wind entgegen.

Er hatte sein Auto im Parkabschnitt C vor dem Hotel abgestellt und wollte gerade die Tür aufschließen, als ihm die Frau auffiel, die neben ihm aus dem Wagen stieg. Er kannte das Gesicht. Es handelte sich um die Referentin des gestrigen Abends, Margot Stjern.

Er grüßte mit verwundertem Blick. Selbst bei Frau Stjern schienen Theorie und Praxis zwei Paar Schuhe zu sein. Eine Frau, die Vorträge bei STOP hielt, sollte jedenfalls keine unnötige Autofahrt unternehmen, um bei *Soria Moria* einzukaufen. Als könne sie seine Gedanken lesen, spähte sie lächelnd über den Rand ihrer Brille und deutete in Richtung Hoteleingang.

»Ich nehme an einer Konferenz teil.«

»Ach, wenn das so ist ...«, erwiderte Ferdinand und hoffte, nicht zu erröten.

»Aber Sie scheinen wohl keine andere Wahl zu haben.«

»Nein, bald gibt's im Ort nur noch Imbissbuden.«

Ziemlich attraktive Frau, dachte Ferdinand, als er im Auto saß. Ein hübsches Gesicht, viel hübscher als Gudruns. Natürlich konnte sie sehr belehrend sein, doch er bewunderte intelligente, selbstsichere Frauen, noch dazu, wenn sie Sinn für Humor hatten. Er hätte sich gern über so vieles mit ihr unterhalten. Wäre er doch nur ein gleichwertiger Gesprächspartner.

Er ärgerte sich über seinen allgegenwärtigen Minderwertigkeitskomplex. Warum hatte er nach dem Abitur nicht studiert? Biologie, zum Beispiel. Biotechnik, Ökologie – es gab so viele Fächer, die ihn interessierten und eine Zukunft hatten. Auch seine Mutter hatte ihn stets ermahnt, seine Fähigkeiten nicht zu vergeuden. Stattdessen war er in genau der Sackgasse gelandet, vor der ihn so viele gewarnt hatten.

Die Ausfahrt war so eingerichtet, dass alle Autos, die aus nördlicher Richtung kamen, am *Soria Moria* vorbeifahren mussten. Von dort aus führte ein Tunnel unter der Autobahn hindurch direkt in den Ort. Als hätte man von Anfang an geplant, die kleine Stadt zu isolieren. Einer der Architekten hatte dies eingeräumt. Er sagte, er sehe seine Aufgabe darin, Oasen der Ruhe in einer hektischen Welt zu schaffen.

Als Ferdinand zum *Bellevue* zurückkam, war es bereits elf Uhr. Er stellte den Wagen wie üblich auf dem Parkplatz zwischen dem Motel und der Tankstelle ab. Ein Auto stand bereits dort, ein Ford Escort, der seine besten Jahre längst hinter sich hatte. Er gehörte dem Mann, der für die Nacht ein Zimmer reserviert hatte.

Ferdinand begegnete ihm vor der bescheidenen Rezeption, ein kleiner bärtiger Kerl mit Lederjacke und nicht allzu sauberer Hose.

»Guten Morgen! Haben Sie gut geschlafen?«

»Ja, danke«, brummte der Mann und ging nach draußen.

Die Tür zwischen dem Frühstücksraum und ihrer Privatküche stand offen. Gudrun deckte gerade den Frühstückstisch ab.

»Als der Typ endlich mit dem Frühstück fertig war, hatte er zehn Kronen zu wenig dabei«, seufzte sie.

Er erinnerte sich daran, ihr einen Kuss zu geben, und legte Bananen und Leberwurst in den Kühlschrank.

»Bananen gehören nicht in den Kühlschrank!«

»Sehr wohl, Madam. Gibt's sonst was Neues?«

»Monica ist schon nach Hause gekommen. Sie hatte in der Schule einen Anfall.«

»Wie gut, dass ich eine Zeitschrift für sie gekauft habe.«

Als Ferdinand sich dem Zimmer seiner Tochter näherte, vernahm er bereits das dumpfe Stampfen der Bässe. Vermutlich hörte sie wieder *Killing Time*, eine ihrer Lieblingsbands. Er klopfte an, bevor er die Tür öffnete. Psychedelische Lichtreflexe tanzten durch den Raum. Das konnte Monica in ihrem Zustand eigentlich nicht gut tun, aber sollte er ihr technische Effekte verbieten, die inzwischen zur Standardausstattung der meisten Jugendzimmer gehörten? Mit blassem Gesicht saß Monica kerzengerade auf ihrem Bett, während ihr jungenhafter Körper im Takt der Musik hin und her schwankte.

»Wie geht's dir?«, rief er.

»Schon besser.«

»Kannst du die Musik nicht etwas leiser stellen?«

Sie schüttelte den Kopf. Ihr Gesicht hellte sich auf, als er ihr das englische Fußballmagazin gab. Er hoffte insgeheim, dass ihre Englischkenntnisse davon profitierten. Monica war zwölf und spielte für ihr Leben gern Fußball. Ihr Trainer behauptete, sie habe ungewöhnlich gute technische Anlagen.

Zum Zeitpunkt von Monicas Geburt waren Ferdinand und Gudrun seit acht Jahren verheiratet, und weitere Kinder würden sie nicht bekommen. Irgendetwas mit Gudruns Gebärmutter war nicht in Ordnung. Als Monica auf die Welt kam, hatte der Arzt dies als kleines Wunder bezeichnet. Er hatte mit prä- und postnatalen Komplikationen gerechnet, doch beides erwies sich als Irrtum. Erst Jahre später begannen sie sich um Monicas Gesundheit zu sorgen. Aber ihre epilepsieähnlichen Anfälle waren nicht genetisch bedingt. Es handelte sich eher um eine Spielart des Pfalzmeyer-Syndroms – eine dieser rätselhaften Zivilisationskrankheiten, von denen so viele junge Menschen geplagt werden. Die Krankheit war nicht lebensbedrohlich, aber doch sehr beschwerlich, wenn die Symptome sich zeigten.

Fußball durfte sie weiterhin spielen. Ein körperlich anstrengendes Training war sogar von Vorteil, da Monicas Muskeln ansonsten die Tendenz hatten, sich zu versteifen – ein charakteristisches Kennzeichen des Pfalzmeyer-Syndroms. Das Problem war, dass die Anfälle jederzeit auftreten konnten, auch während eines Fußballspiels. »In die Nationalmannschaft werde ich nie kommen, Papa. Stell dir eine Stürmerin vor, die kurz vor dem Torschuss in Ohnmacht fällt!« Darüber konnten sie beide lachen, doch Ferdinand fragte sich mit umso größerer Angst, was geschehen konnte, wenn sie in ein paar Jahren hinter dem Steuer eines Autos sitzen würde. Zumindest bestand die Hoffnung, dass sich die Krankheit im Laufe der Jahre abschwächte.

»Hast du deine Tabletten genommen?«

»Was?«

»Die Tabletten!«

»Yes, Sir!«

Danach war sie so freundlich, auf die Fernbedienung zu drücken und den Ton abzustellen. Die Stille brachte sie einander näher.

»Ist es während des Unterrichts passiert?«

»Nein, in der Pause. Ein Lehrer hat mich nach Hause gebracht.«

Normalerweise beruhigte sich ihr Zittern nach einer halben Stunde wieder, was diesmal offensichtlich auch der Fall gewesen war.

»Bist du sicher, dass es dir gut geht?«

»Ja, Papa, ganz sicher. Und du, bist du sicher, dass es dir gut geht?«, äffte sie ihn nach.

»Ich denke schon«, entgegnete er.

»Warum passt du dann nicht auf deine Zapfsäulen auf?«

»Weil ich nach dir und Mama schauen wollte. Ich geh jetzt wieder rüber.«

»Okay. Und danke für die Zeitschrift.«

»Gern geschehen.«

Die Bässe stampften erneut los, noch ehe er die Tür hinter sich geschlossen hatte.

Als er sein Büro betrat, fiel sein Blick auf den Streifenwagen, der vor der Tür stand. Eigentlich hatte er versprochen, bis elf Uhr mit der Lackpflege fertig zu sein. Es war eine Schande, dass er die letzten Stammkunden vernachlässigte, die ihm noch geblieben waren. Hatling stand an der Theke und unterhielt sich mit Tore. Ferdinand ging zu ihnen.

»Bitte entschuldige, dass der Wagen noch nicht fertig ist, Knut.«

Der Hauptkommissar drehte sich zu ihm um und gab ihm gähnend den Autoschlüssel. »Spielt keine

Rolle, Hauptsache, der Wagen ist bis halb eins fertig. Fährst du ihn nachher zu uns rüber?« Mit »rüber« meinte er nicht das *Soria Moria*, sondern das örtliche Polizeirevier, das nur dreihundert Meter vom *Bellevue* entfernt lag. Solange Hatling etwas zu sagen hatte, kam ein Umzug dorthin nicht in Frage.

Ferdinand nickte. Im Büro ging er rasch die Post des Tages durch, musste schlucken, als er einige Rechnungen sah, die per Fax gekommen waren, zog seinen Overall an und ging hinaus zum Polizeiwagen. Als er ihn in die Werkstatthalle fuhr, bemerkte er, dass Hatling immer noch an der Kasse stand und mit Tore redete. Wie gut, dass er sich um seinen jungen Assistenten kümmerte. Bei Tore von einer Behinderung zu sprechen wäre übertrieben gewesen, aber er war ein Sonderling. Gutmütig, träge, ohne Freunde. Ferdinand bezahlte ihn mit Einverständnis des Sozialamts unter Tarif. Er hätte nie gewagt, ihm den Ölwechsel bei einem Streifenwagen anzuvertrauen.

Er erledigte den Ölwechsel in zehn Minuten, doch bei einer kurzen Überprüfung des Fahrgestells – er hatte die Anweisung, kleine Schäden sofort zu beheben – entdeckte er, dass ein Lager der Kardanwelle beschädigt war. Es dauerte fast eine halbe Stunde, es auszuwechseln. Dann fuhr er den Wagen aus der Halle, entledigte sich des Overalls und druckte eine Rechnung aus.

Er winkte Tore zu, setzte sich wieder in den Streifenwagen und lenkte ihn zu dem bescheidenen braunen Holzhaus gegenüber dem Bahnhof, dessen eine Hälfte den Ordnungshütern als Revier diente. In der anderen Hälfte hatte sich bis vor kurzem das Geschäft *Olsen Bok og Papir* befunden. Jetzt klebte am Fenster ein Zettel mit der Aufschrift »Zu vermieten«.

Als er aus dem Wagen stieg, erblickte er Jakob Måsviks gedrungene Gestalt, die in der neuen kohlschwarzen Uniform der Norwegischen Staatsbahn steckte. Er schien eine Inspektion der Gleise vorzunehmen. Vielleicht erwartete er einen der wenigen Züge, die immer noch an diesem Bahnhof anhielten. Ein Stück entfernt, auf Ferdinands Straßenseite, stellte Kaufmann Haugen gerade ein Plakatgestell auf die Straße – vermutlich ein Sonderangebot für Dosenananas.

Er ging zu Hatling hinein, der gerade mit seiner neuen rothaarigen Kollegin Kaffee trank. Ferdinand grüßte und legte den Schlüssel samt Rechnung auf den schmalen Tresen. Hatling streckte den Arm aus, angelte sich beides, studierte sorgsam die Rechnung und sagte grimmig: »Herrjemine, das ist ja der reinste Strafzettel!«

»Ich musste ein Lager der Kardanwelle austauschen.«

»Ohne diesen Pfundskerl wären wir völlig aufgeschmissen, Vibeke.«

Sie entgegnete nichts, lächelte Ferdinand aber auf eine Weise an, die ihn wünschen ließ, er wäre zwanzig Jahre jünger.

Hatling zeichnete die Rechnung ab. »Du könntest dich erkenntlich zeigen und uns ein Los abkaufen.«

»Ach, ich ...«

»Gib ihm ein Los, Vibeke. Der Hauptgewinn ist eine Urlaubsreise für zwei Personen. Stör dich nicht dran, dass Zypern draufsteht. Wegen der schrecklichen Epidemie dort unten haben wir das Reiseziel in Kreta geändert. Zwanzig Kronen, bitte.«

Ferdinand nahm zwei Münzen aus seinem Portemonnaie und begann mit der einen an der Rubbelfläche des Loses zu kratzen.

»Drei Uniformmützen, und ihr könnt die Koffer packen.«

»Hier sind nur zwei.«

»Tja, tut mir Leid.« Knut Hatling steckte die Münzen ein. »Übrigens würdest du uns einen großen Gefallen tun, wenn du im Moment die Augen offen hieltest. Bei Brekkelia wurden heute Nacht wieder dreißig Auspuffrohre zusammengedrückt.«

»Nach derselben Methode wie letztes Mal?«

»Sieht ganz so aus. Wieder Abdrücke einer Metallzange.«

»Könnte es sich um eine Art Schraubstock handeln?«

»Ja, möglicherweise. Experten vom Präsidium haben die Ermittlungen aufgenommen.«

»Gibt es auch für so etwas Experten?«

»Frag mich nicht, aber ich bin froh, dass sie den Job erledigen.«

»Scheint sich um radikale Autohasser zu handeln«, warf Vibeke ein.

»Im Gegenteil«, widersprach Hatling. »Ich habe Ferdinand Krogh im Verdacht, der hier neben uns steht, als könne er kein Wässerchen trüben.«

»Was ...?«

»Er braucht dringend Kunden. Das nächste Mal wird er bei allen Autos das Benzin abpumpen.«

»Sehr witzig ...«, entgegnete Ferdinand.

# Blinder Alarm

Wenn Ferdinand das Altersheim besuchte, hatte er stets das Gefühl, das normale Leben auf der Erde hinter sich zu lassen und eine Welt zu betreten, die ebenso deprimierend wie absurd war. Daran änderte auch die Tatsache nichts, dass sich die Gemeinde ihrer Alten und Kranken vorbildlich annahm und der Aufenthaltsraum mit seinen gemütlichen Sitzgruppen und frischen Blumen an die behagliche Lobby eines Sporthotels erinnerte.

Im Gegenteil. Je alltäglicher das Mobiliar, desto stärker empfand er die Diskrepanz. Der Anblick der alten, teils senilen Gestalten mit ihren offenen Mündern, den steifen Nacken und der pergamentartigen Haut erfüllte ihn mit einer Hilflosigkeit, die an Abscheu grenzte. Stumm und erstarrt saßen sie da mit ihren weißen Dauerwellen und schienen ihn vorwurfsvoll, wenn nicht gar gehässig anzublicken. Der Fernseher lief, doch niemand schien sich für den Bildschirm zu interessieren, auf dem spielende Teddybären zu sehen waren.

Eine Frau im Rollstuhl reckte das Kinn, als sie Ferdinand erblickte, und forderte ihn auf: »Komm und hilf mir!«

Ferdinand wusste von früheren Besuchen, dass sie diesen Satz ständig zu wiederholen pflegte. Er nickte ihr freundlich zu, ging jedoch zu seiner Mutter, die, mit dem Rücken zum Fernseher gewandt, in einem Sessel saß. Sie hasste den Aufenthaltsraum und empfand sich selbst weder als alt noch als pflegebedürftig. Ihre blassen Augen fixierten die Bahngleise vor dem Fenster. Sie hatte schon längst die Achtzig überschritten, war jedoch erst seit kurzem so wacklig auf den Beinen, dass sie einen Gehstuhl benutzen musste. Ferdinand beugte sich zu ihr hinunter und legte seine Wange an ihre. Die Berührung mit dem weichen Flaum ihrer Haut ließ ihn an schimmeligen Käse denken.

»Hallo, Mama.«

Sie erschrak, bevor ihre Augen kurz aufleuchteten. »Du?«

»Ich hatte doch versprochen, heute zu kommen«, sagte er, zog einen Stuhl zu ihr heran und setzte sich direkt neben sie. Sie benutzte ein Hörgerät, vergaß aber, die Batterien zu wechseln.

»Gut, denn hier ist wirklich eine Menge los!« Die Pralinenschachtel, die er ihr in die Hand drückte, beachtete sie nicht.

»Erzähl!«

»Die Polizei hätte längst hier sein sollen.«

»Warum das?«

»Die haben sich völlig geändert, und nicht zum Guten.«

»Wer?«

»Na, das Personal. Die Krankenschwestern warten nur darauf, bis sie uns ins Bett gesteckt haben, und dann werden hier wilde Partys gefeiert.« Die Mutter äußerte sich stets abfällig über das Pflegepersonal, was an ihrem Sinn für Humor jedoch nichts änderte.

»Sie wollen sich am Ende des Tages sicher nur ein wenig entspannen.«

»Und das beste Essen heben sie für sich selber auf. Ich hab's mehrmals gesehen, Ferdinand.«

Immer dieselbe Leier, dachte er niedergeschlagen. Stets derselbe Verdacht, die Pfleger hätten sich gegen die Alten verschworen und tuschelten hinter ihrem Rücken. Geduldig hatte er immer wieder versucht, sie aufzuheitern, hatte ihr gesagt, sie rede sich alles nur ein, und ihr erklärt, dass auch die Angestellten nur Menschen waren.

»Ich sage dir, das ist ein Komplott!«

»Also jetzt reicht's aber, Mama!«

»Wenn du längere Zeit hier wärst, dann wüsstest du, was ich meine. Ich hab alles aufgeschrieben.«

»Komm und hilf mir!«, hörte er hinter sich.

»Ich weiß, was du meinst, Mama, aber du irrst dich gewaltig. Die Leute, die hier arbeiten, wollen nur dein Bestes.«

»Was?«

»Ich sagte, dass du dich irrst.«

Sie packte seinen Unterarm. »Siehst du die da vorne, mit der hässlichen Brille?«

»Ja.«

»Die hat einen Röntgenblick. Die ist ein Spion.«

»Unsinn, die begreift doch gar nicht mehr, was um sie herum geschieht.«

»Hier kannst du niemandem trauen. Die klauen wie die Raben. Ach, Ferdinand, das ist alles so schrecklich.«

Er seufzte und tätschelte ihr die Schulter, als er sah, wie eine Träne über ihre eingefallene Wange lief. Es quälte ihn, dass sie ihre Umgebung so erlebte. Die Antidepressiva schienen nicht zu wirken. Und dann kamen sie, die unvermeidlichen Sätze. »Ich wünschte, ich wäre tot. Das ist doch kein Leben.«

Im Grunde war er derselben Meinung, zwang sich jedoch zu einem Lächeln. »Du hattest sicher einen schlechten Tag. Hast du beim Bingo verloren?«

»Ha, das Bingo haben sie abgesagt, angeblich wegen einer Besprechung. Die halten ständig ihre Besprechungen ab und überlegen, wie sie uns noch mehr erniedrigen können. Aber wenn wir Hilfe brauchen, lassen sie sich natürlich nicht blicken.«

Zumindest eines war positiv, dachte er. Sie besaß immer noch einen großen Wortschatz und formulierte ohne Fehl und Tadel. Und war es nicht möglich, dass ihre Klagen doch einen wahren Kern hatten? Dass die Angestellten hin und wieder ihre Arbeit vernachlässigten und allzu lieblos mit den Alten umsprangen?

»Komm und hilf mir!«

Ein Mädchen mit blauer Schürze betrat den Raum. Sie kümmerte sich nicht um die Frau im Rollstuhl, sondern schnappte sich einen anderen Rollstuhl, in dem ein kahlköpfiger alter Mann saß, der mit offenem Mund an die Decke starrte. »Zeit fürs Bett, Henrik.«

Als sie verschwunden waren, hob die Mutter die Stimme. »Hast du ihr Lächeln gesehen, Ferdinand?«

»Ja, ein süßes Mädchen.«

»Es war ein falsches, verlogenes Lächeln.«

»Überhaupt nicht. Du fantasierst.«

»Was?«

»Du fantasierst! Bildest dir Dinge ein. Dieses Altersheim ist eines der besten im gesamten Landkreis. Schau nur, wie schön sie gerade die Wände neu streichen.«

»Die Türrahmen sind grau und fleckig.«

»Das ist doch nur die Grundierung. Warte, bis sie fertig sind. Brauchst du noch etwas?«

»Ein neues Notizbuch. Es passiert so vieles, das ich festhalten muss. So vieles, was die Leute erfahren sollten. Du hast ja keine Ahnung, wie sie uns herumkommandieren!«

»Komm und hilf mir.«

Ferdinand seufzte. Er hatte gehofft, seine Mutter bei so guter Laune anzutreffen, dass er mit ihr über ein kleines Darlehen, vielleicht sogar eine vorzeitige Auszahlung seines Erbes sprechen konnte. Sie selbst hatte dies vor einiger Zeit vorgeschlagen, doch Ferdinand hatte abgelehnt. Das Thema war ihm peinlich gewesen, auch wenn sie einen Teil ihres Sparguthabens nicht für sich selbst benötigte. Außerdem hatte sie ihm für die Renovierung der Baracke bereits eine größere Summe vorgeschossen.

Doch jetzt stand er mit dem Rücken zur Wand. Er erblickte einen Aschenbecher und zündete sich eine Zigarette an.

»Du solltest nicht so viel rauchen, mein Junge.«

»Alles in allem geht es euch doch wirklich ausgezeichnet hier.«

»Dass du so reden kannst ...«

»Ich soll dich herzlich von Gudrun grüßen.«

»Sie ist viel öfter hier als du.«

Ferdinand erkannte die Möglichkeit, das Gespräch in die richtige Richtung zu lenken. »Weil sie mehr Zeit hat als ich. Es kommen immer weniger Gäste.«

»Was?«

Er beugte sich ihr entgegen, weil er seine finanziellen Probleme nicht vor der Allgemeinheit ausbreiten wollte. »Die meisten Zimmer stehen leer.«

»Siehst du, die schönen Zimmer mit Doppelbett, Dusche und WC stehen leer, und hier muss ich eine muffige Kammer mit einer Person teilen, die keine Gelegenheit auslässt, mich zu bestehlen! Da muss doch selbst dir klar werden, wie krank das System ist.«

»Schon, aber ...«

»Wäre es zu viel verlangt, wenn ich eines eurer leeren Zimmer beziehen würde, gegen Bezahlung natürlich?«

Ferdinand fühlte Verzweiflung in sich aufsteigen. »Mama, das geht einfach nicht. Du bist nicht mehr in der Lage, für dich selbst zu sorgen.«

»Komm und hilf mir.«

Die Mutter begann erneut zu weinen. »Wie könnt ihr mich nur in diesem Gefängnis lassen? Warum lasst ihr mich nicht einfach sterben?«

Sein Magen zog sich zusammen. Trotzdem versuchte er seine Mutter so gut es ging zu trösten. Er blieb noch zehn Minuten sitzen, redete ihr gut zu und streichelte ihre Wange. Nachdem er sich verabschiedet hatte, schaute er noch kurz beim Leiter des Altersheims vorbei. Nils Ramsjø war ein wenig älter als er, klein gewachsen, bescheiden und erfahren darin, die Alten auf ihrer letzten Etappe zu begleiten, wie er sich ausdrückte. Hin und wieder wehte die Flagge vor dem Altersheim auf Halbmast.

Als wäre Ramsjø mit dem Tod nicht schon genug konfrontiert, hatte er vor ein paar Jahren seinen einzigen Sohn verloren – was bei seiner Frau zu schweren Depressionen geführt hatte. Auf dem Heimweg von einer Party war er von einem rücksichtslosen Autofahrer, der anschließend Fahrerflucht beging, einfach über den Haufen gefahren worden. Die ohnehin psychisch labile Frau Ramsjø war daraufhin völlig zusammengebrochen und musste nach wie vor einen Großteil ihrer Zeit in einer psychiatrischen Klinik verbringen. Falls Nils Ramsjø einen Groll gegen jemand hegte, musste es Hatling sein, der damals geschworen hatte, nicht zu ruhen, bis er den Täter geschnappt habe. Doch nach einer langen erfolglosen Fahndung war der Fall schließlich zu den Akten gelegt worden.

»Ich hoffe, meine Mutter bereitet Ihnen nicht zu viele Schwierigkeiten«, sagte Ferdinand förmlich.

»Aber ganz und gar nicht.«

»Gerade hat sie mir wieder erzählt, sie fühle sich wie in einem Gefängnis. Am Personal lässt sie auch kein gutes Haar.«

Auf Ramsjøs Lippen zeichnete sich ein flüchtiges

Lächeln ab, ehe er wieder ernst wurde. »Die typischen Anzeichen einer Depression.«

»Die vorübergehen wird?«

»Das hoffen wir. Natürlich kommen uns diese Wahnvorstellungen abstrus vor, aber Ihre Mutter empfindet alles ganz genau so, wie sie es Ihnen beschreibt. Wir versuchen sie durch Gespräche wieder aufzubauen und probieren es mit verschiedenen Medikamenten.«

»Ich danke Ihnen. Wenn's beruflich bei mir so weitergeht, dann kann ich mich selbst bald in Behandlung begeben.«

»Läuft die Tankstelle so schlecht?«

»Ja ... ziemlich.«

»Es ist wirklich eine Schande, dass das *Soria Moria* Ihr Geschäft so beeinträchtigt!« Die deutlichen Worte passten nicht zu Ramsjø. Normalerweise enthielt er sich jeder Kritik. »Dann sollte ich Sie vielleicht gar nicht fragen, ob Sie unser Altersheim unterstützen möchten, indem Sie mir ein oder zwei Lose abkaufen.«

»Was wollen Sie dafür anschaffen?«

»Ein Klavier. Der Gewinn, ein Obstkorb, hat eher symbolischen Charakter.«

»Selbstverständlich kaufe ich Ihnen zwei Lose ab.«

»Dann bekomme ich zwanzig Kronen.«

Während Ferdinand heimwärts spazierte, setzte der Schneefall wieder ein. Er dachte an etwas, das seine Mutter gesagt hatte. Wäre es nicht möglich, aus dem Motel ein privates Altersheim zu machen? *Bellevue* klang doch ziemlich ansprechend, und für wohlhabende ältere Menschen wie seine Mutter, die sich großzügige Einzelzimmer leisten konnten, wäre der Ort geradezu ideal. Alles auf einer Etage ...

Nein, Gudrun würde sich nie damit einverstanden erklären. Sie hatte sicher keine Ambitionen, sich rund um die Uhr um gebrechliche alte Leute zu kümmern. Auch er selbst würde es kaum ertragen, jeden Tag ein Schicksal vor Augen geführt zu bekommen, das sie früher oder später selbst erwartete. Und wo hatte es je eine Tankstelle mit angegliedertem Altersheim gegeben?

Bald *musste* er sich entscheiden. Die Tankstelle war am meisten gefährdet. Ein paar goldenen Jahren und Gudruns Einsatz war es zu verdanken, dass sie die Hypothek für das Motel beinahe abgetragen hatten. Doch seine Gläubiger saßen ihm im Nacken. Solange er pünktlich seine Ratenzahlungen leistete, blieben sie ihm wohlgesonnen, doch mittlerweile waren sie für ihn zu einer echten Bedrohung geworden. Die schönen Zeiten waren unwiderruflich vorbei. An entspannte Sommerferien oder andere Vergnügungen war nicht mehr zu denken. Zwei seiner Gläubiger hatten ihm ein Ultimatum bis Weihnachten gestellt, was er Gudrun verschwiegen hatte. Er wollte nicht, dass sie ein Leben der Sparsamkeit und des Verzichts führte, so tüchtig wie sie war. Er gönnte ihr ihre Freizeit und hatte es stets abgelehnt, wenn sie ihm angeboten hatte, Tores Stelle zu übernehmen. Denn selbst eine solche Lösung würde die Probleme nicht aus der Welt schaffen.

Darüber hinaus wollte er Monica aus diesen Dingen heraushalten. Sie sollte nicht erleben, dass jemand den Ast absägte, auf dem sie saß. Aber wie, zum Teufel, sollte das gelingen?

Als Ferdinand die Tankstelle erreichte, fiel ihm auf, dass mehrere Buchstaben der grünen Leuchtreklame erloschen waren. ... LEV ... BEN ... & MOTE war zu lesen. Das war so unsinnig, dass er unwillkürlich lächeln musste. Doch der Vorfall war symptomatisch für seine gesamte Situation. Er spürte ein Ziehen in der Magengrube, als er den Kassenraum betrat. Tore wollte gerade Feierabend machen.

»Hab's schon gesehen«, sagte Ferdinand rasch.

Er ging hinter die Kasse und öffnete den Sicherungskasten. Zu seiner Erleichterung sah er, dass nur eine der Sicherungen für die Leuchtreklame ihren Geist aufgegeben hatte. Er zeigte Tore, wie einfach es war, die Sicherung auszutauschen. Dieser nickte. Er hatte es ihm schon früher gezeigt, doch Tore fürchtete sich davor, einen Schlag zu bekommen.

»War sonst noch was?«

»Nein.« Sein junger Angestellter zog seine Jacke an und ging zur Tür.

Ferdinand überprüfte den Kassenbestand, als Tore noch mal hereinkam und freudig verkündete: »Jetzt leuchten alle Buch... Buchstaben wieder!«

»Schön.«

Er sah, wie Tore sein Fahrrad aufschloss und auf der dünnen Schneeschicht davonrollte. Ihm ging durch den Kopf, dass er nur noch wenige Sicherungen besaß.

Wie üblich nahm er das Bargeld mit hinüber in seine Wohnung, wo er es über Nacht in einem Safe einschloss. Zum Austausch von Zärtlichkeiten blieb ihm und Gudrun keine Zeit, denn im selben Moment, in dem er die Küche betrat, begann der Feuermelder an der Wand zu heulen.

»Nicht schon wieder«, seufzte sie. »Wolltest du nicht ...?«

Der Feuermelder in Zimmer Nummer zwei spielte schon seit langem verrückt. »Pass auf das Geld auf!«, sagte er, als er den Packen Banknoten auf den Tisch legte. Dann öffnete er die Tür zum Frühstücksraum, lief an der Rezeption vorbei und eilte nach draußen. Er hastete zum nächsten Eingang und stürzte ohne anzuklopfen in Zimmer Nummer zwei.

Der Rauch, der ihm entgegenschlug, stammte erwartungsgemäß von einer einzigen Zigarette, die der Sänger zwischen den Fingern hielt. Er stand auf einem Hocker und starrte verwundert auf den heulenden Feuermelder über seinem Kopf, unternahm jedoch nichts.

»Lassen Sie mich mal«, sagte Ferdinand und nahm seinen Platz ein. Als er auf einen kleinen Knopf drückte, verstummte der infernalische Lärm auf der Stelle, doch sobald er den Knopf losließ, brach er wieder los.

»Soll ich das Fenster aufmachen?«, schlug der Sänger vor.

»Gern, und vielleicht würden Sie auch die Zigarette ausdrücken.«

Der Sänger, ein hagerer Mann mit langem, blondem Pferdeschwanz, tat beides, und Ferdinand drückte erneut auf den Knopf. Während er ihn an seinem Platz hielt, begriff er, dass er nur etwas zwischen Knopf und Gehäuse klemmen musste, um das Gerät endgültig zum Verstummen zu bringen. Mit seiner freien Hand klopfte er sich auf die Jackentasche und spürte etwas Hartes, das ihm unbekannt vorkam. Dann zog er zwei kleine Gegenstände aus der Tasche und erinnerte sich. Es waren die beiden flachen Plättchen, die ihm Reidar Vang freundlicherweise überlassen hatte. Das kleinere blaue war für diesen Zweck perfekt geeignet.

Er wandte sich wieder zu seinem Gast. »Entschuldigen Sie bitte die Störung, aber jetzt sollte alles in Ordnung sein. Natürlich können Sie rauchen, so viel Sie mögen. Wollen Sie eine von meinen?«

Sie zündeten sich beide eine Nicotella an, und der Mann mit dem Pferdeschwanz erzählte, dass sein Engagement im *Soria Moria* in zwei Tagen beendet sei.

»Ist die *Happy Bar* gut besucht?«

»Ich kann nicht klagen. Hier ist jedenfalls sehr viel weniger los.«

»Vielleicht sollten wir Sie ebenfalls engagieren.«

»Warum nicht? Jedenfalls habe ich mir fest vorgenommen, einen Song über Feuermelder zu schreiben. Wissen Sie übrigens ...« – er warf einen skeptischen Blick an die Decke – »... was das Merkmal aller Zivilisation ist?«

Ferdinand schüttelte den Kopf.

»Geräusche«, sagte der Sänger.

# Klimawandel

Nach einer Woche unerwarteten Frosts war das Wetter Anfang Dezember wieder milder geworden. Eines Abends, die Fernsehnachrichten waren vorbei, füllte Ferdinand ein paar Lottoscheine aus. Er hatte beschlossen, die Karten auf den Tisch zu legen, wenn Gudrun, die mit drei Freundinnen im Theater war, nach Hause kam. Weihnachten näherte sich, und Ferdinand hatte keinen blassen Schimmer, wie sie ihre finanzielle Misere überwinden sollten.

»Glaubst du, dass Chelsea gegen Tottenham gewinnt?«, fragte er.

Monica saß vor dem Fernseher und schaute eine britische Reportage, die sich mit dem globalen Klimawandel beschäftigte. Nur wenn es um Fußball ging, durfte er sie ablenken.

»Ich denke schon.«

»Aber Tottenham spielt zu Hause.«

»Kommen doch sowieso beide aus London.«

Er war gerade mit dem Ausfüllen der Lottoscheine fertig, als sie einen Summton aus der Küche hörten. Diesmal handelte es sich nicht um den Feuermelder, sondern um die Rezeption. Der Summer ertönte so selten, dass er erschrak. Er stand sofort auf und verließ den Raum. An der Rezeption stand ein barhäuptiger Mann, der sich in den Dreißigern befinden musste und einen schwarzen Mantel trug. Er schaute Ferdinand abwartend an. Graue Augen, schüttere, zurückgekämmte Haare. Aus irgendeinem Grund kam Ferdinand der Gedanke, einen Wanderprediger vor sich zu haben.

»Willkommen im *Bellevue*.«

»Ich hätte gern ein Zimmer für diese Nacht. Am liebsten mit Telefon und Dusche.« Er sprach mit leichtem Østlandsdialekt.

Ferdinand erklärte, alle Zimmer seien mit Telefon und Dusche ausgestattet. Er bat den Mann, die Registrierkarte auszufüllen, und reichte ihm einen Stift. Aber dieser hatte bereits seinen eigenen in der Hand. Er schrieb rasch und routiniert, als sei das Ausfüllen von Registrierkarten eine alte Gewohnheit. Vielleicht war er Vertreter. Oder Bibelverkäufer.

»Wann möchten Sie frühstücken?«

»Kann ich mir das aussuchen?«

»Ja, das ist das Einfachste für uns, wenn wir nur wenige Gäste haben.« Oder überhaupt keinen Gast, hätte er hinzufügen sollen. Der Mann war natürlich der einzige.

»Dann bitte um neun.«

»Gerne. Wenn Sie heute Abend noch etwas essen wollen, kann ich Ihnen ein paar Sandwichs machen. Hier ist der Schlüssel. Eingang Nummer zwei.« Wegen des kurzen Abstands zum Boiler vermieteten sie dieses Zimmer immer zuerst. Dass sie die Nummer eins unberücksichtigt ließen, lag auch daran, dass die Schallisolierung zum Frühstücksraum sehr zu wünschen übrig ließ. »Wenn Sie einen Ölwechsel oder einen anderen Service für Ihr Auto wünschen, lassen Sie es mich wissen.«

Für einen Augenblick starrte ihn sein Gast verblüfft an. »Danke, das ist nicht notwendig.« Dann nahm er den Schlüssel und ging hinaus.

Ferdinand las seine Visitenkarte: *Adam Tofte. Kramsveien 4, Drammen.* Durch das Fenster sah er, wie Tofte sein Auto, einen Opel Scherzo, umparkte und direkt neben die Hausmauer stellte. Als Ferdinand wieder ins Wohnzimmer kam, hatte Monica den Fernseher ausgeschaltet.

»Roar hat gefragt, ob ihr ehrenamtlich beim Weihnachtsturnier mithelfen könnt.«

»Ja, natürlich, aber nicht gleichzeitig.«

»Vielleicht Pizza verkaufen.«

»Da sind wir Experten.«

»Außerdem wollte er wissen, ob du irgendeine Prämie für die Lotterie spenden könntest.«

Plötzlich spürte er, wie sein Kiefer sich verhärtete.

»Ein paar Autodecken vielleicht.«

»Glaubt dein Trainer etwa, dass ich jederzeit etwas zu verschenken hätte?«

»Ach, Papa, du weißt doch, dass der Verein nur wenig Geld hat.«

»Und was ist mit mir? Wie viel Geld habe ich?«

»Ist ja kein Zwang.«

»Da bin ich aber dankbar. Ich werde sehen, ob ich

irgendwelche Ladenhüter übrig habe.« Er trat an das große Fenster. Es war ein klarer Abend. Die Lichter, die er sah, wenn er zum Fjord hinunterblickte, leuchteten wie reife Orangen.

»Weißt du, was Dr. Kluge mir heute erzählt hat?«, fragte Monica. »Ausländische Wissenschaftler haben herausgefunden, dass meine Krankheit in einem milderen Klima vielleicht geheilt werden könnte.«

»Im Land, wo die Zitronen blühen.«

»Ja, zum Beispiel.«

»Vielleicht bezahlen sie dir eine Kur auf Zypern ... oder lieber auf Kreta. Auf Zypern grassiert doch diese schreckliche Epidemie.«

Er wandte sich vom Fenster ab und betrachtete seine Tochter. Sie hatte sich angewöhnt, ständig ein Stirnband zu tragen, ganz gleich, ob sie Fußball spielte oder nicht. Letzter Schrei waren Stirnbänder mit Leuchtfarbe.

»Ich will lieber nach Italien«, sagte Monica.

»Vielleicht hat Dr. Kluge Recht«, sagte er leise, »und wir sollten woanders hinziehen. Ich hätte nichts dagegen, irgendwo neu anzufangen.«

»Mama sagt, dass wir gegen das *Soria Moria* auf lange Sicht keine Chance haben.«

»Was würdest du denn tun, um mehr Kunden anzulocken?«

»Die Tankstelle zu einer Diskothek umbauen.«

»Ach, Monica, das war eine ernst gemeinte Frage.«

Nach einer Weile begriff er, dass er sie offenbar zu besorgt angesehen hatte, vielleicht hatte sogar ein Anflug von Verzweiflung in seinem Blick gelegen, denn sie schien verwirrt und zuckte schweigend die Schultern. Danach verschwand sie in ihrem Zimmer. Killing Time. Herrgott, sie war doch erst zwölf, und er erhoffte sich ihre Hilfe!

Er ging in die Küche und holte sich ein Bier.

Um kurz vor Mitternacht lag er auf dem Rücken. Gudrun war über ihm. Die Freundinnen hatten sich gemeinsam ein Taxi genommen und bei einer von ihnen noch etwas Wein getrunken. Er fragte sich, ob Gudruns überraschende Hemmungslosigkeit etwas mit der Theatervorstellung oder dem Wein zu tun hatte. Vielleicht lag es am Alter, an dem Wunsch, gewisse Dinge auszuprobieren, ehe es zu spät war. Er konnte sich an eine frühere Situation erinnern, in der sie beherzt die Initiative ergriffen hatte. Damals hatte sie ihn aufs Tanzparkett gezerrt. Aber Tanzen war etwas anderes als Sex.

»Das war der letzte Rest meines Lieblingsparfüms. Riechst du es?«, fragte sie ihn, als sie sich auszogen und sie ihn vergessen ließ, was er eigentlich mit ihr hatte besprechen wollen.

Der zauberhafte gelbliche Schimmer, der ins Schlafzimmer fiel, musste ein Widerschein der Wolken sein. Das weiche Licht schmeichelte ihrem Körper – und erregte ihn. Selbst ihr altbekanntes Schlafzimmer mit der in die Jahre gekommenen Kiefernholzverkleidung und dem soliden Einbauschrank schien sich in einen erotischen Raum voller Geheimnisse verwandelt zu haben.

Doch vor allem lag dies an Gudrun, die über ihm

kniete. Ihr lustvoll vibrierender Körper versetzte ihn in Erstaunen. Sie, die früher errötet war, wenn er ihren Körper begehrlich anblickte, ließ ihre Brüste vor seinen Augen auf und ab wippen. Sie lächelte sogar, als sie seinen Schwanz in sich einführte.

Er kam mit solch einer Lust, dass er die Zähne zusammenbeißen musste, um einen Schrei zu unterdrücken, der Monica hätte wecken können. *Die blasse Bohnenstange mit den strähnigen Haaren.*

Etwas später flüsterte er: »Das war ... einfach wunderbar.«

»Ich hatte so große Lust.«

»Können wir nicht öfter so ... ich meine, auf diese Weise ...«

»Schon ... wenn du willst.«

»Natürlich will ich!«

»Pst!«

Später konnte er nicht einschlafen. Er lauschte eine Weile ihrem ruhigen Atem und küsste sie sanft auf die Stirn. Dann schlich er sich aus dem Bett, ging ins Bad, duschte rasch und zog sich an. Leise holte er die Lottoscheine und ging nach draußen. Er fühlte sich wohl, als er über den nassen Asphalt schlenderte und die Tür zum Verkaufsraum aufschloss. Alles war dunkel und still. Im Büro schaltete er das Licht an und füllte Wasser in die Kaffeemaschine. Das Display über dem Schreibtisch zeigte ihm, dass nach Feierabend noch zwei Autofahrer den Tankautomaten drei benutzt und Super Plus getankt hatten.

Als er den PC hochfuhr, sah er durch die Scheibe zwei Frontlichter. Ein Auto rollte langsam an den

Zapfsäulen vorbei und bog um die Ecke. Ein weiterer Übernachtungsgast – um diese Uhrzeit? Mitternacht war schon lange vorüber. Der Haupteingang des Motels war abgeschlossen, doch gab es draußen eine weitere Klingel. Wenn diese benutzt wurde, klingelte es auch in seinem Büro im Tankstellengebäude.

Doch es blieb ruhig. Vermutlich war das Auto vorbeigefahren und befand sich auf dem Weg nach Brekkelia. Nachdem er sich einen Becher Kaffee eingeschenkt hatte, wollte er dennoch nach dem Rechten sehen, durchschritt den Gang, der an der Waschanlage vorbeiführte, öffnete vorsichtig die Tür auf den Hofplatz und blickte sich um.

Richtig, ein neues Auto war gekommen und hatte neben dem Opel Scherzo geparkt. Da vor dem Motel jedoch niemand zu sehen war, gab es nur eine Erklärung. Der Neuankömmling hatte beim einzigen Motelgast geklopft und war eingelassen worden. Adam Tofte aus Drammen hatte Besuch bekommen. Von einer Frau?

Nun ja, im Grunde ging ihn das nichts an.

Ferdinand dachte an Gudrun, während er ins Büro zurückging. Er wunderte sich immer noch über ihr Verhalten. Ihre Migräne raubte ihr oft jede Energie, machte sie gereizt und unzugänglich. Er sollte die schönen Momente mit ihr mehr zu schätzen wissen.

Er setzte sich an den Schreibtisch, nahm einen Schluck Kaffee und steckte seinen Lottoschein in den Leseapparat. Eine grüne Lampe leuchtete auf, und auf dem Display war folgende Nachricht zu lesen:

*Wir haben Ihren Lottoschein für die 49. Ziehung*

*entgegengenommen. Von Ihrem Konto werden vereinbarungsgemäß 80 Kronen abgebucht. Viel Glück! Ihre Norwegische Lottogesellschaft.*

Der Drucker spuckte eine gleichlautende Nachricht sowie eine Kopie des Lottoscheins aus. Er erinnerte sich an die Worte Margot Stjerns, die in ihrem Vortrag davon gesprochen hatte, dass es im reichen Norwegen inzwischen zum allgemeinen Lebensstil gehörte, sich Hoffnung auf Kredit zu kaufen – ein Narkotikum. Vermutlich hatte sie Recht. Aber das interessierte ihn jetzt nicht. Im Moment hatte er seine innere Ruhe gefunden und war von neuer Hoffnung erfüllt, auch wenn die Chancen mikroskopisch klein waren. Falls er diese Zuversicht Gudruns Liebkosungen zu verdanken hatte, dann störte ihn das keineswegs.

Er steckte sich eine Zigarette in den Mund und suchte vergeblich nach einem Feuerzeug. Aus seinen Taschen zog er einen kleinen weißen Gegenstand heraus. Mindestens zehn Tage waren seit Reidars unerwartetem Besuch vergangen; wahrscheinlich würde er den Boss nie wieder zu Gesicht bekommen. Er lächelte erleichtert, drückte unwillkürlich auf den kleinen Knopf an der Seite des Plättchens ... und traute seinen Ohren nicht:

*»Ob das bombensicher ist? Da kannst du dich drauf verlassen!«*

Ferdinand zuckte so heftig zusammen, dass er beinahe das Plättchen fallen gelassen hätte. Die Stimme hatte einen hellen, verzerrten Klang, daher hatte er zunächst geglaubt, die Stimme sei aus einem unsichtbaren Lautsprecher des Computers gekommen, von dem ihm niemand erzählt hatte. Doch als er den Rechner ausschaltete und das leise Brummen des Laufwerks verstummte, hörte er die eigentümliche Stimme noch deutlicher, vor allem, als er das weiße Plättchen ans Ohr hielt.

*»Ich sag dir was: So ein Ding hat hierzulande noch keiner gedreht!«*

Anfangs machten die Worte auf ihn weniger Eindruck als die Tatsache, dass Reidar Vangs Wunderartikel perfekt funktionierte. Dann erst erinnerte er sich daran, wo sich das blaue Plättchen befand, das aktiviert worden war, indem er auf das weiße Plättchen gedrückt hatte: unter der Decke, im Feuermelder von Zimmer zwei.

Er erhielt die endgültige Bestätigung, als eine zweite Stimme zu hören war, auch sie metallisch und hell – wie die eines Kastraten –, doch sie war ebenso laut und deutlich zu verstehen wie die erste.

*»Lass mich die Details hören.«*

Doch der schwache Østlandsdialekt verriet, dass es sich um Adam Tofte handeln musste, den Gast, der um neun Uhr sein Frühstück serviert haben wollte.

Natürlich, es war ein Spiel, ein Scherzartikel, wie der Boss sich ausgedrückt hatte. Dennoch hatte er sich nach einiger Zeit ein paar Stichworte notiert, die Reidar unmöglich vorher einprogrammiert haben konnte:

*Räuberkauf 2000*
*23. Dezember*

*Mindestens 5 Mio.*
*Banktransporter 21 Uhr*
*200 Meter*
*Container*
*Hühnerstall*

Er starrte auf seine rechte Hand, die den Stift hielt. Alles war sehr schnell gegangen, doch es ließ sich nicht leugnen, dass es seine eigene Schrift war.

Es dauerte einen Moment, bis ihm klar wurde, was er da gehört hatte, und noch immer misstraute er seiner Wahrnehmung. Dann war das Gespräch plötzlich vorbei. *»Ich melde mich, Artur.«* Danach erklang das Geräusch einer Tür, die geschlossen wurde. Er legte das Plättchen neben den Notizblock, wie in Trance.

Als er die Hintertür öffnete, bog der Wagen gerade um die Ecke. Er konnte sich nur noch die Buchstaben des Nummernschilds notieren. Es gehörte zu einem ziemlich neuen Mercedes.

Artur? Sein Gast hieß doch Adam.

Er kehrte in sein Büro zurück, zündete sich eine Zigarette an und studierte seine Notizen. Vor allem hatte der Mann gesprochen, den er nicht kannte – der nächtliche Besucher.

Er griff zum Telefon und tippte Hatlings Privatnummer ein. Die roten Zahlen der Digitaluhr über dem Schreibtisch zeigten 01.14. Er legte auf. Unnötig, den Kommissar mitten in der Nacht zu wecken.

Später gestand er sich ein, dass es weder die Uhrzeit war, die ihn von einem Anruf abgehalten hatte, noch die Tatsache, dass bis Weihnachten noch drei Wochen Zeit war. Er hatte den Anruf unterlassen, weil ihm die Stimme des fremden Mannes irgendwie bekannt vorgekommen war, auch wenn sie normalerweise sehr viel tiefer klang.

Und wenn er ganz ehrlich war, gab es noch einen weiteren Grund.

# Ein kurzfristiger Kredit

Obwohl Ferdinand schlecht und viel zu kurz geschlafen hatte, sagte er zu Gudrun, er fühle sich fit, als er wenige Minuten nach ihr aufstand. Das war auch nicht gelogen. Er fühlte sich wie elektrisiert, ohne sich über die Ursachen völlig im Klaren zu sein. Etwas war geschehen, und er wusste nicht, wohin es führen würde.

Gemeinsam verabschiedeten sie ihre Tochter, die sich auf den Schulweg machte, und nachdem er Gudrun eingedenk der leidenschaftlichen Nacht einen langen Kuss gegeben hatte, ging er zur Tankstelle hinüber. Es war zehn vor acht und immer noch dunkel, doch Tore war bereits gekommen, hatte den Kopfhörer seines Walkmans auf und schloss gerade sein Fahrrad ab. Ferdinand öffnete ihm die Tür und ließ ihn herein. Während sie Kaffee tranken, fragte Tore, ob es in Ordnung sei, wenn er gegen zwölf zum Zahnarzt ginge.

»Natürlich. Ich muss nachher mal kurz zum *Soria Moria*, bin aber rechtzeitig wieder da.«

»Mein Backenzahn tut weh.«

»In deinem Alter? Ich glaube, du trinkst zu viel Cola.«

»Mein Vater meint, ich esse zu viel Schokolade, aber beides stimmt nicht. Ich gebe mein ganzes Geld für CDs aus.«

Ferdinand nickte wohlwollend. Man konnte Tore in mancher Hinsicht als zurückgeblieben bezeichnen, aber seine Musikalität stand außer Frage. Gudrun hatte ihm vor Jahren Klavierunterricht gegeben, doch in puncto Jazzimprovisation schon bald nichts mehr beibringen können. Manchmal rief die *Happy Bar* an, um zu fragen, ob Tore bei ihnen spielen wolle – vielleicht auch, weil er so wenig dafür verlangte.

Um zehn nach neun ging Ferdinand zum Motel zurück.

Der Opel stand immer noch vor dem Gebäude, und als er den Frühstücksraum betrat, saß Tofte am einzigen gedeckten Tisch und ließ sich Eier und Speck schmecken. Gudrun hatte die Erfahrung gemacht, dass die meisten Gäste ein englisches Frühstück bevorzugten.

Der Mann mit den dünnen, zurückgekämmten Haaren blickte auf und nickte ihm kurz zu. Die Aura eines Wanderpredigers war nach wie vor vorhanden.

»Haben Sie gut geschlafen?«, fragte Ferdinand.

»Ja, danke.«

»Keine Beanstandungen?«

»Nicht im Geringsten.«

»Wir tun alles, damit sich unsere Gäste rundum wohl fühlen.«

»Dafür bin ich sehr dankbar«, entgegnete Tofte, der

zugänglicher wirkte als am gestrigen Abend. »Ich meide die einschlägigen Hotels. Ist auch billiger so.«

»Da haben Sie Recht.«

Ferdinand wusste nichts mehr zu sagen. Außerdem durfte er nicht so aufdringlich sein, dass sein Gast Verdacht schöpfte. Er wollte nur noch einmal seinen Østlandsdialekt hören und sich sein Gesicht einprägen. Sollte Hatling eines Tages eine genaue Personenbeschreibung von Tofte benötigen, wollte er ihn nicht enttäuschen.

Erst später, in der Küche, begriff er, dass er Tofte dieselbe Möglichkeit gegeben hatte. Auch Adam oder Artur Tofte, sofern einer dieser Vornamen der richtige war, dürfte von nun an keine Schwierigkeiten damit haben, das Aussehen des Tankstellenbesitzers Ferdinand Krogh zu beschreiben.

Gudrun gegenüber verlor er kein Wort, sondern sagte nur, er würde ein paar Stunden fort sein. Nachdem er sich hinter das Steuer gesetzt hatte, schaute er zu dem Opel Scherzo hinüber. Soweit er es beurteilen konnte, handelte es sich um das Vorjahresmodell, das mit einer ganzen Batterie von Frontscheinwerfern ausgestattet war. Nachdem er sich das Kennzeichen notiert hatte – es schien sich wirklich um eins aus Drammen zu handeln –, ließ er den Motor an und rollte vom Parkplatz.

Den dunklen Wolken zum Trotz, die tief über der Landschaft hingen, war es schon ziemlich hell geworden. Er stellte das Radio an. Als er gerade den Tunnel unter der Autobahn durchfahren hatte, meldete der Wetterbericht, der Orkan in Westnorwegen habe weitaus größere Schäden verursacht als zunächst vermutet. Mindestens drei Personen waren ums Leben gekommen, drei weitere wurden vermisst. Die gemessenen Windgeschwindigkeiten hatten alle Rekorde gebrochen.

Ferdinand parkte wie üblich im Abschnitt C, der sich direkt vor dem Hotel befand, blieb jedoch im Auto sitzen, um sich den Bericht über die Sturmschäden zu Ende anzuhören. Ein STOP verbundener Wissenschaftler sah einen weiteren Beweis für den vom Menschen verursachten Klimawandel und forderte sofortige politische Maßnahmen. Ein Meteorologe warnte hingegen vor übereilten Schlussfolgerungen. Er stimmte zu, dass derartige Orkane in dieser Region der Erde äußerst selten vorkämen, verwies jedoch darauf, dass es den Wetteraufzeichnungen zufolge schon ähnliche Windstärken gegeben haben musste, lange bevor man begann, systematische Geschwindigkeitsmessungen durchzuführen.

Das *Soria Moria* stand inzwischen vollkommen im Zeichen der Vorweihnachtszeit. Grüne Plastikgirlanden schmückten die Hotelfassade, vor dem Finanzzentrum bimmelten schimmernde Glöckchen. Er benutzte den Eingang neben der Post und nahm zu den Klängen von *Stille Nacht* die Rolltreppe in den ersten Stock.

Wie er vermutet hatte, war sein Finanzberater zu dieser frühen Stunde sofort zu sprechen. Jens Mesners Schlips zierten kleine Weihnachtsmänner. Wie beim letzten Mal saß er mit gefalteten Händen hinter seinem Schreibtisch und bot ihm einen Kaffee an. Ferdinand fragte, ob er sich stattdessen eine Zigarette anzünden dürfe.

»Lieber nicht, Herr Krogh. Ich bin allergisch gegen den Rauch. Bitte haben Sie Verständnis.«

»Aber natürlich. Ich wollte mit Ihnen noch einmal über mein Anliegen sprechen.«

»Würden Sie mir kurz auf die Sprünge helfen?«

»Es geht um das *Bellevue* ... den Rückgang der Kundschaft.« Ferdinand spürte ein Prickeln auf seinen Wangen und hoffte, dass er nicht errötete.

»Ach, ja, natürlich. Sind Sie auf neue Ideen gekommen?«

»Nein ... aber Sie deuteten die Möglichkeit eines Darlehens an ... im Rahmen Ihres neuen Kreditprogramms namens GAME.«

»Das ließe sich machen. Wie viel brauchen Sie?«

»Ich dachte an hunderttausend Kronen.«

Mesner lächelte. »Das sollte zumindest für die Weihnachtsgeschenke reichen. Außerdem haben Sie ja die Chance, Ihre Verbindlichkeiten auf einen Schlag loszuwerden. Ich meine, wenn Sie bei einer der Monatsziehungen gewinnen.«

»Ich betrachte das ohnehin als kurzfristigen Kredit, eine Art Zwischenfinanzierung.«

»Ja, lassen Sie uns davon ausgehen.« Er löste die Hände voneinander und reichte Ferdinand ein Formular. »Wenn der Betrag schon in den nächsten Tagen Ihrem Konto gutgeschrieben werden soll, dann füllen Sie bitte dieses Formular aus. Sind Sie sicher, dass Sie keinen Kaffee möchten?«

»Ganz sicher.«

Als Ferdinand mit dem Ausfüllen fertig war, betrachtete er Mesner, während dieser die Einträge überprüfte. Das glatte Gesicht zeigte keine Regung, nur hin und wieder zwinkerte er mit den braunen Augen.

»Bringt doch ein bisschen Spannung ins Leben, nicht wahr?«, sagte er schließlich, ehe er mit elegant geschwungenen Anfangsbuchstaben signierte. Dann faltete er erneut die Hände und beugte sich Ferdinand entgegen, als seien sie plötzlich freundschaftlich miteinander verbunden. »Siv hat mir erzählt, dass Monica beim letzten Training großartig in Form war.«

»Siv?«

»Meine Tochter. Eigentlich bin ich der Meinung, dass ihr Handball besser liegen würde. Für Fußball ist sie irgendwie nicht taff genug.«

»Schon möglich.« Ferdinand konnte sich an ein Mädchen namens Siv erinnern, er hatte jedoch nicht gewusst, dass sie Mesners Tochter war. In der Sporthalle hatte er ihn noch nie gesehen.

»Ich selbst spiele hauptsächlich Golf.«

»Aha.«

»Sie sollten auch mal mitkommen, im Sommer. Ein netter Sport in schöner Umgebung. Hübsche Mädchen gibt's auch ...« Er ließ den letzten Satz in der Luft hängen.

»Mal sehen ...« Ferdinand fühlte sich unwohl.

Die Rolltreppe führte ihn hinunter zum Postamt, wo er das Kundenterminal benutzte. Er gab Drammen und Tofte in die Suchmaske ein, fand jedoch weder einen Adam noch einen Artur. Bei den Postadressen stellte er fest, dass ein Kramsvei in Drammen gar nicht existierte. Er runzelte die Stirn und ging hinaus. Er zögerte kurz, ehe er sich unter das einzige Kunststoffdach stellte, das an der Wand befestigt war. Mit einem Mal kam er sich hoffnungslos altmodisch vor. Fast niemand, junge Leute schon gar nicht, benutzte heute noch Telefonzellen. Doch sein Handy war kaputt, und im Augenblick konnte er sich die teure Reparatur nicht leisten.

Er warf eine Münze ein und rief Hatling im Büro an. Eine Frauenstimme, wahrscheinlich Vibeke, meldete sich. Die neue Kollegin mit den feuerroten Haaren.

»Hier ist Ferdinand Krogh. Ist Knut zu sprechen?«

»Nein, der ist gerade unterwegs.«

»Könnten Sie vielleicht den Halter eines bestimmten Fahrzeugs für mich ermitteln? Ein Kunde von mir hat seine teuren Lederhandschuhe bei mir an der Kasse liegen lassen. Ich konnte mir gerade noch sein Kennzeichen notieren.«

»In Ordnung. Schießen Sie los.«

Während er diktierte, hörte er, wie sie die Buchstaben und Zahlen in den Computer eintippte. Er angelte sich eine Zigarette aus der Jackentasche und wartete. Als er sie sich in den Mund steckte, entdeckte er im selben Moment ein Schild mit der Aufschrift *Rauchen verboten*.

»Handelt es sich um einen Opel Scherzo?«, fragte Vibeke.

»Ja, genau.«

»Der Wagen ist auf einen Mann aus Oslo namens

Artur Barre zugelassen. Soll ich Ihnen seine Handynummer geben?«

»Das wäre sehr nett. Er wird sich bestimmt freuen, wenn ich ihn anrufe. Könnten Sie mir sicherheitshalber auch seine Adresse mitteilen? Wenn ich ihn telefonisch nicht erreiche, schicke ich ihm die Handschuhe mit der Post.«

Vibeke gab ihm alle Informationen, die er haben wollte. Dannevigsveien, Oslo.

Adam Tofte alias Artur Barre.

Er zitterte ein wenig und zündete sich eine Zigarette an, als er nach draußen kam. Er ging an der Fassade entlang, bog um die Ecke und betrat die Bankfiliale. Dort zeigte er den von Mesner unterschriebenen Kreditvertrag und musste fünf Minuten warten. Anschließend wurde er gebeten, seinen rechten Zeigefinger auf eine Glasplatte zu legen. Er tat es, worauf ein kurzer Lichtblitz aufleuchtete – die neueste Sicherheitsmaßnahme der Bank, um Missbrauch an Geldautomaten vorzubeugen. Er bekam eine so genannte *Sherlock Holmes Card* ausgehändigt. Wenn er die Karte in einen Automaten einführte, musste er zunächst seinen rechten Zeigefinger auf ein optisch-sensorisches Feld legen, um zu beweisen, dass er der rechtmäßige Kontoinhaber war. Theoretisch gab es diesen Fingerabdruck ja nur ein einziges Mal auf der Welt.

Fingerabdruck?

Als er die Bank verließ, fiel ihm ein, dass er etwas voreilig gehandelt hatte. Er hätte sich nach dem Frühstück Barres Glas sichern sollen, aus dem dieser seinen Orangensaft getrunken hatte. Möglicherweise würde Hatling irgendwann dessen Fingerabdrücke mit einer Polizeidatei abgleichen wollen.

Dann schaute er um die nächste Ecke. Die Rückseite des Finanzcenters war ein stiller Ort, der fast unmittelbar an den Wald grenzte. In die Wand eingelassen war eine viereckige Öffnung mit einer Metallklappe, in die CASH SAFE eingraviert war. Neben der Klappe befand sich ein Feld mit verschiedenen Knöpfen, die es offenbar ermöglichten, die Klappe zu öffnen, um Geldsäcke durch die Öffnung zu werfen – vorausgesetzt, man tippte den richtigen Zahlencode ein. Ein Stück entfernt, neben einem Mercedes, stand ein Müllcontainer mit der Aufschrift der Bank.

Er schaute sich um und musterte die Einkaufspassage des *Soria Moria*. Der schnellste Weg dorthin – es sei denn, man durchquerte die Vergnügungspavillons – führte über den Parkabschnitt B. Er nahm den direkten Weg. Um diese Zeit parkten hier erst wenige Fahrzeuge. Er zählte seine Schritte. Auf der Rückseite des riesigen Gebäudes befand sich eine lange Rampe zur Warenannahme. Hin und wieder brachten riesige Lkws neue Lieferungen. Ferdinand blieb stehen, als er dreihundert Schritte gezählt hatte, was einer Distanz von ungefähr zweihundert Metern entsprechen musste. Er blickte verstohlen nach rechts, zur Rampe. Dort befanden sich ein breites Tor sowie eine kleine Tür.

*Räuberkauf 2000. Warenannahme und Personaleingang.*

Er ging zurück, bog um die Ecke und mischte sich

unter die Leute, die von den Parkplätzen kamen. Die Weihnachtsmusik hörte er genau in dem Moment, als er den warmen Luftstrom des Eingangsbereichs spürte. Sie hatte eine beruhigende und stimulierende Wirkung. Schon nach wenigen Metern spürte er, wie sein Körper sich entspannte. Die Besucher schauten erwartungsvoll drein und nahmen die pulsierende Atmosphäre in sich auf.

Eigentlich war er hineingegangen, um nachzudenken. Nach Weihnachtsgeschenken konnte er sich auch später noch umsehen.

Im ersten Stock setzte er sich in dieselbe Cafeteria wie beim letzten Mal. Er wählte denselben ruhigen Platz an der Wand, von dem aus man einen guten Überblick hatte. Im Hintergrund nahm er die lange Reihe der Kassen von *Räuberkauf 2000* wahr. Das *Bellevue* war so unendlich weit entfernt. Dann öffnete er die Brieftasche, sah die *Sherlock Holmes Card* und nahm den Zettel heraus, auf den er letzte Nacht ein paar Notizen gekritzelt hatte.

*23. Dezember*

*Mindestens 5 Mio.*

Es konnte kein Zweifel bestehen, dass der 23. Dezember den Geschäften einen Rekordumsatz bescheren würde. Aufgrund der vielen Betrügereien mit Kreditkarten und Schecks bevorzugten immer mehr Kunden Bargeld. Aber mehr als fünf Millionen – war das realistisch?

Dies hatte die Stimme behauptet, die von dem weißen Plättchen im Falsett wiedergegeben worden war. Die Stimme, die Barre instruiert hatte und die ihm trotz ihrer Verzerrung irgendwie bekannt vorgekommen war. Ferdinand begann zu rechnen. Wenn jeder Kunde für eintausend Kronen einkaufte, brauchte man fünftausend Kunden, um auf eine Gesamtsumme von fünf Millionen zu kommen. Fünftausend Kunden von neun Uhr morgens bis acht Uhr abends. Am 23. Dezember war dies durchaus möglich. Er hatte gelesen, dass der Parkplatz zu den größten in ganz Norwegen gehörte.

*Banktransporter 21 Uhr.*

Die Stimme hatte den Zeitpunkt zweimal genannt und betont, an der Uhrzeit würde sich das ganze Jahr hindurch nichts ändern. Die Kassenbestände wurden unmittelbar nach Geschäftsschluss eingesammelt und in einem der Büros gezählt. Danach wanderte der gesamte Betrag abzüglich der Schecks und des Wechselgelds für den nächsten Verkaufstag in verschiedene Lederbeutel, die wiederum in Säcken verstaut und zu einer allein dem Personal vorbehaltenen Tür gebracht wurden, die sich an der Rückseite des Gebäudes befand. Die Säcke wurden von einem Fiat Special in Empfang genommen, einem Elektroauto des Sicherheitsdienstes Nero, in dem nur zwei Personen Platz hatten. Der Fahrer war stets mit einer Pistole bewaffnet, die in einem Schulterhalfter steckte. Ein verantwortlicher Mitarbeiter von *Räuberkauf 2000* trug die Säcke zum Auto und nahm daraufhin neben dem Fahrer Platz.

*200 Meter.*

Die Entfernung hatte Ferdinand bereits überprüft. Er hatte sich davon überzeugt, dass der Überfall exakt geplant und kein Hirngespinst war. Der Mann, der Artur Barre von den Details in Kenntnis gesetzt hatte, war vor ihm hier gewesen und hatte die Gegebenheiten in Augenschein genommen.

Hinter dem Bankgebäude, hatte der Mann gesagt, halte der Fiat stets so, dass sich der Beifahrer auf der Seite des Nachtsafes befand. Der Fahrer stieg zuerst aus und hielt Wache, während der Mitarbeiter von *Räuberkauf 2000* nur wenige Schritte gehen musste, um die Luke zu öffnen.

Nachdem er die Geldsäcke im Wagen verstaut haben würde, sollte der Überfall stattfinden.

*Container.*

Zwei Männer, dunkel gekleidet und maskiert, die sich hinter dem Müllcontainer der Bank versteckt hielten, würden die anderen beiden überwältigen, ihnen den Mund zukleben und sie an den Container fesseln, die Geldsäcke aus dem Fiat holen und bis zum nächsten Mauervorsprung laufen, wo der Fluchtwagen wartete. Vielleicht würde es notwendig werden, im Detail ein wenig zu improvisieren, hatte der Mann gesagt, aber das würde sich zeigen.

Da hatte Barre eine Frage eingeworfen. »Sollte ich nicht lieber den Typ mit der Pistole ausschalten? Ich habe schließlich mehr Erfahrung als du.«

»Nein, nein, der andere ist gefährlicher.«

»Unsinn, das ist doch nur ein einfacher Mitarbeiter.«

»Ach, das hatte ich ganz vergessen, Artur. Der Fahrer ist natürlich einer von uns.«

»Hast du ihn bestochen?«

»Er war mir noch was schuldig.«

»Genial!«

»Im Grunde war es seine Idee. Er lässt sich von mir eins überbraten, und ich erlasse ihm seine Schulden.«

»Hört sich perfekt an.«

»Hab ich doch gesagt. Die Sache ist bombensicher. Wenn unser Fahrer meint, dass der Zeitpunkt ungünstig ist, warnt er uns mit der Lichthupe. Dann verschieben wir die Sache bis zum nächsten Mal.«

Auch Ferdinand musste zugeben, dass der Plan sich perfekt anhörte. Die einzige Person, die wirklich überwältigt werden musste, war ein unvorbereiteter Mitarbeiter von *Räuberkauf 2000*. Barre machte nicht nur mit, weil er offensichtlich über einschlägige Erfahrung verfügte, sondern auch, damit der Fahrer des Wagens nicht in den Verdacht der Komplizenschaft geriet.

Er drückte die Zigarette aus, hob die Kaffeetasse zum Mund und las das letzte Stichwort.

*Hühnerstall.*

Ferdinand hatte es aufgeschrieben, weil er sich gewundert hatte. Die metallische Stimme hatte keine Details verraten, doch es lag auf der Hand, dass mit »Hühnerstall« ein sicheres Versteck gemeint war, in dem das Geld vorerst deponiert werden sollte. Das war der einzige Punkt gewesen, mit dem Artur Barre nicht einverstanden gewesen war. Er wollte Bargeld, und zwar sofort. Daraufhin hatte der andere Mann, den Ferdinand mehr und mehr als Chef ansah, entgegnet, dass sie sich zunächst allenfalls mit ein wenig Kleingeld versorgen konnten. Wenn sie nicht die Geduld aufbrächten, zu warten, würde ihnen dasselbe

Schicksal zuteil werden wie den meisten Bankräubern. Nach einer Weile hatte Barre ihm widerwillig zugestimmt.

Das Wort Hühnerstall ließ Ferdinand nicht los, jedenfalls nicht, ehe er seine Kaffeetasse absetzte. Denn in diesem Moment fiel ein Schatten über den Tisch, und eine Stimme sagte: »Störe ich?«

Zu sagen, dass er erschrak, wäre untertrieben gewesen. Er sprang förmlich auf, versuchte hastig die Notizen zu verbergen, kippte dabei die Kaffeetasse um und spürte, wie ihm die Röte ins Gesicht schoss.

»Ach, entschuldigen Sie ...«

Irgendwie gelang es ihm, den Notizzettel mit einer Hand zu zerknüllen, während die andere die Tasse wieder aufrichtete. Glücklicherweise war sie fast leer gewesen. Erst jetzt wagte er den Kopf zu heben und blickte in die Augen von Nils Ramsjø, dem Leiter des Altersheims, der peinlich berührt zu sein schien.

»Tut mir wirklich Leid, wenn ich Sie erschreckt habe«, sagte dieser, und es bestand kein Zweifel, dass er es ernst meinte. Der bescheidene Mann fiel seinen Mitmenschen nur höchst ungern zur Last. Kerzengerade stand er da, mit einem Kuchenteller und einer Tasse Tee in den Händen.

»Setzen Sie sich doch!« Ferdinand ließ die Papierkugel in der linken Jackentasche verschwinden, erleichtert, dass es sich nur um Ramsjø handelte.

»Vielen Dank. Ich hatte nicht die Absicht ...«

»Ich war ganz in Gedanken, aber das konnten Sie ja nicht wissen.«

»Nein, ich ...«

Ferdinand zog für ihn einen zweiten Stuhl unter dem Tisch hervor.

»Ich wollte nur guten Tag sagen.«

»Ja, natürlich.«

»Ich treffe hier so selten Bekannte.«

Vom Austausch belangloser Liebenswürdigkeiten abgesehen, ging Ferdinand nichts so sehr gegen den Strich, als wenn sich jemand ständig entschuldigte.

»Und da dachte ich mir, Herr Krogh, dass ich vielleicht die Gelegenheit zu einem kurzen Gespräch wahrnehmen sollte.«

»Eine gute Idee. Worum geht's?«

Nachdem Ramsjø endlich Platz genommen und seine Jacke aufgeknöpft hatte, zeichnete sich auf seinen Lippen ein vorsichtiges Lächeln ab. »Um Ihre Mutter.«

»Aha?«

»Sie ist ein guter Mensch.«

»Das weiß ich.«

»Ihre Depressionen haben sich spürbar gebessert.«

»Ach, wirklich?«

»Sie äußert sich gar nicht mehr abfällig über das Personal. Ihre ganze Stimmung hat sich aufgehellt.«

»Es freut mich, das zu hören.«

Ferdinand hatte Mühe, sich zu konzentrieren. Seine Gedanken kreisten unaufhörlich um einen anonymen Mitarbeiter von *Räuberkauf 2000*; ein Mitarbeiter, der am dreiundzwanzigsten Dezember von einem gewissen Artur Barre aus Oslo niedergeschlagen werden sollte; ein Mitarbeiter, der Weihnachten womöglich im Krankenhaus, schlimmstenfalls in der Leichenhalle verbringen würde.

»Gestern Nachmittag hat sie mir anvertraut, dass sie Ihnen gerne finanziell unter die Arme greifen würde, aber sie war sich nicht sicher, ob Sie dies annehmen würden.«

»Oh ...«

»Sie scheinen ihr viel zu bedeuten.«

»Das hoffe ich.«

Als Ferdinand den verwirrten Ausdruck in Ramsjøs Blick wahrnahm, der sicherlich durch sein mangelndes Interesse hervorgerufen wurde, dachte er daran, wie sehr Ramsjø vermutlich an seiner eigenen Familie hing, wie schmerzlich er seinen Sohn vermissen musste, der auf so tragische Weise ums Leben gekommen war, und wie heftig er sich womöglich nach seiner Frau sehnte, die an einer psychischen Krankheit litt.

Er nahm sich zusammen und lächelte zurück. Schließlich zündete er sich eine Zigarette an und versuchte zuzuhören.

»Es wäre das Beste, wenn Sie Ihrer Mutter selbst sagten, dass Sie etwas Geld gut gebrauchen könnten.«

»Dieses Thema habe ich erst kürzlich angeschnitten, aber der Zeitpunkt war ziemlich ungünstig.«

»Natürlich möchte ich mich nicht in Ihre Privatangelegenheiten einmischen, aber ich glaube, dass der Zeitpunkt jetzt sehr günstig wäre. Es würde ihr das Gefühl geben, gebraucht zu werden.«

»Ich werde ihr noch heute Nachmittag einen Besuch abstatten.«

»Ausgezeichnet.« Ramsjø steckte sich ein Stück Kuchen in den Mund.

Ferdinand hatte das Gefühl, etwas sagen zu müssen. »Kaufen Sie öfter hier ein?«

»Privat nie. Aber das Heim ist gezwungen, dort einzukaufen, wo es am billigsten ist.« Er beugte sich vor. »Ehrlich gesagt, finde ich es ganz grauenhaft hier.«

»Ich bin ganz Ihrer Meinung. Und trotzdem sitzen wir hier.«

»Bei *Hebron* haben wir auch darüber diskutiert.«

»Hebron?«

»Eine kleine Vereinigung, zu deren Mitgliedern ich zähle. Manche bezeichnen sie als Sekte, aber das stimmt nicht. Alles Unnatürliche beschäftigt uns ... kollektiver Selbstmord, zum Beispiel.«

»Hm.«

»Die Menschen haben sich von der Natur entfremdet. Denken Sie nur an all die Abtreibungen, die vielen Medikamente und Drogen. In der Arktis sterben die letzten Eisbären, weil sie völlig verseucht mit PCB sind. Wir missachten Gottes Schöpfung.«

Ferdinand wusste nicht, was er von Ramsjøs Gerede halten sollte. Er hörte ihm noch zehn Minuten lang zu, ehe er sich verabschiedete. Auf dem oberen Absatz der Rolltreppe musste er zur Seite treten, um eine Frau mit Kinderwagen vorbeizulassen. Aus dem Augenwinkel sah er, wie der korpulente Ramsjø seine Tasse zum Mund führte. Als Leiter eines Altersheims machte man sich bestimmt so manche Gedanken, doch Ferdinand hatte nicht verstanden, worauf er eigentlich hinauswollte.

Bei einer Firma für Drucksachen bestellte er einen Stapel Jahreskalender, die mit einem Werbetext des

*Bellevue* versehen werden sollten, sowie einhundert Kugelschreiber mit seinem Logo.

Bei *Räuberkauf 2000* kaufte er drei Weihnachtsgeschenke, einen Flakon desselben Parfüms, mit dem Gudrun ihn verführt hatte, eine CD der britischen Popgruppe Sally Lunn für Monica sowie eine weiße Bluse für seine Mutter. Als er gerade mit seiner neuen Bankkarte bezahlte, ertönte an der Nebenkasse eine Fanfare, gefolgt von einer triumphierenden Lautsprecherstimme.

*»Was für ein Räuberkauf! Das nächste Mal könnten Sie der Glückliche sein!«*

Der glückliche Gewinner ballte die Faust und riss seinen Arm nach oben, worauf die Kassiererin, auf deren gelber Bluse Seeräuber mit Augenklappe, Säbel und Totenköpfe zu sehen waren, offiziell erklärte, dass er seinen Einkauf nicht zu bezahlen brauchte.

»Fast achthundert Kronen gespart!«, jubelte der junge Mann. »Ich hätte mehr Kondome kaufen sollen!«

Die Kunden um ihn herum lachten und klatschten neidisch, bevor der Gewinner fotografiert wurde. In einer Stunde würde das Bild des RÄUBERS auf dem riesigen Bildschirm über dem Eingang erscheinen. Daneben die anderen Gewinner der letzten Zeit, über deren Köpfen bereits die Summen prangten, die sie »erbeutet« hatten.

Als Ferdinand seinen Wagen wenige Minuten später vom Parkplatz lenkte, warf er wie üblich einen Blick auf all die Fahrzeuge, die an der *Soria Moria*-Tankstelle Schlange standen, doch dieses eine Mal ging ihm dabei etwas ganz anderes durch den Kopf: Schon bald würde der Supermarkt so gründlich ausgeraubt werden, dass der inszenierte Diebstahl einem unbedeutenden Mundraub gleichkam.

# Auf der Felge

Wo sich früher die Trabrennbahn befand, ragen nun hohe Wohnblöcke in den Himmel. Die neue Trabrennbahn liegt weit vor den Toren der Stadt, besitzt dafür aber ein riesiges Parkareal, modernste Infrastruktur sowie eine eigene Autobahnausfahrt.

An einem milden Vorweihnachtsabend findet der Grand Prix für Warmblüter statt. Pferde und Jockeys kommen aus dem ganzen Land, für Spannung ist gesorgt, und die Wetteinsätze sind hoch. Als das erste Rennen startet, befinden sich fast eintausend Autos im Parkbereich, der einen schummrigen Eindruck macht. Doch in erster Linie liegt das an dem scharfen Kontrast zu der hell erleuchteten Rennbahn.

Während die Pferde unruhig trippeln und alle Augen sich auf den Start richten, tritt ein Mann aus dem Gehölz, das an den Parkplatz grenzt. Er trägt eine dunkle Jacke, und in der rechten Hand hält er einen Gegenstand, der demjenigen ähnelt, den er schon öfter benutzt hat. Es handelt sich um eine Art Teleskopstange, an deren Ende sich diesmal jedoch keine Zange, sondern ein flaches Blatt, wie bei einem Spaten, befindet.

Da er weiß, dass auch während der Rennen noch Autos kommen werden, beginnt er auf der Seite des Parkplatzes, die bereits vollständig belegt ist. Jede Operation wird ein wenig länger dauern als letztes Mal, da er jeden Wagen zweimal behandeln muss. Dafür geht er davon aus, dass die Sabotage diesmal noch effektiver ist und den Autobesitzern noch größere Unannehmlichkeiten bereiten wird.

Er beginnt am Ende der letzten Reihe, geht zum ersten Wagen und stellt sich neben das rechte Hinterrad. Aufgrund der langen Stange muss er sich auch diesmal nicht bücken. Mit Hilfe eines Fußes schiebt er das Blatt unter den Reifen. Derselbe Handgriff wie früher, aber mit anderem Resultat. Ein Metalldorn, spitz wie eine Ahle, bohrt sich in den Reifen, aus dem sofort die Luft entweicht. Er muss genau hinhören, um das helle Zischen wahrzunehmen; vielleicht wird es ein paar Minuten dauern, bis der Reifen platt ist. Aber er wartet nicht, um nachzusehen. Er kennt das Ergebnis. Sobald der Metalldorn seinen Zweck erfüllt hat, geht er um das Heck herum und wiederholt die Prozedur am linken Hinterrad. Am meisten Zeit erfordert es, das Blatt vollständig unter den Reifen zu schieben.

Als er sich verstohlen umblickt, bevor er zum nächsten Fahrzeug geht, beginnt das erste Rennen. Die Pferde beschleunigen plötzlich, und die Jockeys kämpfen um die beste Position für den weiteren Rennverlauf. Ein Großteil der Zuschauer sitzt drinnen, auf der langen Tribüne hinter der größten Glasscheibe des Landes. Als die Pferde wenige Minuten später ins Ziel einlaufen, hat der Mann auf dem Parkplatz bei sieben Autos die Luft aus den Hinterreifen gelassen.

Er arbeitet immer schneller, nachdem er den richtigen Rhythmus gefunden hat. Dennoch zweifelt er daran, dass es ihm gelingen wird, sämtliche Autos fahruntauglich zu machen. Nach zwei, drei Rennen werden die ersten Verlierer vermutlich enttäuscht zu ihren Wagen zurückkehren. Sobald sie merken, dass sie einen Platten haben, werden sie anfangen, Krach zu schlagen. Dann müsste er sich unweigerlich zurückziehen. Deshalb arbeitet er so schnell wie möglich und macht keine unnötigen Pausen.

Doch er hat die Gefahr überschätzt, allzu rasch abbrechen zu müssen. Die Stimmung auf der Tribüne ist gut. Die Zuschauer essen und trinken, schöpfen neue Hoffnung und diskutieren die bisherigen Rennen. Auch gilt es, Erfahrungen für den nächsten Renntag zu sammeln. Außerdem steht mit dem Grand Prix der eigentliche Höhepunkt der Veranstaltung noch aus. Die spannende Frage ist, ob *Hot Lips*, ein Pferd aus dem Süden des Landes, die Courage haben wird, innen an den Lokalmatadoren *Shining Prince* und *Frøsetgampen* vorbeizuziehen. Es wird ein spannendes Rennen. Mit weit geöffneten, dampfenden Nüstern jagen die Tiere um die letzte Kurve. Die Zuschauer mit den höchsten Wetteinsätzen springen auf.

Der Mann auf dem Parkplatz ist fast fertig, als ihm die Lautsprecherstimme signalisiert, dass das letzte Rennen vorbei ist. Ohne zu zögern geht er dem Waldstück entgegen, entdeckt eine Öffnung zwischen den barmherzigen Nadelbäumen und stapft durch Reste nassen Schnees. Das Fahrrad lehnt an einer Kiefer, und sobald er die Teleskopstange zusammengeschoben und auf den Gepäckträger geklemmt hat, schiebt er das Fahrrad auf den ausgetretenen Pfad. Eine halbe Minute später befindet er sich auf dem alten Waldweg und strampelt in der Dunkelheit davon.

Zu behaupten, die Aktion hätte einigen Wirbel verursacht, wäre stark untertrieben. Die Freude über den Sieg von *Frøsetgampen* auf heimischem Terrain schlägt um in blinde Wut, als ein Autofahrer nach dem anderen entdeckt, dass die Hinterreifen platt sind. Das Perfide an der Sache ist, dass die unbekannten Übeltäter sich nicht damit begnügt haben, jeweils einen Reifen zu zerstören. Und nur die wenigsten Autos verfügen über zwei Ersatzreifen.

Das Staatliche Norwegische Fernsehen und ein Lokalsender schicken Kamerateams an den Ort des Verbrechens, und als der Mann, der dies alles zu verantworten hat, nach Hause kommt und den Fernseher einschaltet, begreift er sofort, dass die Aktion diesmal ein durchschlagender Erfolg war.

Muss man in Zukunft Wachen auf allen öffentlichen Parkplätzen postieren, um eine Wiederholung solcher Vorfälle zu vermeiden? Wer kommt als Täter in Frage? Halbstarke, Geisteskranke, militante Umweltschützer? Der norwegische Vorsitzende von STOP tritt vor die Kameras. Er hält es für so gut wie ausgeschlossen, dass Mitglieder seiner Organisation für die Aktion verantwortlich sein könnten, ist sich jedoch sicher, dass sie sich gezielt gegen den privaten Autoverkehr richtet. Wie auch immer, fügt er hinzu, es sei höchste Zeit, dass endlich jemand auf den irrwitzig hohen Kraftstoffverbrauch und die ökologischen Konsequenzen dieser Verschleuderung aufmerksam mache.

Der Präsident des Automobilverbands wirft dem Vorsitzenden von STOP Panikmache vor, womit eine hitzige gesellschaftliche Debatte ihren Anfang nimmt.

Der Saboteur weiß nicht, was er von all dem halten soll, doch er zweifelt nicht daran, dass seine Aktion etwas bewirkt hat.

# Adventszeit

Am letzten Freitag vor Weihnachten erzählte Gudrun in der Mittagspause, Monica habe wieder einen Anfall gehabt. Sie fragte sich, ob es nicht das Beste sei, wenn sie eine Weile auf Fußball verzichtete.

»Dr. Kluge ist da ganz anderer Meinung«, entgegnete Ferdinand.

»Ach, der sagt so vieles. Vielleicht leidet Monica auch gar nicht an Pfalzmeyer, sondern an einer ganz anderen Krankheit. Dieser Unsinn, dass sie in einem wärmeren Land geheilt werden könnte ...«

»Das ist doch nur eine Vermutung.«

»Genau. Es gibt keine gesicherten Erkenntnisse.«

»Lass uns noch mal darüber schlafen.«

»Das willst du immer, Ferdinand.«

Er versuchte zu lächeln, aber es gelang ihm nicht.

»Du wartest einfach ab und hoffst auf ein Wunder. Du glaubst, dass du irgendwann im Lotto gewinnst oder dass plötzlich ein Deus ex Machina auftaucht und uns aus der Patsche hilft.«

Deus ex Machina – einer von Gudruns Lieblingsausdrücken. Sie besaß die umfassendste Allgemeinbildung in der Familie, vor allem, wenn es um Literatur und Theater ging.

»Wie steht es eigentlich um unsere Finanzen?«, wollte sie wissen.

»Könnte schlimmer sein.«

Gudrun stand vom Küchentisch auf. »Ich habe das Gefühl, dass du mir etwas verheimlichst. Du willst nicht zugeben, wie ernst die Lage wirklich ist.«

»Neulich warst du noch so optimistisch.«

»Die Gäste rennen uns nicht gerade die Bude ein. Wir hatten zwei Übernachtungen in vier Tagen. Meinst du nicht doch, dass ich Tore an der Tankstelle ersetzen sollte?«

Auch Ferdinand stand auf und legte die Arme um sie. »Hör zu, ich habe mit meiner Mutter gesprochen. Sie will uns Geld leihen. Außerdem habe ich ein kleines Darlehen aufgenommen. Du kennst doch dieses Kreditprogramm namens GAME.«

Sie riss die Augen auf und schob ihn weg. »GAME! Hast du den Verstand verloren?«

»Ich wusste, dass du so reagieren würdest. Deshalb hatte ich dir nichts davon erzählt.«

»Ich dachte, wir hätten eine Vereinbarung getroffen!«

Zornig lief sie ins Wohnzimmer, setzte sich ans Klavier und hackte wie ein Dilettant darauf herum. Das erinnerte Ferdinand an die Art und Weise, wie seine Mutter früher auf Unannehmlichkeiten reagiert hatte. Sie hatte meist laut und schief gesungen, um ihm zu demonstrieren, was sie von den abstrusen Einfällen ihres Sohnes hielt. Er hatte sie dafür gehasst, doch natürlich hatte sie unter der Situation genauso gelitten wie er.

Gudrun konnte er nicht hassen, vielmehr hatte er ein schlechtes Gewissen, als er zur Tankstelle hinübertrottete. In der Werkstatt musste er an ihre Worte denken. Deus ex Machina. Sie hatte ihm schon vor langer Zeit erklärt, was es damit auf sich hatte: Es handelte sich um die kranähnliche Flugmaschine, die im antiken Theater die Götter auf die Bühne schweben ließ, um die Menschen aus einer Notlage zu befreien.

Plötzlich fiel ihm ein, dass sich der Boss, entgegen seiner Drohung, nicht mehr hatte blicken lassen. Sollten seine beiden Plastikchips, mit denen er den Feuermelder außer Gefecht gesetzt hatte, jetzt die göttliche Rettung bedeuten? Ferdinand war im Grunde nicht besonders abergläubisch. Es hatte eher mit Reidars zuweilen unerfreulichen Fähigkeit zu tun, den Nagel auf den Kopf zu treffen. Das wäre der Gipfel der Ironie, wenn ausgerechnet der verhasste Mitschüler ihm, »Mücke«, aus der Klemme helfen würde. Vielleicht war es aber auch ausgleichende Gerechtigkeit.

Ferdinand wurde aus seinen Träumen gerissen, als er zunächst Schritte und dann eine wohlbekannte Stimme hörte.

»Hast du ein paar Minuten für mich Zeit?«

Gott sei Dank war es nicht Reidar, sondern Björn Hatling.

»Ich komme in drei Minuten!«

Nachdem er sich die Hände gewaschen hatte, warf er das Papier in den Mülleimer und verließ die Werkstatt. Halting stand an der Kasse und unterhielt sich mit Tore. Ferdinand winkte ihn in sein Büro hinüber und schaltete die Kaffeemaschine ein.

Trotz seines Borstenschnitts wirkte der Hauptkommissar wie üblich erschöpft. »Ich brauche deine Hilfe. Zunächst einmal: Hast du eine Ahnung, was Tore so in seiner Freizeit macht, abgesehen von Klavierspielen, meine ich?«

»Das solltest du seinen Vater fragen.«

»Karl Blix ist genauso verstockt wie sein Sohn. Außerdem habe ich nichts in der Hand, nur eine Theorie ...«

»Wie meinst du das?«

Hatling zögerte. »Du weißt doch, was auf dem Parkplatz vor der Trabrennbahn passiert ist. Irgendjemand muss ein Werkzeug konstruiert haben, mit dem es möglich ist ...«

»Tore? Nie im Leben!«

»Aber er hat ein Fahrrad.«

»Das haben wir beide auch. Worauf willst du hinaus?«

»Meine Kollegen in der Stadt haben eine Theorie, dass der Täter – sie sind sich ziemlich sicher, dass es sich um einen oder mehrere *Männer* handelt – ein Fahrrad benutzt hat. Zwei Jungen haben einen Fahrradfahrer beobachtet, der auf dem alten Weg zwischen der Trabrennbahn und Brekkelia unterwegs war. Die Trabrennbahn ist nur drei Kilometer von hier entfernt.«

»Tore kann dir sicher sagen, was er an diesem Abend getan hat.«

»Nein, kann er nicht. Ich habe ihn vorhin gefragt, und er behauptet, er könne sich nicht erinnern.«

»Das ist doch lächerlich, Knut! Jeder andere könnte ebenso gut in Frage kommen.«

Hatling nahm die Kaffeetasse entgegen.

»Es ist, wie gesagt, nur eine Hypothese. Außerdem sind wir auf die Mithilfe der Bevölkerung angewiesen, auch auf deine. Und niemand weiß besser als du, was für merkwürdige Ideen Tore manchmal hat.«

»Tore ist geistig etwas zurückgeblieben, das ist alles. Und ich habe ihn bestimmt nicht wegen seiner überragenden technischen Fähigkeiten eingestellt. Ein Junge, der nicht einmal imstande ist, eine Sicherung auszutauschen, baut doch niemals so ein kompliziertes Werkzeug.« Ferdinands Zorn wuchs.

»Sag mal, ist sein Vater nicht Werkzeugmacher?«

»Jetzt hör aber auf!«

»Schon gut. Sicher gibt es noch andere Verdächtige als Karl Blix.«

»Andere Verdächtige?«

»Genau. Du erinnerst dich doch an den Vortrag von STOP, den wir neulich besucht haben.«

»Den du weitgehend verschlafen hast ...«

»Erinnerst du dich an das stumme Paar aus der letzten Reihe?«

Ferdinand nickte.

»Jonas und Elise Svanebukt«, erklärte Hatling. »Sie haben einen kleinen Bauernhof bei Hammeren, wo gerade die Umgehungsstraße ausgebaut wird. Eigentlich kommen sie aus der Stadt, haben sich aber inzwischen der ökologischen Landwirtschaft verschrieben.«

»Und vermutlich sind sie begeisterte Fahrradfahrer.«

»Du sagst es. Das sind idealistische Schwärmer, denen nur noch die Blumen im Haar fehlen. Sie haben drei Kinder, der älteste Sohn ist acht, aber sie lassen ihn nicht zur Schule gehen. Elise Svanebukt behauptet, dass Schulen vollkommen unnütz sind und sie ihre Kinder am besten zu Hause erziehen kann.«

»Ist das erlaubt?«

»Nein. Aber bis jetzt stellen sie sich stur und verweigern sogar die Zahlung des Bußgelds. Asoziale Schwachköpfe, wenn du mich fragst.«

»Und du meinst, sie verbringen ihre Abende damit, fremde Autos zu beschädigen?«

»Darüber ist uns nichts bekannt.«

»Aber du hast natürlich eine Theorie?«

»Selbstverständlich. Ihr Hof befindet sich an einem Hang, der im Schatten liegen wird, wenn die neue Brücke fertig ist. Man hat ihnen sogar eine Entschädigung angeboten, falls sie umziehen wollen.«

»Aber sie wollen nicht.«

»Richtig. Im Sommer hat Jonas Svanebukt vergeblich versucht, einen Baustopp zu erwirken. Dann drohte er sogar mit Vergeltungsmaßnahmen.«

»Ja, ich erinnere mich.« Ferdinand interessierte diese Geschichte nicht im mindesten. »Was soll ich jetzt tun?«

»Weiter die Augen offen halten. Viele Leute schauen bei dir vorbei ..«

»Längst nicht mehr so viele wie früher.«

»Du müsstest doch selbst ein Interesse daran haben, dass diesen Autohassern das Handwerk gelegt wird.«

»Natürlich. Aber vergiss Tore.«

»Du solltest ihn im Auge behalten.«

»Mach, dass du rauskommst!«

»Danke für den Kaffee«, sagte Hatling lächelnd, gähnte ausgiebig und ging aus der Tür.

Eine halbe Stunde später fuhr Ferdinand zum Bahnhof, um ein Expresspaket abzuholen, das mit dem Zug kommen sollte.

Jakob Måsvik stand auf dem Bahnsteig und begrüßte ihn überschwänglich. Der Stationsvorsteher war zu Ferdinand stets freundlich, aber nicht gerade von überschäumender Herzlichkeit gewesen. Doch inzwischen hatte sich das geändert. Måsviks Einstellung zu anderen Menschen hing maßgeblich davon ab, wie sehr sie seine Anschauungen teilten. Dass Ferdinand bei der letzten Veranstaltung von STOP aufgetaucht war, ließ Måsvik offenbar glauben, einen Bruder im Geiste gewonnen zu haben. Für ihn hatte die Zugehörigkeit zu der internationalen Organisation nahezu religiöse Dimensionen angenommen.

»Erinnerst du dich noch an den Film?«, fragte er und hob bedeutungsvoll eine Braue. »Im Bruchteil einer Sekunde zerstören wir die Lebensgrundlagen kommender Generationen.«

»Im Verhältnis zur Länge des Films, ja.«

»Trotzdem, Ferdinand, trotzdem! Was für ein Glück, dass es Menschen wie Professor Stjern gibt. Ich hätte nie gedacht, dass mich eine Frau so beeindrucken könnte.«

Ferdinand fragte sich, ob es sich Jakob Måsvik zur Aufgabe gemacht haben könnte, die Welt vom Übel des Autoverkehrs zu befreien. Doch im Grunde traute er dem leidenschaftlichen Verfechter von Bahn und Fahrrad nicht genügend Fantasie zu, um solche bizarren Anschläge zu verüben.

»Kommt der Zug pünktlich?«

»Selbstverständlich.« Der Stationsvorsteher warf einen Blick auf seine Armbanduhr. »In neunzig Sekunden wird er einfahren. Nach der Norwegischen Staatsbahn kann man die Uhr stellen.«

Er bekam Recht. Der weinrote Zug fuhr pünktlich in den Bahnhof ein, worauf sich unmittelbar vor Måsviks Mitarbeiter, der mit einem Transportwagen bereitstand, die Tür des Güterwaggons öffnete. Behälter und Kisten wurden entladen, während Måsvik die ein- und aussteigenden Passagiere zur Eile antrieb. Dann steckte er die Trillerpfeife in den Mund und gab das Signal zur Weiterfahrt, obwohl das Bahnpersonal schon seit Jahren keine Pfeifen mehr benutzte.

Offenbar hatte er Ferdinands erstaunten Blick wahrgenommen, denn hinterher sagte er: »Traditionen muss man pflegen.«

Ausnahmsweise erhielt Ferdinand die Genehmigung, sein Paket auf dem Bahnsteig in Empfang zu nehmen. Måsvik wollte selbstverständlich wissen, was sich darin befinde.

»Ein Autowaschmittel.«

»Ja, ja, so was muss es wohl auch geben.«

»Ich kann schmutzige Autos nicht ausstehen.«

Der Stationsvorsteher wich einen halben Meter zurück, ehe er sich zu der Antwort erdreistete: »Ich kann Autos ohnehin nicht ausstehen.«

»Tja, da sind wir wohl unterschiedlicher Meinung.«

»Aber selbst du musst doch zugeben, dass es sich hier viel angenehmer leben lässt, seit uns der schreckliche Durchgangsverkehr erspart bleibt.«

»Frohe Weihnachten«, sagte Ferdinand und verließ den Bahnsteig. Er legte das Paket in den Kofferraum und schlenderte über die Straße zu *Haugens kolonial*, um neue Lottolose zu kaufen. Als er den Laden betrat, dachte er daran, dass er immer seltener hierher kam. Da Haugen persönlich an der Kasse saß, fühlte er sich verpflichtet, auch ein paar andere Dinge einzukaufen.

»Måsvik scheint ganz in seinem Element zu sein«, bemerkte der Kaufmann mit einer Kopfbewegung in Richtung Bahnhof.

»Falls er sich ärgert, würde er es nie zugeben.«

Beide bezogen sich auf Måsviks früheres Engagement für die Bürgerinitiative, die für den Bau der Umgehungsstraße gekämpft hatte.

»Der kommt nur noch hierher, um sich neue Lotterielose zu kaufen.«

Ferdinand hatte ein schlechtes Gewissen, öffnete das Portemonnaie und hoffte, dass er nicht errötete.

»Außerdem nörgelt er immer an meinem Warensortiment und meinen Preisen herum«, fuhr Haugen fort. »Er sollte sich schämen. Lässt sich hier zum Vorsitzenden von STOP wählen und ist gleichzeitig Stammkunde im *Soria Moria*.«

»Fährt er auch im Winter mit dem Fahrrad dorthin?«

»Ja, natürlich. Oder er lässt sich von irgendjemand

mit dem Auto mitnehmen. Fährt sogar in Taxis mit, die Gäste zum Hotel bringen, eine Unverschämtheit! Entschuldigung, wie läuft's denn eigentlich mit Ihrem Motel?«

»Danke, ziemlich bescheiden. Kann ich mit Karte zahlen?«

»Natürlich.«

Als Ferdinand seine GAME-Karte aus der Tasche zog, bemerkte er Haugens Blick. Sie auch?, fragten seine Augen, doch er sagte kein Wort.

Zum Abschied wünschten sie sich ein frohes Fest, auch wenn es noch eine Woche bis Weihnachten war.

Am selben Abend fuhren Ferdinand und Gudrun mit dem Nahverkehrszug in die Stadt, um an der Weihnachtsfeier der Tankstellenbesitzer teilzunehmen, von der sie in der Regel spät nach Hause kamen. Monica war von Siv, Mesners Tochter, eingeladen worden, bei ihr zu übernachten, und Tore sollte sich um die Rezeption kümmern. Nicht, dass sie irgendwelche Gäste erwarteten, doch Ferdinand mochte es nicht, wenn beide Gebäude unbeaufsichtigt waren. Tore hatte keine Probleme gehabt, die Anweisungen richtig aufzufassen, und freute sich darauf, in einem Motelzimmer übernachten zu dürfen.

Unglücklicherweise saßen sie mit dem Betreiber der *Soria Moria*-Tankstelle an einem Tisch, einem übergewichtigen Kerl in Begleitung einer Blondine, die sicher nicht seine Frau war. Er hieß Bolling, und wenn er nicht derbe Geschichten aus Spitzbergen zum Besten gab, wobei ihm ein gewisses Erzähltalent nicht abzusprechen war, provozierte er Ferdinand mit ständigen Sticheleien gegen unrentable Tankstellen, die man seiner Ansicht nach dichtmachen sollte.

»Lass ihn einfach reden«, flüsterte Gudrun.

»Jemand sollte ihm eins aufs Maul hauen.«

»Überlass das anderen.«

Nachdem ebenso ausgiebig gegessen wie getrunken worden war, begab sich die ganze Gesellschaft in den großen Salon, in dem ein Chor ein Spottlied auf STOP sang. Auch Margot Stjern kam in der dritten Strophe vor, und Ferdinand war drauf und dran zu protestieren. Dann stand Bolling auf und ließ sich lallend über die Geschichte der Tankstellen aus, erntete manchen Lacher und regte schließlich an, eine Resolution zu verabschieden, in der die Polizei aufgefordert werde, ihre Ermittlungen zu intensivieren, um den Autosaboteuren endlich das Handwerk zu legen.

»Ich habe ja nichts dagegen, dass junge Leute sich ordentlich austoben, aber sie sollen sich verdammt noch mal eine andere Spielwiese suchen.«

Einige erwiderten, die Polizei tue sicher, was sie könne; eine Resolution sei nicht notwendig. Im Anschluss spielte ein Duo zum Tanz auf. Von diesem Zeitpunkt an trank Ferdinand nahezu ausschließlich Mineralwasser, weil er aus Erfahrung wusste, dass ihn der Alkohol gefährlich redselig machte und ihn am nächsten Tag stechende Kopfschmerzen plagten.

Während Bolling mit Gudrun tanzte, dachte er an den geplanten Banküberfall. Für ihn war das Ganze immer noch ein Gedankenspiel, in das er vorläufig niemand einweihen wollte. Dank des Kredits und des

Versprechens seiner Mutter brauchte er sich im Moment keine finanziellen Sorgen zu machen. Was ihn irritierte, was seine Unfähigkeit, die fremde Stimme, die den Überfall geplant hatte, zu identifizieren, obwohl er sicher war, die betreffende Person zu kennen. Alles andere stand ihm klar vor Augen. Er kannte die Adresse von Artur Barre in Oslo, und im Grunde dürfte es auch kein Problem sein, herauszufinden, welcher Mitarbeiter von *Nero* am 23. Dezember im Einsatz sein würde. Ort und Zeit standen fest. Er musste sich nur in Geduld üben.

Das einzige wirkliche Problem – falls er sich überhaupt entschließen würde, etwas zu unternehmen – war das Versteck. Was hatte die Stimme nur mit Hühnerstall gemeint? Vielleicht sollte er sich am morgigen Sonntag mal ein bisschen mit dem Auto umsehen. Dieser Gedanke ließ ihn unwillkürlich lächeln.

»Deine Frau tanzt ja wie der Teufel«, erklärte Bolling, als er Gudrun zum Tisch zurückführte. Er war ziemlich wacklig auf den Beinen, und sie entzog sich ihm rasch, als er sie zu küssen versuchte.

Ferdinand widerstand dem großzügigen Angebot Bollings, sich für eine Weile seine Blondine auszuleihen. Gudrun schlug vor, nach Hause zu fahren, da es schon ziemlich spät geworden sei.

Es war kurz vor halb drei, als das Taxi vor dem Motel anhielt. Vor Zimmer Nummer zwei stand ein fremder Wagen, doch Ferdinand war zu müde, um sich ihn genauer anzusehen.

Er schloss die Tür auf, ging zur Rezeption und sah, dass zwei Zimmerschlüssel fehlten.

»Gut gemacht, Tore«, bemerkte Gudrun. »Zimmer Nummer eins hat er selbst genommen. Ich frage mich, wer der Gast ist.«

Ferdinand betrat ihre Wohnung, stellte fest, dass alles ruhig war, und nahm sich ein Leichtbier aus dem Kühlschrank. Wenn Gudrun nicht zu erschöpft war, konnten sie im Bett vielleicht den Erfolg vom letzten Mal wiederholen. Aus irgendeinem Grund hatte er eine leichte Erektion bekommen, als er dem widerwärtigen Bolling und Gudrun beim Tanzen zugeschaut hatte.

»Der Name kommt mir irgendwie bekannt vor«, sagte Gudrun, als sie sich an ihn schmiegte. Er nahm den Duft ihres Parfüms wahr.

»Welcher Name?«

»Der unseres Gastes. Er steht auf der Registrierkarte.«

»Und?«

»Bist du nicht mit einem Reidar Vang zusammen zur Schule gegangen?«

Ferdinand spürte, wie sein Herzschlag sich beschleunigte, und das lag nicht daran, dass sie ihren Arm um ihn legte.

# Ein gut gemeinter Rat

Obwohl sie nur wenig geschlafen hatten, stand er bereits unter der Dusche, als sich der Radiowecker mit unnötiger Lautstärke anschaltete. Nackt und feucht lief er ins Schlafzimmer, wo Gudrun im Dunkeln nach dem richtigen Knopf tastete. Er stellte das Radio aus und flüsterte: »Träum weiter, ich kümmere mich ums Frühstück.«

»Danke«, murmelte sie und kuschelte sich in ihre Decke.

Nachdem er sich rasiert und angezogen hatte, trat er auf den Parkplatz, um sich das Auto genauer anzusehen. Ein roter Sportwagen, derselbe wie beim letzten Mal. Einen Augenblick hatte er gehofft, es handele sich um einen anderen Reidar Vang. Er klopfte vorsichtig an die Tür von Nummer eins. Tore streckte sofort den Kopf heraus und war bereits vollständig angezogen.

»Lass uns frühstücken, bevor wir aufmachen.«

Tore folgte ihm in die Küche und setzte sich vorsichtig auf den Hocker vor dem Fenster. Ferdinand gab ihm die Zeitung. »Alles gut gegangen gestern Abend?«

»Ja. Gudrun hat gesagt, ich kann auf dem Klavier spielen. Das ist viel besser als unser Klavier zu Hause. Also hab ich gespielt und dann Pizza gegessen und ferngesehen. Da kam eine Sendung über Stephen Scott.«

»Ein Jazzpianist?«

»Einer der besten.«

»Was ist mit dem Gast?«

»Der kam so gegen zehn. Er sagte, dass ihr alte Kumpels seid.«

»Hat er auch gesagt, wie lange er bleiben will?«

»Nur eine Nacht. Er will um halb acht geweckt werden.«

Ein Glück, dachte Ferdinand. Bis halb acht waren es nur noch zehn Minuten. Er wollte, dass Reidar verschwunden war, ehe Gudrun aufwachte. Die Frage war, ob der Kerl noch etwas anderes wollte als eine günstige Übernachtung. Er zweifelte keinen Augenblick daran, dass der Boss seine Mitmenschen nach wie vor hemmungslos ausnutzte. Er briet für Tore und sich ein paar Spiegeleier.

»Hier steht was über Frühgeburten«, ließ sich Tore vom Küchentisch vernehmen. »Ein Lehrer meint, man soll das sein lassen mit den Brutkästen und dass Frühgeburten nicht überleben sollen.«

»Hm.«

»Ich war doch selbst eine Frühgeburt. Hat mein Vater gesagt. Ohne einen Brutkasten wäre ich jetzt tot.«

»Was steht da noch?«

»Dass Frühgeburten oft Schwierigkeiten in der Schule kriegen. Viele brauchen Nachhilfe und haben emo... emotionale Probleme, steht hier, oder einen Hirnschaden.«

»Was ist denn das für ein schrecklicher Artikel?«

»Die Gesellschaft muss riesige Summen bezahlen, steht hier. Solche wie ich sind doch nur im Weg!«

Tore schwieg, und Ferdinand drehte sich um. Zu seiner Verwunderung entdeckte er, dass dem jungen Mann Tränen in den Augen standen. Er ging zu ihm und legte ihm die Hand auf die Schulter. Ferdinand erinnerte sich, dass Tores Mutter nicht mehr lebte, und dachte an seine eigene Mutter.

»Die Zeitungen sollten nicht so einen Unsinn schreiben. Alle Kinder haben das Recht zu leben. Meiner Meinung nach sind es die Alten, die das meiste Geld kosten. Ständig werden neue Medikamente erfunden, und die Alten leben immer länger und müssen von der Gesellschaft versorgt werden. Das frisst einen Großteil unserer Steuergelder auf, Tore!«

Sein Assistent hatte seine Tränen getrocknet und blickte auf. »Meinst du wirklich?«

Ferdinand zwang sich zu einem Lächeln. »Was sollen wir mit all den Tattergreisen bloß anfangen? Sie fallen über ihre eigenen Füße und reißen uns im Fallen auch noch mit.«

»Jetzt ... machst du aber Witze«, sagte Tore unsicher.

»Natürlich mache ich Witze. Wir müssen die Dinge manchmal von der komischen Seite sehen, sonst macht das Leben keinen Spaß.«

»Du sagst es, Mücke!«

Beide erschraken und drehten sich um. Reidar Vang stand in der Tür zum Frühstücksraum. Wie eine Ratte, die aus ihrem Loch gekrochen ist, dachte Ferdinand, als er die listigen Augen sah. Der vorstehende Unterkiefer und die spitzen Zähne verstärkten den Eindruck. Fehlten nur die zitternden Schnurrhaare.

»Dein Chef ist wirklich ein Philosoph, Tore, aber das wusstest du bestimmt schon.«

»Ja ...«

»Sein Lehrer Gabrielsen war auch mächtig beeindruckt damals, bis er den Fischgestank roch. Er stürzte aus dem Klassenzimmer und rang nach Luft. Siehst du, Umweltverschmutzung gab es auch schon damals.«

Ferdinand versuchte zu lächeln, um Tore zu vermitteln, dass man dieses Geschwätz einfach nicht ernst nehmen konnte. Aber es gelang ihm nicht. Genauso wenig wie das Gegenteil: Reidar zu zeigen, wie wütend er war. Das Resultat war ein lauer Kompromiss, die alte Taktik, sich nichts anmerken zu lassen, was Reidar als vollkommene Unterwerfung auffassen musste.

»Möchtest du jetzt Frühstück haben?«

Sein Gast war vollkommen verblüfft über den formellen Ton. Vielleicht hatte er sich eine andere Reaktion erhofft. »Ja, danke«, sagte er bloß.

»Dann setz dich an einen der Tische da drüben.«

»Wie der Herr wünschen.« Die Ratte schnupperte kurz in Richtung Bratpfanne.

»Schließ die Tür, Tore«, sagte Ferdinand. Er spürte, dass seine Wangen brannten, glaubte jedoch nicht, dass Reidar das bemerkt hatte. Ein Achtungserfolg, immerhin.

Sein Assistent gehorchte und ließ sich wieder auf seinen Hocker sinken. Nach einer Weile fragte er: »Lehrer Gabrielsen?«

»Ein alter Pauker, der uns wahnsinnig auf die Nerven ging. Wenn wir es nicht mehr aushielten, hat die ganze Klasse gefurzt, was das Zeug hielt. Ich war der Anführer, weil ich dafür berühmt war, ständig die Luft zu verpesten.«

Tore schien zunächst unsicher und brach dann in schallendes Gelächter aus. Den Zeitungsartikel hatte er offenkundig vergessen.

Um Viertel nach acht saß Reidar immer noch im Frühstücksraum und trank seine dritte Tasse Kaffee. Ferdinand hatte Tore beauftragt, die Tankstelle aufzuschließen, während er sich widerwillig zu Reidar an den Tisch setzte. Immerhin war er sein Mitschüler gewesen.

»Hatte ich nicht versprochen, dass ich wiederkomme?«, sagte Reidar.

»In einer Woche, hast du gesagt.«

»Meine Rundreise hat etwas länger gedauert. Hab in Narvik jemand kennen gelernt. Weißt ja, wie das ist, Mücke ...«

»Ja.«

»Würde gern noch länger hier bleiben, deine Frau kennen lernen und über alte Zeiten quatschen.«

»Hm.«

»Kenne ich sie?«

»Glaub ich nicht.«

»Du hast dir sicher ein brauchbares Mädel geangelt.« Reidar schob die Kaffeetasse weg und faltete die Hände, als danke er dem Herrn für das Essen. »Eigentlich gehörst du ja auch zu den anspruchsvollen Typen. Ich weiß noch, wie du Gudrun einen Korb gegeben hast. Aber jetzt muss ich weiter, an neuen Konzepten arbeiten.«

Ferdinand spürte, wie sich seine Kiefermuskeln verhärteten. Allerdings weder aus Hass noch aus Erleichterung darüber, dass Reidar offenbar gleich abreisen wollte. Irgendwie war es seinem alten Mitschüler gelungen, ihn gleichsam zu elektrisieren, und Ferdinand wusste selbst nicht, was dies zu bedeuten hatte.

»Ehe ich's vergesse, wie hat dir eigentlich das Spielzeug gefallen, das ich dir dagelassen hatte?«

»Ach, ich weiß nicht ...«

»Du willst nicht zufällig ein Dutzend bestellen?«

»Nein, danke.«

»Schade. Dabei war deine Idee ziemlich clever, den Chip an der Decke anzubringen. Typisch Mücke, dachte ich, hört seinen Gästen beim Vögeln zu.«

»Wie ...?«

Die Rattenaugen blitzten. »Hab gestern Abend vorm Einschlafen an die Decke gestarrt und die Astlöcher gezählt. Musste an die Tussi in Narvik denken. Und technisch interessiert, wie ich nun mal bin, hab ich mich gefragt, was dieses blaue Teilchen im Feuermelder zu suchen hatte.«

Reidars Wahrnehmungsfähigkeit schien in all den Jahren nicht gelitten zu haben. Doch diesmal konnte sich Ferdinand bei seiner eigenen Sparsamkeit bedanken. Ein paar erbärmliche Liter warmes Wasser hatten ihn dazu gebracht, ein bestimmtes Zimmer zu vermieten.

»Ich habe mir erlaubt, den Chip wieder an mich zu nehmen.« Der Boss klopfte sich auf die Tasche und stand auf. »Und den weißen hätte ich auch gern zurück, wenn du nichts dagegen hast. Vielleicht finde ich ja einen Ölscheich, der sich überreden lässt.«

»Der liegt in meinem Büro. Ich hab dir letztes Mal schon gesagt, dass an Tankstellen keine Raritäten gekauft werden.«

»Da irrst du dich.«

Ferdinand folgte ihm zur Rezeption und war froh, dass Gudrun noch nicht aufgetaucht war. »Ob du mir glaubst oder nicht, ich habe den Chip in den Feuermelder geklemmt, um den Alarm abzuschalten. Ich habe wirklich kein Interesse daran, andere Leute zu belauschen.«

»Das glaube ich dir, Mücke. Als ich den Chip entfernt hab, hat das Ding nämlich sofort losgeheult. Die Drähte waren falsch angeschlossen. Ich hab's gleich repariert.«

»Danke.«

»Natürlich mit dem Hintergedanken, dass du mir mit der Rechnung ein bisschen entgegenkommst.«

»Natürlich zahlst du nicht den vollen Preis«, entgegnete Ferdinand steif.

Als er wenige Minuten später durch das Fenster seines Büros sah, wie der Sportwagen zwischen den Zapfsäulen hielt, ging er hinaus. Reidar ließ die Scheibe hinunter und nahm das weiße Plättchen entgegen.

»Wenn ich richtig darüber nachdenke, brauche ich auch ein wenig Gas.«

»In Ordnung. Aber einen besonderen Rabatt kann ich dir nicht ...«

Reidar winkte ab, als wäre es unter seiner Würde, nach einem Rabatt zu fragen. Das Tankschloss sprang auf, und Ferdinand füllte Propangas ein. Reidar stieg aus und zog ein paar zerknüllte Scheine aus der Jackentasche. »Apropos Feuermelder ...«

»Ja?«

»Wir sollten ehrlich zueinander sein. Du bist doch so gut wie pleite, oder?«

»So würde ich das nicht sagen.«

»Ich könnte ein kleines Feuer für dich arrangieren.«

»Wovon redest du?«

»Mit der Kohle von der Versicherung kannst du neu anfangen. Benzin und Propan brennen bekanntlich hervorragend. Im Winter könnte eine Explosion das Motel mit in Brand stecken. Als Experte müsstest du wissen, dass Benzindämpfe bei minus vierzig Grad am gefährlichsten sind.«

»Schon möglich.«

»Und was hilft schon ein Feuermelder, wenn du keine Sprinkleranlage hast?«

»Du bist verrückt!«

»Ist das der Dank für einen gut gemeinten Rat? Du hast zu hohe Ideale, das ist dein Fehler. Ehrlichkeit hat sich früher mal gelohnt. Das solltest du endlich in deinen Schädel kriegen.«

Das war zu viel für Ferdinand. Es widersprach seiner Natur, solche Standpunkte zu tolerieren. Gleichzeitig irritierte es ihn, dass er seine Verführbarkeit ahnte. »Verschwinde!«, sagte er mit fester Stimme. Die alte Unterwürfigkeit war wie weggeblasen.

»Okay, okay, ich bin schon weg. Trau mich auch nicht länger hier zu bleiben. Soll hier ja nur so wimmeln von Autohassern. Die zerkratzen einem den Lack, klemmen Auspuffrohre zusammen und stechen Löcher in die Reifen. Demnächst zünden die auch noch Tankstellen an. Wäre für solche Wirrköpfe doch der logische nächste Schritt, nicht wahr, Mücke?«

Als der Gastank gefüllt war, warf der Mann mit dem vorstehenden Kinn einen Blick auf das Zählwerk und drückte Ferdinand ein paar Scheine in die Hand.

»Der Rest ist für dich«, sagte er großzügig.

Erst als der Wagen aus dem Blickfeld verschwunden war, bemerkte Ferdinand, dass er fast hundert Kronen zu wenig bekommen hatte.

Und dennoch ... Obwohl er sich abermals hatte erniedrigen lassen und eine Mischung aus Zorn, Angst und Unbehagen empfand, hatte er eine unschätzbare Gewissheit gewonnen. Wieder einmal hatte Reidar seinen untrüglichen Instinkt bewiesen, wenn es galt, im richtigen Moment den entscheidenden Hinweis zu geben. Und dieser Hinweis konnte für Ferdinand zu einem Deus ex Machina werden.

Die Lösung hatte nichts mit Brandstiftung oder Versicherungsbetrug zu tun. Letzte Nacht hatte Ferdinand erneut wach gelegen und gegrübelt, wer sich hinter der verzerrten Stimme verbarg. Jetzt, da er es wusste, schien es ihm unglaublich, dass er nicht früher darauf gekommen war. Vermutlich lag es daran, dass er dieser Person niemals zugetraut hätte, ein gemeines Verbrechen zu planen.

Bei ihrem ersten Treffen hatte der Mann zu ihm gesagt: »In diesem Fall müssen Sie natürlich ein überzeugendes Konzept vorlegen.« Er saß stets mit gefalteten Händen da, so, wie Reidar es zufällig getan hatte, als er das Wort Konzept aussprach und ihn damit förmlich elektrisiert hatte. Sein Finanzberater Jens Mesner, der von seinem Büro aus einen Großteil des *Soria Moria*-Gebäudekomplexes überblickte, hatte ihn unwissentlich in die Planung eines höchst lukrativen Coups eingeweiht.

Jetzt musste er nur noch den Hühnerstall finden.

# 23. Dezember

Es war so mild geworden, dass die Leute von Indian Summer sprachen. Gartenbesitzer in Brekkelia entdeckten, dass Krokusse und Huflattich erblühten, und der Vorsitzende von Monicas Fußballklub schlug vor, das geplante Turnier zwischen Weihnachten und Silvester ins Freie zu verlegen. Vereinzelte Meteorologen waren sprachlos angesichts der Tatsache, dass ein Jahr zuvor um dieselbe Zeit Vögel von den Bäumen gefallen und erfroren waren. Während also die Menschen nördlich des 62. Breitengrads ins Schwitzen kamen, tobte in den Mittelmeerländern ein heftiger Schneesturm.

Viele freuten sich und genossen das Wetter, anderen war es gleichgültig, manche ängstigten sich gar. Doch auch in diesem Jahr würde es Weihnachten werden, meinten alle.

Gudrun hatte bereits den Truthahn aus der Gefriertruhe genommen. Er sollte langsam auftauen, ehe er am nächsten Tag im Ofen landen würde. Monica half ihr, die Wohnung auf Vordermann zu bringen und zu schmücken. Ferdinands Mutter sollte für ein, zwei

Tage zu Besuch kommen; sie hatten beschlossen, sie morgen Nachmittag abzuholen.

Ferdinand war wie üblich derjenige, der sich am wenigsten an den Vorbereitungen beteiligte. Er saß am 23. Dezember in seinem Büro und dachte an Jens Mesner, der sich für den heutigen Abend sicher ein gutes Alibi verschaffen würde. Vielleicht befand er sich offiziell auf Geschäftsreise. Nachdem er eine Weile auf die Tischplatte getrommelt hatte, konnte er sich nicht länger beherrschen. Er musste Gewissheit haben. Ferdinand griff zum Hörer, wählte die Nummer des Finanzcenters und bat darum, mit Mesner verbunden zu werden. Sollte dieser anwesend sein, wollte er ihm ein paar unverfängliche Fragen zu seinem Darlehen stellen.

Eine Mitarbeiterin nahm den Anruf entgegen. »Einen Moment, ich verbinde.«

Während Ferdinand wartete, wurde er mit einer elektronischen Version von *Greensleeves* unterhalten.

»Herr Mesner antwortet nicht, aber ich kann eine andere Nummer probieren. Wollen Sie kurz warten?«

»Ja, danke.«

Während ihm wieder *Greensleeves* in den Ohren klang, starrte Ferdinand zu Zapfsäule Nummer zwei hinüber, an der ein älterer Mann versuchte, Benzin einzufüllen, obwohl der Tank seines Autos längst voll war. Als das Benzin das zweite Mal überschwappte, ließ er erschrocken den Rüssel fallen und warf die Hände in die Luft. Gott sei Dank hatte Tore aufgepasst und eilte dem Mann zu Hilfe.

»Sind Sie noch dran?«

»Ja, natürlich.«

»Herr Mesner ist heute außer Haus und wird erst morgen wieder in seinem Büro sein.«

Danach füllte Ferdinand am Computer einen Lottoschein für die 52. Ziehung aus und war fast fertig damit, als Gudrun ihren Kopf zur Tür hereinsteckte und fragte, ob er sie kurz beim *Soria Moria* vorbeifahren könne. Sie habe ein paar exotische Zutaten für den Truthahn vergessen, die es bei Haugen nicht gab.

Aus irgendeinem Grund hatte Gudrun nie ihren Führerschein gemacht. Ferdinand fand das ziemlich unpraktisch, bedrängte sie in dieser Hinsicht jedoch nicht. Was Frauen und Autos betraf, hatte er zwar keine altmodischen Ansichten, musste sich jedoch eingestehen, dass es ihm gefiel, diese Kompetenz nicht mit ihr teilen zu müssen. Die ewige unausgesprochene Konkurrenz. Der Wunsch, etwas alleine zu besitzen oder zu beherrschen.

»Bei dem schönen Wetter kannst du doch das Fahrrad nehmen«, sagte er. »Außerdem wird der Parkplatz total überfüllt sein.«

»Ich brauche aber noch verschiedene Dinge für die nächsten Tage.« Dann sagte sie mit verführerischer Stimme: »Außerdem wollte ich uns beide zu Kaffee und Kuchen einladen.«

Er spürte, wie sie sich von hinten näherte, wie sie sich zu ihm herunterbeugte und ihre Brüste gegen seinen Nacken drückte. Doch statt nach Parfüm roch sie nach Putzmittel.

»Hast du eigentlich an ein Weihnachtsgeschenk für Tore gedacht?«

Ferdinand wusste, dass es sie verletzten würde, wenn er ihr Angebot ablehnte. Außerdem hatte auch er ein gewisses Bedürfnis, ein bisschen vorweihnachtliche Stimmung aufkommen zu lassen.

»Gib mir zehn Minuten Zeit.«

»Du bist ein Schatz.«

Was den Parkplatz betraf, sollte er Recht behalten. Nie zuvor hatte er vor dem *Soria Moria* so viele Autos gesehen. Man musste kein Prophet sein, um vorauszusagen, dass der heutige Tag einen Rekordumsatz bringen würde. Aber fünf Millionen?

Er versuchte, sich so viel Geld auf einem Haufen vorzustellen, aber es gelang ihm nicht. Stattdessen musste er an das Finanzcenter denken, das unmittelbar neben dem Hotel lag. Er wendete den Wagen und fuhr durch eine schmale, ausschließlich Fußgängern vorbehaltene Passage, rollte an der Bankfiliale vorbei und bog um die Ecke. An der Rückseite des Gebäudes, auf dem schmalen Asphaltstreifen, der durch eine Wiese vom nahe gelegenen Waldstück getrennt wurde, entdeckte er zwischen einem Müllcontainer und einem gelben Toyota-Lieferwagen einen freien Stellplatz.

»Hier parken doch sicher nur Angestellte«, sagte Gudrun.

»Bestimmt, aber an einem solchen Tag ist alles erlaubt.«

Erst als sie ausstiegen, wurde ihm klar, dass der Stellplatz Jens Mesner gehören musste, der heute nicht an seinem Arbeitsplatz war. Als Ferdinand das letzte Mal hier war, hatte ein schwarzer Mercedes neben dem Müllcontainer gestanden. In diesem Auto war Mesner eines Nachts zum *Bellevue* gefahren, um seinen Komplizen Adam Tofte zu informieren. Ferdinand war der einzige Außenstehende, der von den Plänen wusste, und diese Tatsache versetzte ihn in einen regelrechten Taumel. Genau an dieser Stelle, heute Abend, sollte es so weit sein. Niemand würde einen unbescholtenen Finanzexperten eines Kapitalverbrechens verdächtigen, begangen an dem für ihn reservierten Stellplatz, einen Meter von einer Luke entfernt, auf der CASH SAFE stand. Es lag auf der Hand, in wessen Gehirn die Idee zu diesem Coup entstanden war. Frechheit siegt, nannte man so was.

War es denkbar, dass sich ein Finanzexperte wie Mesner in wirtschaftlichen Schwierigkeiten befand? Hatte er sich womöglich verspekuliert?

»Komm!« Gudrun nahm ihn am Arm.

In der CD-Abteilung von *Räuberkauf 2000* schlug sie vor, Tore eine Aufnahme von Bachs *Goldbergvariationen* zu schenken, während Ferdinand einen Sampler mit verschiedenen Jazzpianisten im Auge hatte. Schließlich kauften sie beide CDs. Eine andere Form der Weihnachtsgratifikation hatte Ferdinand für seinen einzigen Angestellten nicht vorgesehen.

Der einzige Bekannte, dem sie begegneten, war ein uniformierter Knut Hatling, der lächelnd bemerkte, heute erst ein einziges Mal tätig geworden zu sein. Er hatte ein Paar, das mit Pferd und Wagen gekommen war, davon abhalten müssen, auf dem Parkplatz einen illegalen Verkaufsstand zu errichten. »Diese Svanebukts sind wirklich die reinste Landplage.«

Ferdinand half Gudrun bei der Auswahl des Gemüses.

»Nein, nicht die holländischen Tomaten!«, sagte sie.

»Warum nicht?«

»Weil ich gestern in der Zeitung gelesen habe, dass sie möglicherweise krebserregend sind.«

Er schüttelte skeptisch den Kopf und legte sie zurück.

Das Vergnügen des Einkaufs hielt sich in Grenzen. Nachdem Gudrun ihre Zutaten bekommen hatte sowie verschiedene Kleinigkeiten, die ihr im letzten Moment eingefallen waren, mussten sie an der Kasse eine Viertelstunde anstehen und einem nicht besonders musikalischen Weihnachtsorchester lauschen, bevor sie in Mors Konditorei einen Platz ergatterten. Zu ihrem Bedauern herrschte allgemeines Rauchverbot, und der Kuchen war klebrig und süß. Gudrun kaufte einem Jungen ein Rubbellos ab, gewann aber nichts.

»Morgen ist Weihnachten, also immer schön entspannt bleiben«, sagte Ferdinand.

Nachdem sie ihre Kaffeetassen geleert hatten, erhoben sie sich gleichzeitig und eilten dem Ausgang entgegen. Als sie diesen fast erreicht hatten, begann an der Anzeigetafel über ihren Köpfen ein riesiger Schriftzug zu blinken:

DER GEWINNER STEHT FEST!

Die dreidimensional wirkenden Buchstaben schienen alle Aufmerksamkeit auf sich zu ziehen.

200.000 KRONEN GEHEN AN:

Sie blieben stehen, Gudrun stieß Ferdinand in die Seite.

MARGOT STJERN – UNSER RÄUBER DES JAHRES

»Ist das nicht die Professorin, die den Vortrag gehalten hat?«

»Ja, sie hat behauptet, sie hätte hier ein einziges Mal eingekauft.«

»Einmal reicht offensichtlich, um Räuber des Jahres zu werden. Stell dir vor, wir hätten stattdessen gewonnen ...«

Er nickte und wollte etwas sagen, kniff aber die Lippen zusammen. Stattdessen zog er sie in Richtung Finanzcenter, durch den Erlebnispark hindurch, in dessen Pavillons sich wie üblich Jugendliche an lärmenden Spielautomaten und Simulatoren die Zeit vertrieben. Neben einer Snackbar entdeckten sie einen Ausgang, traten zu der dröhnenden Musik von *Killing Time* hinaus in das milde Winterwetter und gingen ihrem Auto entgegen. Einen Strafzettel hatten sie nicht bekommen.

Geld, dachte er. Geld war alles, was zählte, was auch immer die Leute behaupteten. Bis jetzt hatte er versucht, es auf ehrliche Weise zu erwerben, aber der Profit reichte nicht aus, falls sein geringer Überschuss dieses Wort überhaupt rechtfertigte. Margot Stjern konnte über Spielsucht reden, so viel sie wollte, sie, die das große Gewinnspiel des Einkaufscenters gewonnen hatte – vermutlich ohne zu wissen, dass sie überhaupt daran teilgenommen hatte.

Der Toyota war fort, was Ferdinand das Ausparken erleichterte. Er entdeckte, dass sich der Asphalt hinter dem Container auf der anderen Seite des Mauervorsprungs fortsetzte. Somit musste er nicht noch einmal einen verbotenen Weg nehmen.

Unmittelbar vor dem Tunnel, der unter der Autobahn hindurchführte, war neben einem Pferdewagen ein kleiner Verkaufstisch aufgebaut. GARANTIERT OHNE GIFTSTOFFE stand auf einem selbst gemachten Plakat.

»Herr und Frau Svanebukt, wenn ich mich nicht irre«, sagte Ferdinand. »Vertrieben vom langen Arm des Gesetzes.«

»Halt an!«, sagte Gudrun. »Vielleicht haben die gesunde Tomaten.«

Er folgte ihrer Bitte und stieg ebenfalls aus dem Wagen. Er kannte das heruntergekommene Paar vom Vortragsabend und erblickte oben an der Böschung drei ebenso heruntergekommene Kinder. Sie beobachteten aufmerksam ein paar Arbeiter, die ein Stück entfernt einen Mast errichteten.

Während Gudrun die biodynamischen Produkte in Augenschein nahm, tätschelte Ferdinand dem Pferd vorsichtig den Hals. »Eine schöne Stute haben Sie da«, bemerkte er zu Jonas Svanebukt.

»Und noch gar nicht alt, aber trotzdem schon zu verschlissen, um auf der Trabrennbahn mithalten zu können. Ich habe sie fast umsonst bekommen.«

»Was machen die Arbeiter da drüben?«

»Sie behaupten, es sei eine Sirene, aber ich glaube, an der Spitze befindet sich ein Messgerät für radioaktive Strahlung.«

»Wäre doch gut«, meinte Ferdinand. Im Jahr zuvor hatte sich in einem russischen Atomkraftwerk ein größerer Zwischenfall ereignet, doch Norwegen hatte Glück gehabt, weil der Wind die Wolken in eine andere Richtung getrieben hatte.

Der Mann war nicht seiner Meinung. »Was sollen Messungen schon nützen? Statt die Ursachen anzugehen, beschäftigen wir uns mit den Symptomen.«

»Schon, aber ...«

»Wissen Sie, wie das nationale Notfallprogramm im Falle eines Atomunfalls aussieht? Der Zivilschutz lässt die Sirenen aufheulen und gibt jedem von uns zwei Jodtabletten. Sie könnten genauso gut Lakritze verteilen.«

»Wohl wahr ...« Ferdinand nickte nachdenklich, da er keine Ahnung hatte, was Jodtabletten im Ernstfall eigentlich bewirken sollten. Er ging davon aus, dass sich Svanebukt eingehender mit diesem Thema beschäftigt hatte.

»Falls sie überhaupt noch in der Lage sein werden, irgendetwas zu verteilen«, fügte der Mann hinzu. Seine blasse Ehefrau nickte.

Inzwischen hatte Gudrun Tomaten und Eier gekauft und sich mit einer von Elise Svanebukt angefertigten Keramikfigur angefreundet. »Wir könnten sie Monica zu Weihnachten schenken.«

»Wenn du meinst.« Ferdinand erwähnte nicht, dass sie bereits im Supermarkt zwei zusätzliche Geschenke gekauft hatten und dass eine Zwölfjährige kaum begeistert über eine Kitschfigur aus gebranntem Ton sein würde.

Dann begriff er, was dahinter steckte. Gudrun bewunderte die beiden für das, was sie taten und wofür sie standen. Sie gab ihnen Geld aus schlechtem Gewissen, weil sie ihre Ansichten teilte, doch selbst nie gewagt hatte, so zu leben wie sie.

»Herzlichen Dank und frohe Weihnachten!«, riefen die Kleinbauern im Chor, als sie sich verabschiedeten. Der Anblick der winkenden Kinder gab ihnen das sonderbare Gefühl, eine gute Tat vollbracht zu haben.

Als sie sich dem *Bellevue* näherten, sagte Gudrun: »Stell dir vor, wie es wäre, ein so wunderbares Pferd zu besitzen.«

»Sie besitzen nicht nur ein Pferd, sondern auch Fahrräder. Wüssten sie, dass ich eine Tankstelle habe, hätten sie kein Wort mit mir geredet. Übrigens hat sie Knut nicht weggeschickt, weil sie keine Genehmigung hatten, sondern weil er sie verdächtigt, fremde Autos zu demolieren.«

»Vielleicht sollte er mal seine Vorurteile überprüfen.«

Am Abend kaufte Ferdinand einen Weihnachtsbaum. Wie jedes Jahr tat er dies bei einem Bauern aus der Nachbarschaft.

Der Baum stand bereits für ihn bereit, eine ausladende Kiefer, die so aussah wie die Kiefer des letzten und die des vorletzten Jahres. Wie es die Tradition verlangte, musste Ferdinand auch diesmal ein wenig bleiben und das selbst gebraute Weihnachtsbier kosten, dieses dunkelbraune, süßliche Gebräu, aus dessen Geschmack er sich nichts machte.

»Herrlich!«, sagte er, nachdem er ein paar Schlucke getrunken hatte, lehnte jedoch dankend ab, als der

Bauer nachschenken wollte. Er pflegte dies damit zu begründen, dass er noch Auto fahren und ein paar Besorgungen erledigen müsse.

Anschließend zurrte er den Baum auf dem Dachgepäckträger fest und machte sich auf den Weg. Als er den Waldweg erreichte, bog er auf ihn ab, folgte eine Weile seinem Verlauf und steuerte dann eine nahe gelegene Schonung an. Am Sonntag hatte er am hellichten Tag eine Erkundungsfahrt in dieser Gegend unternommen. Das Risiko, entdeckt zu werden, war am Abend noch geringer, es sei denn, es handelte sich um Weihnachtsbaumräuber. Doch zu beiden Seiten des Weges befanden sich ausschließlich alte Tannen, die jungen Bäumen keinen Platz boten.

Nachdem er rückwärts ein Stück ins Dickicht gefahren war, schaltete er die Scheinwerfer aus und stellte den Motor ab. Dann warf er einen Blick auf die leuchtenden Zeiger seiner Armbanduhr. 20:35. Er trat sich die Schuhe von den Füßen und zog seine alten Gummistiefel an, hängte sich das Nachtsichtgerät um den Hals und stieg aus. Mit eingeschalteter Taschenlampe betrat er den schmalen Pfad, dem er am Sonntag gefolgt war.

Alles sah heute anders aus. Die letzten Schneereste waren verschwunden, und die Dunkelheit war fast undurchdringlich. Er befand sich auf dem Boden von Monicas Aquarium. Die nassen Tannenzweige verwandelten sich in Seegras, das ihm ins Gesicht schlug. Die Ameisenhaufen verbargen lauernde Raubfische, namenlose Ungeheuer mit wachsam hervorstehenden Augen. Doch obwohl er sich in einer anderen Welt befand, hatte er keine Angst. Der Tankstellenbesitzer Ferdinand Krogh streifte nur ein wenig durch die Natur, um zu sich selbst zu kommen.

Als er einen verrotteten Baumstumpf wiedererkannte, verlangsamte er das Tempo und schaltete die Taschenlampe aus, als er vor sich einen Schimmer wahrnahm. Dann tastete er sich ein paar Meter vor und befand sich plötzlich außerhalb des Aquariums. 20:43. Die Tour war kürzer gewesen, als er gedacht hatte.

Vom Waldrand aus konnte er eine ganz andere Landschaft betrachten, eine von Menschen geschaffene. Die Lichter funkelten in der klaren Luft, als kämen sie von einem Palast; in dieser Hinsicht war *Soria Moria* ein passender Name. Der Ort im Hintergrund, auf der anderen Seite der Autobahn, gab nur einen schwachen Lichtschein von sich.

Er bewegte sich ein Stück seitwärts, bis er seinen endgültigen Standort gefunden hatte, weniger als siebzig Meter vom Finanzcenter entfernt, das spärlicher beleuchtet war als der Rest des Gebäudekomplexes. Er konnte deutlich die Umrisse des Containers erkennen. Auf der asphaltierten Fläche stand kein einziges Auto. Die Geschäfte waren seit einer Dreiviertelstunde geschlossen. Die Parkplätze hatten sich vollkommen geleert. 20:46. Er zündete sich eine Zigarette an, hielt sich das Fernglas vor die Augen und richtete es auf die leere Rampe, die der Warenannahme von *Räuberkauf 2000* diente.

Er ließ das Fernglas sinken.

Vielleicht würde gar nichts passieren. Vielleicht hatte Mesner kalte Füße bekommen. Vielleicht hatte der Coup nur in seinem Kopf existiert, als Fantasie, die geheime Wünsche befriedigte. Ferdinand versuchte das schwache Zittern des Zwerchfells zu unterdrücken. Sollte er nicht froh sein, wenn es so wäre? Dank seiner Mutter würden sie schon irgendwie über die Runden kommen.

20:52. In entgegengesetzter Richtung zur Rampe, zur Rechten des Finanzcenters, wurden plötzlich zwei Scheinwerfer sichtbar, die langsam näher kamen. Sein Herzschlag beschleunigte sich. Er hob das Fernglas und folgte dem Wagen, der über den Asphaltstreifen rollte. Er fuhr bis zum Mauervorsprung, blieb stehen und parkte dann rückwärts direkt an der Mauer, wo er von dem Container verdeckt wurde. Als die Scheinwerfer erloschen, konnte er sehen, dass es sich um einen Opel Scherzo handelte. Es dauerte eine Weile, bis zwei Männer ausstiegen.

Obwohl sie ihn unmöglich sehen konnten, wie er in dunkler Kleidung hinter einer Tanne stand, duckte er sich unwillkürlich. Der größere von beiden musste Artur Barre sein. Er war wieder aus Oslo gekommen, diesmal vollkommen inkognito, ohne im *Bellevue* zu übernachten. Vielleicht hatte er sogar das Auto mit falschen Nummernschildern ausgestattet. Indem er das Fernglas auf einen Ast legte, konnte er die Bewegungen der beiden Männer in Ruhe verfolgen. Sie gingen um den Vorsprung herum und postierten sich hinter dem Container. Auch sie waren dunkel gekleidet. Über ihre Gesichter hatten sie offenbar Masken gezogen. Sein Finanzberater faltete in diesem Moment sicher nicht die Hände. Ferdinand ging davon aus, dass dessen Auto irgendwo in Østerdalen stand. Dort hatte Barre ihn vermutlich abgeholt. Nachher würde alles in umgekehrter Richtung verlaufen. Nach dem Coup würde der Scherzo gen Süden fahren und Mesner irgendwo absetzen. Dieser würde dann morgen in seinem Mercedes die Heimreise antreten. Sollte er ein Alibi benötigen, konnte Barre behaupten, Mesner habe am 23. Dezember in seinem Haus in Oslo übernachtet.

20:58. Er trat die Zigarette aus und richtete das Fernglas erneut in Richtung Einkaufszentrum. Ein Auto fuhr die Rampe entlang und blieb im Halbdunkel vor der Warenannahme von *Räuberkauf 2000* stehen. Wegen der großen Distanz konnte er nicht genau erkennen, um welches Fabrikat es sich handelte, doch die Silhouette des Wagens stimmte mit einem elektrisch betriebenen Fiat Special zusammen.

Er vermutete, dass die beiden Männer hinter dem Container den Wagen ebenfalls genau im Auge behielten.

20:59. Durch eine Türöffnung neben der Warenannahme drang Licht nach draußen, woraufhin ein Mann erschien, der sich ein Bündel – einen Sack? – vor die Brust hielt. Er ging die Stufen hinunter, die in die Rampe eingelassen waren, während die rechte Tür des Wagens von innen geöffnet wurde. Der Mann schien den Sack auf den Boden vor dem Beifahrersitz fallen zu lassen. Dann ging er wieder die Stufen zur Rampe hinauf und bekam von einem Mann einen zweiten Sack gereicht. Auch dieser Sack wurde vorne in den Wagen gelegt, bevor der Angestellte hinterherkletterte und die Tür schloss. Als der Wagen sich wieder in Bewegung setzte, hob der Mann auf der Rampe zum Abschied die Hand, bevor er durch die Tür ins Innere des Gebäudes verschwand.

Es war jetzt genau 21 Uhr.

Ferdinand ließ das Fernglas sinken. Ein leichter Wind strich über die Bäume und ließ ein paar Tropfen auf seinen Kopf fallen. Erst jetzt wurde ihm bewusst, dass er Zeuge eines genau geplanten Verbrechens wurde. Würde er in einem bequemen Sessel sitzen, könnte er sich das Ganze wie einen Kinofilm ansehen.

Während das Auto über den Asphaltstreifen rollte, wurde er sich immer sicherer, dass es ein Fiat Special war. Das leise Summen des Elektromotors hörte er erst, als das Auto auf der Rückseite des Finanzcenters um die Ecke bog. Nicht ein einziges Mal hatte der Fahrer die Lichthupe benutzt; offensichtlich war die Luft rein. Das Auto hatte einen kleinen Wendekreis und wendete, ohne zurücksetzen zu müssen. Dies geschah unmittelbar vor dem Container, worauf das Auto mit seiner rechten Seite neben der Hausmauer stehen blieb; genau so, wie eine gewisse Stimme erklärt hatte.

Ferdinand nickte, als auch der nächste Punkt des Plans sich bestätigte: Der Fahrer, ein uniformierter Mann der Wachgesellschaft, stieg aus, verharrte kurz neben der geöffneten Tür und schaute sich um. Dann gab er offenbar seinem Mitfahrer ein Zeichen, das alles in Ordnung war, worauf dieser den Wagen verließ und zu der in die Wand eingelassenen Luke ging.

Was würde geschehen, wenn der Wachmann die

beiden Angreifer bemerkte, bevor sie ihn überwältigen konnten? Doch dann fiel Ferdinand ein, dass der Mitarbeiter von *Nero* mit ihnen gemeinsame Sache machte. Die Verbrecher konnten sich ganz auf den Mitarbeiter von *Räuberkauf 2000* konzentrieren.

Der eine von ihnen – vermutlich Artur Barre – war bereits zum Angriff übergegangen. Blitzartig sprang er hinter dem Container hervor, lief ein paar Schritte an der Wand entlang, hob seinen Arm und schlug zu. Der Schlag schien professionell ausgeführt, denn der Mann sank neben der Luke zusammen. Der andere Angreifer ging bedeutend behutsamer zu Werke. Jens Mesner wartete, bis der Wachmann so freundlich war, seinen Kopf in den Wagen zu stecken, um Licht und Motor auszuschalten. Dann ließ er sich von Mesner um das Auto herum dirigieren, ohne ersichtlichen Widerstand zu leisten. Drei Minuten lang sah Ferdinand überhaupt nichts, weil ihm das Elektroauto die Sicht versperrte, doch er nahm an, dass die beiden Verbrecher unter der kundigen Anleitung von Barre damit beschäftigt waren, die beiden Insassen des Geldtransporters zu fesseln und zu knebeln.

Dass er Recht hatte, sah er, als die beiden zum Container geschleift wurden. Sie schienen bewusstlos zu sein. Vielleicht hatte Barre dem Wachmann sicherheitshalber auch einen Schlag in den Nacken verpasst. Während er sie an den Container fesselte, holte Mesner die Beute aus dem Wagen. Jetzt konnte Ferdinand erkennen, dass es sich um große Beutel oder Säcke handelte. Die Täter schnappten sich beide einen Sack und liefen zu ihrem Wagen. Der Motor startete, die Scheinwerfer flammten auf, und schon war das Fahrzeug an der Rückseite des Hotels um die Ecke gebogen und verschwunden.

21:09. Ferdinand fragte sich, wie lange es dauern würde, bis man die beiden Geldboten vermisste. Würden die Täter ihre Beute im Hühnerstall verstecken können, ehe die Jagd auf sie begann?

Er hatte das eigentümliche Gefühl, eine Vorstellung erlebt zu haben, die allein für ihn inszeniert worden war. Obwohl er nur Zuschauer gewesen war, zitterte er ein wenig. Als Zeuge konnte er das Verbrechen anzeigen oder sein Wissen für sich behalten. Zunächst würde er abwarten, wie sich die Dinge entwickelten. Sich davon überzeugen, dass der Coup auch wirklich geglückt war. Das war der unschätzbare Vorteil des geheimen Beobachters, vor allem, weil niemand ahnte, dass er alles mit angesehen hatte.

Während seiner Erkundungsfahrt am letzten Sonntag hatte er sich auch in Mesners Wohngegend umgeschaut und festgestellt, dass sich ein Stück hinter seinem Haus eine alte Scheune befand. Ein paar kleine Luken in der Wand legten die Vermutung nahe, dass sie einst als Hühnerstall gedient hatte.

Er drehte sich um und ging zwischen den Bäumen hindurch. Dann schaltete er die Taschenlampe ein und bewegte sich so rasch er konnte, ohne sich allzu sehr zu verausgaben. Er stieg in seinen Wagen, zog sofort die Stiefel aus, legte sie hinter dem Fahrersitz auf den Boden und schnürte sich seine Halbschuhe. Was war mit eventuellen Fußabdrücken? Vielleicht sollte er sich der Stiefel entledigen.

Nein, das wäre eine übertriebene Vorsichtsmaßnahme. Erneut musste er sich sagen, dass er bloß Zeuge und keiner der Täter gewesen war.

Nur zehn Minuten später war er zu Hause. Keine Autos, keine Gäste. Der Normalzustand also, zumal einen Tag vor Weihnachten. Im Haus roch es nach Putzmittel, und Gudrun war dabei, die Wohnung zu dekorieren. Sie umarmten sich herzlich. Monica freute sich schon aufs Schmücken des Baums, doch zuerst kappte Ferdinand dessen Spitze und fixierte ihn im Ständer, bevor er ihn ins Wohnzimmer trug und den Ständer mit Wasser füllte.

»Ich bringe Knut den Whisky vorbei.«

»Bleib nicht zu lange«, sagte Gudrun. »Heute ist doch ein besonderer Abend.«

Er nickte. Wenn sie mit dem Schmücken des Baums fertig waren, pflegten sie es sich mit einer Flasche Wein und ein paar Delikatessen auf dem Sofa bequem zu machen und einer ganz bestimmten CD zu lauschen, einer alten Einspielung mit Ben Webster und Art Tatum, die sie an Weihnachten vor vielen Jahren gehört hatten und die sie mehr in festliche Stimmung versetzte als alle Weihnachtslieder zusammen.

Auch der Besuch bei Hatling hatte bereits Tradition. Sie tauschten eingepackte Whiskyflaschen und rauchten eine Zigarette miteinander. Über manche von Hatlings Eigenschaften hielt sich Ferdinands Begeisterung in Grenzen, doch er schätzte seine Gelassenheit und Aufrichtigkeit. In dieser Hinsicht hatten sie wohl etwas gemeinsam.

Zumindest bisher.

Er unterdrückte ein schwaches Zittern, als er an der Haustür des Freundes klingelte, der mit seiner Familie nur einen Steinwurf vom Altersheim entfernt wohnte, in einem Einfamilienhaus aus den fünfziger Jahren. Als Hatlings Frau die Tür öffnete, war seit dem Überfall exakt eine Dreiviertelstunde vergangen. Ihr Mann würde als einer der Ersten verständigt werden, sobald man den Überfall bemerkte.

»Guten Abend«, sagte sie lächelnd. »Knut wartet schon auf dich.«

Ferdinand ging hinunter ins Kaminzimmer. Sein Freund stand breitbeinig vor dem Kamin, trug viel zu enge Jeans, hatte die Hemdsärmel aufgekrempelt und widmete Ferdinand sein übliches Willkommensgähnen. Er fuhr sich durch seine struppigen Haare.

»Ganz schöne Rauchentwicklung hier drinnen. Ist wohl sowieso eine Schnapsidee, bei diesen Temperaturen den Kamin anzumachen.«

»Ach was …« *Wenn ich es ihm erzählen will, dann muss ich es jetzt tun.* »… aber vielleicht solltest du die Lüftungsklappe öffnen?«

»Herrgott noch mal! Wo hab ich nur meinen Kopf?« Hatling gähnte und drehte an dem Griff, der an der Wand befestigt war. »Diese Autohasser haben heute Nacht wieder zugeschlagen. Nicht so heftig wie beim letzten Mal, aber immerhin. Achtzehn Autos mit platten Reifen am Måseveien. Und keine Spur von den Tätern.«

Ferdinand stellte die eingepackte Flasche auf den Tisch und ließ sich auf einen Stuhl sinken. »Bist du sicher, dass es jedes Mal dieselben sind?«

»Nein, aber es spricht alles dafür, dass sie aus dieser Gegend kommen. Was uns bislang fehlt, ist das Corpus Delicti.«

»Du meinst die Tatwaffe?«

»Richtig. Aber lass uns lieber von etwas anderem reden.«

Der Polizist setzte sich ebenfalls und füllte zwei Tassen mit Kaffee, den er mit einem Schuss Schnaps verlängerte.

»Frohe Weihnachten, Ferdinand.«

»Frohe Weihnachten.«

Beide zündeten sich eine Zigarette an.

*Wenn ich es jetzt nicht erzähle, muss ich für immer schweigen.*

Vielleicht würde er seine Schweigsamkeit später bereuen. Wenn die Polizei die Geldsäcke aufspürte und Verdacht gegen Mesner schöpfte, hätte er die Gelegenheit verspielt, seine Gesetzestreue unter Beweis zu stellen. Die Stimme eines Polizisten gellte in seinem Kopf: *Warum haben Sie uns das nicht früher erzählt, Krogh?*

»Und sonst?«, erkundigte sich Hatling.

»Geht so einigermaßen.«

»Alles in Ordnung zu Hause?«

»Ja, alles bestens.«

Sie sprachen über das Ehepaar Svanebukt, und Ferdinand wagte eine vorsichtige Verteidigung der ökologischen Landwirtschaft. Die Tomaten hätten nach Sonne und Sommer geschmeckt, behauptete er. Erst als er sagte, er müsse jetzt nach Hause gehen, klingelte das Telefon. Hatling hob ab, und nach wenigen Sekunden verwandelte sich seine Müdigkeit in helle Aufregung. »Was? Das ist nicht wahr!«

Er bellte ein paar Anweisungen in den Hörer und beendete abrupt das Gespräch. Sein Gesicht war ungewöhnlich rot.

»Das war Vibeke. Ich muss sofort zum *Soria Moria*. Dort hat ein brutaler Raubüberfall stattgefunden.«

»Um Himmels willen«, sagte Ferdinand.

Knuts Whiskyflasche in der Hand, eilte er nach Hause. Der Überfall hatte sich vor anderthalb Stunden ereignet, und er konnte davon ausgehen, dass die Beute inzwischen in dem verabredeten Versteck deponiert worden war.

Als er das Motel erreichte, glaubte er in der Ferne bereits die Sirenen der Einsatzfahrzeuge zu hören. Er drehte sich um, ehe er hineingehen wollte, um sich von Ben Webster und Art Tatum in weihnachtliche Stimmung versetzen zu lassen.

War nicht plötzlich eine kalte Strömung in der milden Luft zu spüren? Er hob den Kopf und blickte zum bleichen Mond hinauf. Einige sagten, er bestehe aus Käse, und tatsächlich wirkte er am heutigen Abend wie mit Schimmel überzogen.

Er schämte sich beim Gedanken an seine Mutter.

# White Christmas

Gegen fünf Uhr morgens begann es zu schneien. Als Ferdinand zwei Stunden später aufstand, während Monica und Gudrun noch schliefen, hatte sich die Welt verwandelt. Er bemerkte es sofort, als er die Haustür öffnete, um die Zeitung hereinzuholen. Doch an diesem Morgen war er weniger an dem perfekten Weihnachtswetter als an den Schlagzeilen interessiert.

Er schenkte sich ein Glas Orangensaft ein und setzte sich an den Küchentisch. Die Redaktion hatte den Überfall noch berücksichtigen können. Auf der ersten Seite war ein Foto der bekannten Seeräuberflagge des Unternehmens zu sehen, und die Schlagzeile hätte nicht fetter sein können. Aus dem Artikel ging hervor, dass ein Mitarbeiter von *Räuberkauf 2000*, der noch spät in der Buchhaltung zu tun hatte, gegen zehn Uhr einen Anruf erhalten hatte, und zwar von einer Frau, die sich nach ihrem Freund, einem gewissen Nilsen, erkundigte. Wenn er den Geldtransport begleite, sei er für gewöhnlich spätestens um halb zehn zu Hause. Der Mann in der Buchhaltung sorgte sich um seinen

Kollegen und erkundigte sich beim Wachdienst *Nero*. Es zeigte sich, dass man auch dort begonnen hatte, sich ernsthaft über das Ausbleiben des Angestellten Jon Hassel Gedanken zu machen, der nach seinem Einsatz nicht zurückgekehrt und auch auf dem Handy nicht zu erreichen war.

Nach einer Reihe von Telefonaten war der Buchhalter schließlich selbst zur Bankfiliale gefahren, wo er sowohl das Auto des Wachdiensts als auch die beiden Opfer des Überfalls entdeckte. Nilsen und Hassel lagen auf dem Boden und waren an den Müllcontainer gefesselt, der hinter dem Finanzcenter stand. Sie hatten nicht um Hilfe rufen können, da man ihnen mit solidem Klebeband den Mund zugeklebt hatte. Verschwunden waren Hassels Pistole und – was nicht überraschte – die Geldsäcke.

Dem Angestellten von *Räuberkauf 2000* zufolge hatten sich in diesen rund sechs Millionen norwegische Kronen in bar befunden, zwei Drittel des neuen Rekordumsatzes, den der Supermarkt an diesem Tag erzielt hatte.

Über die beiden Gangster gab es nur spärliche Hinweise. Niemand hatte etwas gehört oder gesehen. Hassel erklärte, er sei von hinten überwältigt worden, während Nilsen gerade den Nachtsafe geöffnet habe. Als er ein Geräusch hörte, habe er sich halb herumgedreht und kurz die Umrisse zweier maskierter Männer wahrnehmen können, bevor er mit einem professionellen Handkantenschlag zu Boden gestreckt worden sei. Sie hätten sich beide in der Krankenabteilung des Altersheims untersuchen lassen, und Gott sei Dank sehe es so aus, als hätten sie keine ernsthaften Verletzungen erlitten.

Der Autor des Artikels fasste zusammen, es habe sich um einen dreisten, professionellen und perfekt vorbereiteten Überfall gehandelt. Die Täter hätten offenbar genau gewusst, wann der Wagen des Wachdiensts eintreffen würde. Vielleicht sei es ein Fehler, stellte der Journalist in den Raum, dass der Geldtransport immer zur selben Zeit und unter denselben Bedingungen stattfinde. Dies sei nur ein Beispiel von vielen, dass scheinbar ausreichende Sicherheitsmaßnahmen durch eine zu starre Routine außer Kraft gesetzt worden waren. Der Journalist kritisierte die Bank dafür, einen Container so nahe am Nachtsafe postiert zu haben, dass er Verbrecher förmlich dazu einlade, sich hinter ihm zu verstecken. Und vielleicht, so das ironische Fazit des Artikels, hätten auch die Betreiber des Supermarkts einen Fehler begangen, als sie ihn *Räuberkauf 2000* getauft hatten. Die Täter hätten diese Bezeichnung offenbar als Aufforderung verstanden.

Doch Ferdinand war nicht nach einem Lächeln zumute. Vielmehr las er den Artikel drei Mal hintereinander, bis er sich nahezu hundertprozentig sicher war, dass Mesners Plan voll und ganz aufgegangen war.

Danach zündete er sich die erste Zigarette des Tages an. Im Lokalteil der Zeitung fand er einen kleinen Artikel, der sich mit der Wahl zum Räuber des Jahres befasste. Er musste zu einem früheren Zeitpunkt und von einem anderen Journalisten geschrieben worden sein, denn dieser machte eine ganze Reihe amüsanter Bemerkungen über den Namen des Supermarkts.

Überraschende Pointe des Artikels war der Umstand, dass Margot Stjern ihren unverhofften Gewinn in voller Höhe der Organisation STOP gespendet hatte.

Der großartige Verkaufstag musste sich für die Geschäftsführung von *Räuberkauf 2000* in einen Albtraum verwandelt haben, dachte er. Und um dem Ganzen die Krone aufzusetzen, war sie auch noch gezwungen, 200.000 Kronen an eine Organisation zu überweisen, die seinerzeit alles dafür getan hatte, um den Bau des Einkaufszentrums zu verhindern.

Er stand auf und machte Frühstück. Im Radio bekam er noch einmal eine Zusammenfassung des Raubüberfalls zu hören. Auch der Hörfunkreportage war ein gewisser ironischer Unterton anzumerken. Ein Polizist bestätigte, es gäbe noch keine heiße Spur. Zahlreiche Autos waren in der Nacht kontrolliert worden, jedoch ohne Erfolg. Der Reporter fragte, ob der Müllcontainer sorgfältig überprüft worden sei. Womöglich seien die Säcke dort deponiert worden, um später abgeholt zu werden. Ohne es zu wissen, war er dem Kern der Sache ziemlich nahe gekommen, doch die Polizei schien anderes im Sinn zu haben. Natürlich sei der Container gründlich durchsucht worden, antwortete der Polizist. Er fügte hinzu, es handele sich um die größte Summe, die in Norwegen jemals bei einem Raubüberfall erbeutet worden war, und Ferdinand erinnerte sich daran, dass Mesner fast dieselben Worte gewählt hatte, als er Barre erklärte, wie bombensicher der Plan sei.

Merkwürdigerweise empfand er nichts. Er wusste alles, war jedoch völlig ruhig. Jetzt wusste er sogar, wer der dritte Mann war. Jon Hassel, ein junger, blonder Kerl, der ab und zu mit seinem privaten Luxusschlitten zum Tanken vorbeikam.

Vielleicht waren es solche Extravaganzen, die ihn gezwungen hatten, bei Mesner einen Kredit aufzunehmen.

Abgesehen von seinem detaillierten Wissen über die Einzelheiten des Überfalls besaß Ferdinand noch eine weitere Trumpfkarte. Hatling selbst würde nicht mit den Ermittlungen betraut werden, aufgrund seiner Lokalkenntnisse jedoch in den Fall involviert bleiben, was zur Folge hatte, wie Ferdinand aus Erfahrung wusste, dass ihn sein bester Freund über die wesentlichen Entwicklungen auf dem Laufenden halten würde.

Nicht, dass der Hauptkommissar so geschwätzig gewesen wäre, doch aus verschiedenen Gründen hatte er zu Ferdinand großes Vertrauen gewonnen. Außerdem betonte er stets, wie sehr die Polizei auf die Mithilfe der Bevölkerung angewiesen sei. Allerdings hatte Ferdinand ihm nur ein einziges Mal helfen können – als seine Personenbeschreibung zur Ergreifung eines Autodiebs geführt hatte.

Mit weich gekochten Eiern, Toast und Kaffee betrat er das Schlafzimmer. Das Tablett setzte er auf seiner Bettseite ab und küsste Gudrun sanft auf die Stirn. Gestern war er dankbar gewesen, dass sie kein sonderliches Interesse an dem Raubüberfall gezeigt hatte, was ihn womöglich dazu verleitet hätte, mehr zu verraten, als er eigentlich wollte. Stattdessen hatten sie mit Monica in Weihnachtserinnerungen geschwelgt, die ersten Nüsse geknackt, eine Flasche Wein aufgemacht, Marzipan genascht und Musik gehört. Später hatten sie sich geliebt.

Gudrun schlug blinzelnd die Augen auf.

»Frohe Weihnachten«, sagte er. »Das Frühstück ist fertig.«

»Du bist ein Schatz.«

»Ich hab sogar schon Schnee geschaufelt.«

»Ist das wahr?«

Er ging zum Fenster und zog den Vorhang zur Seite. Weiße Flocken rieselten vom Himmel und hellten die Dunkelheit auf.

*»I'm dreaming of a white Christmas«*, summte sie. »Das ist ja wunderbar. Pünktlich zu Heiligabend …«

»Wir tun unser Bestes, Madam. Wünschen Sie die Morgenzeitung?«

»Gern, James.«

Er gab ihr die Zeitung und deutete auf die Schlagzeile. Dann verließ er das Zimmer.

Um fünf vor acht schaltete er das Licht im Geschäftsraum der Tankstelle ein, lächelte in Anbetracht der bescheidenen Weihnachtsdekoration und stellte sich an die Tür. Tore kämpfte sich mit dem Fahrrad durch den Schneefall, nahm den Kopfhörer ab und wischte sich den Schnee von den Schultern.

»Heute schließen wir um zwölf, oder?«

»Ja, und wir machen erst am Montag wieder auf.«

»Hast du von dem Überfall gehört?«

Ferdinand nickte.

»Die ... die kamen doch sicher aus der Gegend, meinst du nicht?«

»Doch, das denke ich auch.«

»Jetzt hat Hatling endlich was anderes zu tun.«

»Als was?«

»Als hinter den Leuten her zu sein, die fremde Autos ka... kaputtmachen.« Tore kniff die Lippen zusammen. »Mein Vater hat gestern Besuch von ihm bekommen, als ich nicht da war. Und weißt du was?«

»Was?«

»Hatling verdäch... dächtigt mich.«

Ferdinand lächelte. »Dann kriegt er's mit mir zu tun. Du hast doch bestimmt ein Alibi.«

»Was für ein Ding?«

»Na, dass du beweisen kannst, dass du woanders warst, als die Autos kaputtgemacht wurden.«

»Mein Papa hat gesagt, dass ich gestern Abend die ganze Zeit zu Hause war, als es passiert ist. Meine Er... Erinnerung ist nicht so gut, weißt du?« Tore hängte seine Jacke an den Garderobenhaken und zog seinen blauen Overall an.

Alibi ... Ferdinand dachte nach. Mesner hatte in dieser Hinsicht vorgesorgt. Genau wie Barre. Falls es notwendig werden sollte, konnten sich beide auf einen gemeinsamen Abend in Oslo berufen. Das beste Alibi besaß jedoch Jon Hassel. Dass er von einem der Täter brutal niedergeschlagen worden war, machte ihn vollkommen unverdächtig. Im Radio war gemeldet worden, er sei schlimmer verletzt als Nilsen. Vielleicht hatte er sogar selbst darum gebeten, richtig niedergeschlagen zu werden, um auf der sicheren Seite zu sein.

Wie stand es um sein eigenes Alibi? Konnte er beweisen, wo er gewesen war, nachdem er den Weihnachtsbaum gekauft hatte? Die Zeitspanne zwischen dem Weihnachtsbaumkauf und seiner Heimkehr ließ sich leicht ein wenig zurechtbiegen. Der Einkauf selbst, die Heimfahrt, alles hatte eben etwas länger gedauert. Zudem würden sich weder der Bauer noch Gudrun die exakte Uhrzeit gemerkt haben.

Und sie würden auch nie danach gefragt werden. Er wusste von nichts, hatte sich mit seiner Whiskyflasche sogar in die Höhle des Löwen getraut.

Am Vormittag des Heiligen Abends war an der Tankstelle wie üblich wenig Betrieb. Nur ein paar Stammkunden schauten vorbei, äußerten vage Vermutungen zu den Hintergründen des Raubüberfalls, ließen sich von Ferdinand mit Kugelschreibern und Kalendern versorgen und wünschten ihm frohe Weihnachten. Beim *Soria Moria* herrschte um diese Zeit sicher ein enormer Ansturm von Presse- und Fernsehleuten sowie einer unüberschaubaren Menge neugieriger Kunden. Leider lag das *Bellevue Benzin & Motel* dort, wo Hase und Fuchs sich gute Nacht sagten.

Um zehn vor zwölf überreichte er Tore die beiden eingepackten CDs und sagte ihm, er könne schon nach Hause fahren.

»Ich habe auch ein kleines Geschenk für dich«, entgegnete sein Assistent und drückte ihm ein Paket in die Hand, das offenbar ein Buch enthielt. »Eigentlich ist es für die ganze Familie. Ihr seid so nett zu mir.«

Als Tore sich im dichten Schneefall auf sein Fahrrad schwang, hob Ferdinand zum Abschied die Hand. Er spürte, dass er errötete, doch niemand konnte dies sehen.

Am Nachmittag besuchten Gudrun und Monica einen Gottesdienst, während er sich ins Auto setzte und zum Altersheim fuhr. Seine Mutter war fertig angezogen, schien aber nicht in bester Verfassung zu sein.

»Du kommst spät.«

»Wir hatten vier Uhr verabredet.«

»Was sagst du?«

Eine Krankenschwester kam zu ihnen. »Sie sollten lieber den Gehstuhl mitnehmen. Sie ist heute sehr wacklig auf den Beinen.«

»Was tuschelt ihr da hinter meinem Rücken?«

»Dass Weihnachten leider nur einmal im Jahr ist!«, rief die Krankenschwester.

Als er seiner Mutter auf den Beifahrersitz geholfen und den Gehstuhl sowie das wenige Gepäck im Kofferraum verstaut hatte, eilte Nils Ramsjø herbei.

»Ich wünsche Ihnen ein frohes Weihnachtsfest.«

»Das wünsche ich Ihnen auch.«

»Heute Nacht war hier ganz schön was los.«

»Hat meine Mutter etwas ...?«

»Nein, nein, ich musste die beiden Männer verarzten, die überfallen worden waren, und einige Journalisten haben vor der verschlossenen Tür so einen Radau gemacht, dass viele unserer Bewohner geweckt wurden.«

»Sie haben sie selbst verarztet?«

»Immerhin bin ich ausgebildeter Krankenpfleger. Gott sei Dank waren die Verletzungen nicht allzu schlimm. Wer weiß, was passiert wäre, wenn die Verbrecher härter zugeschlagen hätten. Mit Handkantenschlägen an den Hals kenne ich mich aus.«

»Sie meinen, es handelte sich um professionelle Verbrecher?«

»Zweifellos.« Ramsjø beugte sich zum Beifahrerfenster hinunter und winkte Ferdinands Mutter zum Abschied zu. Dann fügte er hinzu: »Weiße Weihnachten sind etwas Wunderbares, aber fahren Sie vorsichtig, Herr Krogh.«

Eine überflüssige Ermahnung, dachte Ferdinand irritiert, ehe er sich daran erinnerte, dass Ramsjøs Sohn bei einem Autounfall ums Leben gekommen war. Er nahm hinter dem Steuer Platz und wollte seiner Mutter mit dem Sicherheitsgurt behilflich sein.

»Lass das!«, fauchte sie.

»Anschnallen ist Pflicht. Außerdem ist es heute sehr glatt.« Er wusste, dass seine Mutter protestierte, weil sie den Gurt nicht ausstehen konnte und weil sie fand, dass man damit albern aussah. Er streckte den Arm aus und zog den Gurt über ihre Brust, doch irgendetwas blockierte.

»Lass das sein, sag ich! Ich kann den Gurt festhalten, dann sieht es so aus, als wäre ich angeschnallt.«

Herrgott noch mal, was für ein idiotischer Selbstbetrug. Er selbst hatte für gut gemeinte Ratschläge immer ein offenes Ohr, doch seine eigenen schienen nicht sehr gefragt zu sein. Mach doch, was du willst, dachte er und legte den ersten Gang ein. Missmutig spürte er, wie sein Kiefer sich verhärtete.

Warum bekam er plötzlich schlechte Laune?

Nach und nach besserte sich seine Stimmung. Als er vor dem Motel anhielt, hörte er das Läuten der Kirchenglocken, und als er seine Mutter ins Haus führte, fragte er sie, ob sie es auch höre. Sie nickte, und gemeinsam blieben sie auf den Stufen stehen und lauschten.

»Frohe Weihnachten, mein Junge«, sagte sie lächelnd und drückte die Hand, die sie stützte. »Heute sind alle so nett zu mir.«

»Du bekommt Zimmer Nummer eins, natürlich auf Kosten des Hauses.«

Sie schien mit ihrem Zimmer mehr als zufrieden. Gudrun hatte es liebevoll geschmückt und einen Weihnachtsstern auf den Nachttisch gestellt. Anschließend servierte er ihr eine Tasse Kaffee im Wohnzimmer und zündete ein Feuer im Kamin an. Als Gudrun und Monica von der Kirche zurückkamen, saß sie im Ohrensessel und machte ein Nickerchen.

Alle waren sich einig, dass der Truthahn diesmal noch besser und vor allem exotischer schmeckte als üblich. Gudrun erklärte das mit den Kräutern, die ihr Elise Svanebukt empfohlen hatte. Nach dem Essen setzte sie sich ans Klavier und spielte Weihnachtslieder. Ferdinand bemerkte, dass seine Mutter vor Rührung ihr Taschentuch zückte.

Eigentlich hatte Gudrun für diesen Abend ein absolutes Fernsehverbot verhängt, doch Ferdinand durfte ausnahmsweise die Abendnachrichten sehen, bevor sie mit der Bescherung begannen. Der Raubüberfall war natürlich der erste und längste Beitrag. Zunächst wurde eine lächerliche Nachstellung des Überfalls gezeigt, bevor derselbe Polizist zu Wort kam, der auch schon im Radio eine Stellungnahme abgegeben hatte.

Er wiederholte, dass die Ermittler nach wie vor im Dunkeln tappten, und forderte mögliche Zeugen auf, sich umgehend bei der Polizei zu melden. Schließlich tauchte ein blonder, junger Mann auf dem Bildschirm auf, den Ferdinand sofort als Jon Hassel erkannte.

»Ich konnte gerade noch meinen Finger an den Abzug bringen, aber da war es schon zu spät«, erklärte der sympathische Wachmann.

Ferdinand fiel auf, dass seine Augen dem Blick des Reporters keinen Moment auswichen. Entweder war er ein guter Schauspieler, oder er hatte sich im letzten Moment doch zum Widerstand entschlossen, um nicht in etwas verwickelt zu werden, dessen Konsequenzen er nicht tragen wollte.

Als Ferdinand später auf dem Klavierhocker neben dem Weihnachtsbaum saß und die Geschenke verteilte, hatte er den Überfall völlig vergessen. Alle bekamen ihre Wünsche erfüllt, besonders Monica, und so sollte es sein. Als Gudrun das exklusive Abendkleid auspackte, das Ferdinand vor drei Tagen spontan gekauft hatte, schaute sie ihn dennoch erschrocken an – *das können wir uns nun wirklich nicht leisten!* – und sagte, sie wolle es später anprobieren. Doch als sie kurz darauf feststellte, dass es ihr glänzend stand, und auch Monica versicherte, sie sehe darin zehn Jahre jünger aus, ließ sie sich beschwingt zu ein paar Tanzschritten hinreißen. Und so endete dieser Tag, wie es sich für einen Heiligen Abend schickte, in Eintracht und Harmonie.

Am ersten Weihnachtsfeiertag fragte er Monica, ob sie

ihn auf einer kleinen Skitour begleiten wolle, während Gudrun seiner Mutter Gesellschaft leiste. Doch Monica hatte keine Lust. Außerdem erwartete sie Besuch von Siv Mesner.

Mesner ... warum eigentlich nicht, dachte er, während er die Skier auf dem Dachgepäckträger befestigte. Er wählte den Weg in Richtung Wald, der an der Rückseite von Mesners Haus vorbeiführte. Er erkannte dessen Mercedes und das unwegsame Gelände unterhalb der Villa, auf dem sich der Hühnerstall befand. Im Vorbeifahren konnte er keine Spuren im Schnee erkennen. Der Kerl hatte verdammtes Glück gehabt. Vorgestern Abend mussten Barre und er an ungefähr dieser Stelle angehalten haben. Unbemerkt von seiner Familie war er über den niedrigen Zaun gestiegen und hatte die Säcke im Stall deponiert; vielleicht hatte er fünf Minuten gebraucht, um sie zu vergraben, bevor er weitergefahren war.

Wegen des Schnees sollte Mesner sein Versteck vorerst meiden. Seine Frau und seine Tochter würden die Fußspuren entdecken und sich fragen, was der Hausherr im alten Hühnerstall zu suchen hatte. Ferdinand konnte sich nicht vorstellen, dass er seine Familie eingeweiht hatte. Schlau, wie er war, wollte er das Geld womöglich bis zum Frühjahr dort liegen lassen.

Doch auch Ferdinand musste sich davor hüten, Spuren im Schnee zu hinterlassen.

In der Nähe eines Hügels hielt er auf einem Parkplatz, den er oft als Ausgangspunkt für Skiausflüge benutzte. Da Ferdinand ohnehin Gegenden bevorzugte, in denen es vor anderen Skiläufern nicht wimmelte, kam es ihm sehr gelegen, dass erst ein einziges Auto dort parkte. Er schnallte sich die Skier an und folgte einer bereits gezogenen Spur. Doch es zeigte sich, dass noch nicht genügend Schnee gefallen war. Immer wieder kratzten die Skier über Steine, die aus der frischen Schneedecke herausragten. Er stützte sich kurz auf seine Stöcke, wendete und kehrte zum Parkplatz zurück.

Nachdem er sich gerade eine Zigarette angezündet hatte, kehrte der andere Skiläufer von seinem Ausflug zurück. Es war Doktor Kluge, der ein leidenschaftlicher Verfechter des Lebens in freier Natur war. Rasch warf Ferdinand die Zigarette weg und nahm Haltung an. Der asketische ältere Herr hatte nie einen Hehl daraus gemacht, wie sehr ihm Menschen missfielen, die von Genussmitteln abhängig waren. Nachdem sie einander frohe Weihnachten gewünscht hatten, sagte der Arzt: »Man ist ja bescheiden geworden, was die Bedingungen für den Wintersport angeht.«

»Mit etwas Glück werden sie morgen schon besser sein.«

»So wie früher wird es nie wieder werden.«

»Meinen Sie wirklich?«

Kluge sah ihn ernst an. »Wir sind drauf und dran, unsere Lebensgrundlagen zu zerstören.«

»Aber die Leute werden doch älter als früher.«

»Ja, auf künstlich erzeugte Weise. Es ist nur eine Frage der Zeit, wann die neuen Krankheiten unsere durchschnittliche Lebenserwartung wieder senken.«

»Und das hat mit dem Schnee zu tun?« Ferdinand hatte nicht ironisch sein wollen.

»Unter anderem. Man kann die Giftstoffe im Schnee nicht sehen, aber man kann sie messen. Jeden Tag wird die Natur mit neuen Stoffen belastet. Manche wirken direkt, andere geben Strahlung ab ...«

»Und Sie glauben, dass auch die Anfälle meiner Tochter ...?«

Der Arzt zuckte die Schultern, sah ihn jedoch unverwandt an. »Pfalzmeyers Studien in den achtziger Jahren brachten ihn zu der Überzeugung, dass eine Verminderung der Ozonschicht auch lebende Zellen beeinträchtigt. Allergien und Asthma sind Reaktionen auf Stoffe, die in unserem Lebensraum nichts zu suchen haben. In diesem Sinne können auch Monicas Anfälle als eine Art *Protest* verstanden werden.«

»Bitte?«

»Ein Protest ihres Immunsystems, sozusagen.«

»Weil die Ozonschicht hier im Norden besonders dünn geworden ist?«

»Leider können wir über die langfristigen Auswirkungen noch nichts Definitives sagen, Herr Krogh. Wir sind auf Vermutungen angewiesen. Das ökologische Gleichgewicht ist jedenfalls fundamental gestört. Wer das nicht selbst sieht, hat keine Augen im Kopf!«

Nach dieser Tirade verabschiedete sich Kluge mit einem freundlichen Nicken und stieg in sein Auto, das beim Anlassen eine rußige Abgaswolke ausstieß. Ein Mann wie er könnte zumindest hin und wieder seinen Vergaser kontrollieren lassen, dachte Ferdinand.

Am zweiten Weihnachtsfeiertag setzte der Schneefall

wieder ein, und die Temperatur sank auf minus acht Grad. Ganz normales Wetter für diese Jahreszeit.

Nachdem sie zu Mittag gegessen hatten, sagte seine Mutter, sie würde gern zum Altersheim zurückgefahren werden, wogegen Ferdinand und Gudrun nichts einzuwenden hatten. Obwohl seine Mutter mehrmals betont hatte, sie sollten sich ihretwegen keine Umstände machen, hatten sie natürlich genau das getan, und Gudruns Migräne machte die Sache nicht einfacher.

Nachdem sie sich sogar freiwillig angeschnallt hatte, brachte seine Mutter ihre Dankbarkeit zum Ausdruck.

»Ihr seid so gut zu mir, Ferdinand.«

»Hm.«

»Also möchte ich auch etwas Gutes tun.«

»Hm.«

»Die Fernsehreportage von gestern Abend hat mir die Augen für das Elend in der Welt geöffnet. Ich habe doch eigentlich alles, was ich brauche, und ihr habt ebenfalls alles, was ihr braucht. Weißt du, was ich am Montag tun werde, Ferdinand? Ich werde einen größeren Betrag für wohltätige Zwecke spenden.«

»Für wohltätige ...?«

»Was soll das ganze Geld auf der Bank, noch dazu bei den niedrigen Zinsen, die es im Moment gibt?«

# Five-a-side

Der siebenundzwanzigste Dezember fiel auf einen Sonntag, an dem Monica früh zu ihrem Fußballturnier aufbrach. Sie streckte ihren Kopf ins Schlafzimmer.

»Vergiss nicht, dass du um zwölf Uhr dran bist, Papa!«

Ferdinand grunzte und war froh, dass Gudrun bereits aufgestanden war und dafür sorgte, dass Monica alles mitnahm, was sie benötigte. Gähnend streckte er sich in der Hoffnung, dass Gudrun ihre Kopfschmerzen losgeworden war und zurück ins Bett kam. Er hatte unruhig geschlafen und von merkwürdigen Personen mit Blasen an den Händen geträumt, die dicke Geldbündel zählten. Eine dieser Personen war Reidar Vang gewesen. Reidar hatte plötzlich mit dem Finger auf ihn gezeigt und laut und deutlich gesagt: »Der Kredit, Mücke, war dein größter Fehler!« Wenn Gudrun noch mal zu ihm ins Bett kam, würde sie ihn vielleicht verführen und die Angst vertreiben.

Er musste sich eingestehen, dass die Sache entschieden war.

Ein paar Tage lang hatte er geglaubt, nichts unternehmen zu müssen. Dank seiner Mutter würden sie vorläufig über die Runden kommen. Als ehrlicher Bürger konnte er in Ruhe die weiteren Entwicklungen abwarten. Da er über die Einzelheiten Bescheid wusste, würde er den Verlauf der Ermittlungen mit Spannung verfolgen, und wenn er einmal alt war und nichts mehr zu befürchten hatte, konnte er vielleicht sogar ein Buch darüber schreiben.

Doch seine Mutter hatte all seinen Träumereien ein Ende bereitet.

Er drehte sich auf die andere Seite und fragte sich, wo Gudrun nur blieb. Als sie schließlich kam, tat sie es mit dem Frühstückstablett in der Hand, aber ohne Verführungsabsichten. Offenbar wollte sie sich für seinen Service von Heiligabend revanchieren.

»Frühstück ist fertig.«

Er setzte sich auf und zeigte sich von seiner besten Seite, musste jedoch einsehen, dass Gudrun von Erotik nichts wissen wollte.

»Wirklich nett von Tore, uns ein Geschenk zu machen«, sagte sie.

»Hast du schon mit dem Buch angefangen?«

»Ich habe die ersten Seiten gelesen. Es geht darum, wie wir Tiere behandeln ... auch, wie wir Menschen miteinander umgehen ...«

»Interessant?«

»Ziemlich lehrreich, würde ich sagen.«

»Das hat bestimmt sein Vater für ihn gekauft.«

»Warum redest du immer so abfällig über Tore?«

»Natürlich ist es auch möglich, dass er es zufällig

ausgewählt hat«, beeilte er sich zu sagen. »Das war nicht abfällig gemeint. Aber du musst zugeben, dass er nicht der Hellste ist.«

»Schon, aber schließlich ist das nicht seine Schuld.«

»Kommst du nachher mit zur Sporthalle? Du siehst Monica so selten spielen.«

»Du weißt doch, dass ich Fußball schrecklich langweilig finde.«

Ein paar Stunden später kam sie doch mit. Nach einem kurzen Spaziergang durch die stille Winterlandschaft schien in der Sporthalle ein nahezu ohrenbetäubender Lärm zu herrschen – die Rufe der Mädchen, die den Ball haben wollten, quietschende Schuhe auf dem Kunststoffboden, die schrille Trillerpfeife des Schiedsrichters, wütende Eltern an der Seitenlinie und Anfeuerungsrufe der erregten Trainer.

Ferdinand lieferte seine Spenden für die Lotterie ab – eine Autodecke sowie eine spezielle Anhängerkupplung, die nie jemand hatte kaufen wollen –, während Gudrun Kaffee und Kuchen für sie besorgte. Danach standen auch sie an der Seitenlinie und verfolgten das zweite Spiel ihrer Tochter. Das erste hatte ihre Mannschaft bereits gewonnen.

Es dauerte nicht lange, bis Gudrun begriff, dass ihre Tochter zu den talentiertesten Spielerinnen gehörte, und als Monica fast ein Tor gelang, schrie sie so laut, dass Ferdinand sie erschrocken in die Seite knuffte. Er selbst erregte sich mehr über die zweifelhaften Entscheidungen des Schiedsrichters Jakob Måsvik. Seiner Meinung nach war es gerade beim Jugendfußball von größter Bedeutung, dass es gerecht zuging. Der Mann neben ihm vertrat dieselbe Ansicht, sah die Sache jedoch mit Humor.

»Jakob ist eben durch und durch Stationsvorsteher und liebt den Klang seiner Trillerpfeife.«

»Er trägt ja auch hier eine schwarze Uniform«, entgegnete Ferdinand.

»Ein Stationsvorsteher in kurzen Hosen.«

Als Monica eine kurze Pause gegönnt wurde, kam Mesners Tochter für sie auf das Feld und stellte sich so ungeschickt an, dass die gegnerische Mannschaft postwendend ihr erstes Tor erzielte.

»Was für ein Schnitzer«, murmelte Ferdinand. »Siv sollte besser nicht in der Abwehr eingesetzt werden.«

»Es sind eben nicht alle Mädchen gleich begabt«, sagte sein Nebenmann. »Aber was macht das schon? In diesem Alter ist doch alles nur ein Spiel.«

Ferdinand wollte widersprechen, hielt sich jedoch zurück.

Dann wurde Monicas Mannschaft ein fragwürdiger Elfmeter zugesprochen. Monica kam aufs Spielfeld zurück und verwandelte ihn souverän. Nach zwanzigminütiger Spielzeit endete das Match unter dem Beifall der Zuschauer 3:1. Roar, der Trainer von Monicas Mannschaft, ging zu Ferdinand. »Sind Sie jetzt nicht im Einsatz?«, erkundigte er sich.

»Ach, das hatte ich fast vergessen.« In den nächsten zwei Stunden sollte er an der Mittellinie hinter einem Tisch sitzen und gemeinsam mit einem weiteren Freiwilligen den ordnungsgemäßen Ablauf des Turniers überwachen. »Was machst du jetzt, Gudrun? Fährst du nach Hause?«

»Erst trinke ich noch einen Kaffee.«

»Monica spielt erst in zwei Stunden wieder.«

Sie nickte, und Ferdinand löste einen einsatzfreudigen Mann ab, der seit dem frühen Morgen die Turnierleitung innegehabt hatte. Ferdinand wusste nicht, was er zu tun hatte, und ließ sich erst einmal einweisen. Jakob Måsvik hatte schon das nächste Spiel angepfiffen. Mit rotem, verschwitztem Gesicht lief er unermüdlich hin und her, pfiff bei der kleinsten Gelegenheit und kümmerte sich nicht um die Missfallenskundgebungen der Zuschauer.

Nach einer Weile wurde auch Frederiks Nachbar abgelöst und durch Jens Mesner ersetzt, der ein wenig formeller angezogen war als die meisten anderen.

»Hallo!«, sagte er unbekümmert, zwinkerte ihm mit seinen dunklen, keltischen Augen zu und setzte sich neben ihn.

»Hallo.«

Mesner passte irgendwie nicht hierher, dachte er, und es dauerte ein paar Sekunden, ehe Ferdinand sich klar machte, dass sein Nebenmann ein Verbrecher war, der, falls er nicht enttarnt würde, einer Versicherungsgesellschaft beträchtlichen Schaden zufügte. Ein Mensch ohne Skrupel.

»Ich habe so was noch nie gemacht«, sagte Mesner.

»Ich auch nicht«, entgegnete Ferdinand.

Er hatte das eigentümliche Gefühl, dass sie über etwas ganz anderes sprachen als das Fußballturnier ihrer Töchter. Gudrun hätte das als *Subtext* bezeichnet. Sie hatte ihm oft zu erklären versucht, dass auch die Schauspieler in einem Film häufig etwas ganz anderes meinten, als sie sagten. Doch was wusste Mesner von seinem eigenen Subtext?

»Was sollen wir jetzt machen?«

»Tore und Endergebnisse notieren, den Spielerblock ausfüllen, über die Lautsprecheranlage bekannt geben, wenn die letzte Spielminute anbricht, und die nächste Paarung ansagen. Außerdem müssen wir die Spielzeit kontrollieren, auf den Gong schlagen, wenn die Zeit um ist, und danach die Uhr wieder zurückstellen.«

Die Worte sprudelten nur so aus ihm heraus; es wunderte ihn, wie mühelos er sich an alles erinnerte.

»Dann sollten wir uns die Aufgaben teilen.«

»Einverstanden. Ich schreibe mit, und Sie können die Uhr betätigen und die Lautsprecherdurchsagen machen.« Es erfüllte ihn mit einer gewissen Genugtuung, Mesner seine Aufgaben zuzuteilen und zu sehen, wie ungeschickt sich der Mann mit der Wettkampfuhr anstellte.

Als Mesner endlich alles verstanden hatte, faltete er die Hände. »Ich bin wirklich beeindruckt von Ihrer Tochter. Die hat sicher eine große Karriere vor sich.«

»Tja, wer weiß ...«

»Im Vergleich zu ihr wirkt Siv doch ziemlich hölzern. Aber glücklicherweise ist ja alles nur ein Spiel.«

»Da haben Sie Recht.«

Falls eine besondere Spannung zwischen ihnen bestand, schien Mesner davon nichts zu spüren, dachte Ferdinand.

Es folgte das Spiel einer Jungenmannschaft, das von einem neuen Schiedsrichter gepfiffen wurde.

Måsvik kam an den Tisch, um seine Karten abzuliefern.

»Etwas Neues vom Überfall?«, fragte er, wischte sich den Schweiß von der glänzenden Stirn und stützte seine haarigen Hände auf die Tischplatte.

Die beiden Männer hinter dem Tisch schauten sich an. Für einen Augenblick meinte Ferdinand, ein konspiratives Lächeln in Mesners braunen Augen wahrzunehmen, und überließ diesem die Antwort.

»Woher sollen wir das wissen?«

»Du bist doch gut mit Hatling befreundet«, sagte er zu Ferdinand.

»Den habe ich zuletzt am Tag vor Heiligabend gesehen.«

»Ich habe da eine Theorie«, sagte der Stationsvorsteher geheimnisvoll.

»Wer hat das nicht?«, entgegnete Mesner.

»Ich glaube, die Ganoven haben einen heimlichen Verbündeten. Vielleicht jemand, der bei *Räuberkauf 2000* angestellt ist. Dieser Nilsen, zum Beispiel ...«

»Unsinn. Ich kenne Nilsen, das ist dem nicht zuzutrauen.«

»Aber ...«

Ferdinand ging durch den Kopf, dass er mit Mesner in derselben Mannschaft spielte. Dass sie dieselben Interessen verfolgten, auch wenn Mesner davon nichts wusste. »Geh zur Seite!«, sagte er zu Måsvik. »Wir können die Uhr nicht sehen.«

Der Mann in Schwarz gehorchte mit beleidigter Miene, was auch höchste Zeit war, denn das nächste Spiel war bereits in vollem Gang, und Mesner hatte vergessen, die Uhr auf null zu stellen. Ferdinand fragte sich, ob dessen zwanghaft gefaltete Hände ein Zeichen innerer Anspannung waren. Er half ihm mit der Uhr und flüsterte ihm beruhigend zu: »Ich glaube, keiner hat was bemerkt.«

Sein Finanzberater nickte und versuchte seine Dankbarkeit zu überspielen, indem er über Jakob Måsvik herzog. »Dieser Kerl steckt seine Nase ständig in Dinge, die ihn nichts angehen. Ein opportunistischer Drecksack, wenn Sie mich fragen. Liebäugelt mit STOP und versucht, sich gleichzeitig bei uns Pragmatikern einzuschmeicheln.«

Als Ferdinand und Mesner ihren Dienst beendet hatten und ihre Töchter ihr drittes Spiel bestreiten sollten, erschien Gudrun in Begleitung einer dunkelhaarigen Frau mit hohen Wangenknochen.

»Wir haben uns schon eine Weile unterhalten«, sagte Gudrun ohne allzu viel Enthusiasmus. »Das ist Sivs Mutter.«

»Lillian Mesner«, fügte diese hinzu.

Ihr Lächeln ließ Ferdinand an eine bestimmte Filmschauspielerin denken, deren Name ihm nicht einfiel. Er gab ihr förmlich die Hand, während Mesner sich Gudrun gegenüber als Kavalier der alten Schule erwies und einen Handkuss andeutete.

Die vier blieben an der Seitenlinie stehen und sahen sich das Match an, wobei die Frauen weiter miteinander plauderten und hin und wieder einen zerstreuten Blick auf das Spielfeld warfen. Ferdinand scheute sich davor, eine nähere Bekanntschaft mit Mesners einzugehen. Warum, wusste er nicht genau.

Aus taktischen Gründen konnte es sogar von Vorteil sein, seinen Finanzberater und dessen Frau besser kennen zu lernen, doch irgendetwas hielt ihn davon ab, ein noch nicht zu Ende gedachter Plan, der einer freundschaftlichen Beziehung im Wege stand.

»Was habe wir nur für sportliche Töchter«, kam es von Lillian Mesner.

Ferdinand traute seinen Ohren nicht. Im Vergleich mit Siv war selbst Gudrun der reinste Fußballexperte. Monica spielte gut und hatte einen großen Verdienst daran, dass ihre Mannschaft überlegen gewann, während Siv sich nicht minder ungeschickt anstellte als beim letzten Mal. Dennoch war Lillian Mesner der Ansicht, beide hätten sich gleich gut geschlagen.

»Dann treffen wir uns später zum Halbfinale, nicht wahr?«

»Vielleicht ...«, antworteten Gudrun und Ferdinand wie aus einem Mund.

Sie aßen zu Hause, während Monica ihr Mittagessen im Vereinsheim einnahm. Gudrun sagte freimütig, dass ihr Lillian Mesner ziemlich auf die Nerven gegangen sei und sie deshalb keine Lust mehr habe, noch einmal zur Sporthalle mitzukommen.

»Ja, sie wirkte ziemlich geschwätzig«, pflichtete Ferdinand ihr bei.

»Schrecklich aufdringlich war sie. Quasselte in einer Tour von ihren großartigen Volkshochschulkursen. Tut mir ja Leid, dass ihr Mann sie misshandelt, aber ich halte das einfach nicht aus.«

»Er misshandelt sie?«

»Sie hat es mir selbst erzählt. Aber ich habe trotzdem keine Lust, mir von einer wildfremden Frau die Ohren voll quatschen zu lassen.«

Ferdinand nickte. Er hatte Lillian Mesner außerordentlich attraktiv gefunden – gefährlich attraktiv sogar –, doch im Augenblick hatte er andere Dinge im Kopf.

Als er die Sporthalle erneut betrat, stellte er sich sogleich an die gegenüberliegende Seitenlinie, um eine Begegnung mit den Mesners zu vermeiden. Er erkannte nur wenige Menschen vom Vormittag wieder, unter anderem Nils Ramsjø, der aufmerksam das zweite Halbfinale der Jungen verfolgte.

»Sie hier?«, platzte es aus Ferdinand heraus. Er hätte nie gedacht, dass Ramsjø sich für Fußball interessierte.

Der schmächtige Leiter des Altersheims schien seinen Kopf einzuziehen. »Mein Sohn spielte vor acht Jahren in derselben Altersklasse. Roger war wirklich ... sehr talentiert.«

»Ich verstehe.«

Doch er verstand nicht. Wollte Ramsjø sich selbst quälen? Sollte Monica etwas Fürchterliches zustoßen, wie es alle Eltern tief im Innern befürchten, würde er sich dann Jahre später ein Fußballspiel gleichaltriger Mädchen anschauen?

Wohl kaum. Andererseits konnte man sich natürlich weiter für den Jugendfußball interessieren, auch wenn die eigenen Kinder nicht mehr mitspielten.

»Und Sie?«

Ferdinand zuckte zusammen.

»Was treibt Sie hierher?«

»Meine Tochter ist beim nächsten Spiel dabei.«

»Tatsächlich? Also, das muss ich mir unbedingt ansehen.« Nach einer kurzen Pause fügte Ramsjø etwas formeller hinzu: »Ihre Mutter sagte, sie hätte ein wundervolles Weihnachtsfest bei Ihnen verbracht.«

»Es freut mich, das zu hören.«

Vielleicht wäre das Ende anders ausgefallen, hätte es bei ihnen zu Hause etwas ärmlicher ausgesehen, dachte Ferdinand. Wären sie ein bisschen bescheidener gewesen, wozu sie im Grunde auch gezwungen waren. Er hatte Gudrun immer noch nicht erzählt, dass seine Mutter ihre Pläne, was ihr Sparguthaben betraf, geändert hatte.

Es wurde ein spannendes Halbfinale. Die beiden Mannschaften schossen abwechselnd Tore, und fünf Minuten vor Schluss ging Monicas Mannschaft nach einem gelungenen Angriff über die rechte Seite in Führung. Bei so einer spannenden Partie wagte der Trainer nicht, Siv einzusetzen. Für die Mesners schien dies keine Rolle zu spielen, denn sie waren gar nicht erst aufgetaucht.

»Die mit dem Stirnband, ist das Ihre Tochter?«, fragte Ramsjø.

»Ja.«

»Sie ist einfach großartig.«

In diesem Moment entschied sich Ferdinand, Ramsjø von seinem Dilemma zu erzählen. Seine Mutter hatte zu dem Leiter des Altersheims großes Vertrauen. Wenn dieser ihr auf behutsame Weise deutlich machte, wie es um die Finanzen ihres Sohnes bestellt war, würde sie ihre Absichten vielleicht ändern.

Doch er kam nicht mehr dazu, etwas zu sagen, denn in diesem Moment geschah etwas Unerwartetes. Monica hatte sich den Ball erkämpft, umkurvte eine Gegenspielerin und hatte den entscheidenden Treffer bereits auf dem Fuß, als sie zitternd stehen blieb.

Ferdinand wusste sofort, was los war. Auf seiner Netzhaut leuchteten riesige Buchstaben auf: *»In die Nationalmannschaft werde ich nie kommen, Papa. Stell dir eine Stürmerin vor, die kurz vor dem Torschuss in Ohnmacht fällt!«* Für den Bruchteil einer Sekunde wünschte er sich, seine Tochter hieße Siv anstatt Monica. Dass sie nicht über Fußballtalent, sondern über ein intaktes Immunsystem verfügte.

Als sie zu Boden sank, eilten sowohl Roar als auch er herbei. Gemeinsam trugen sie Monica an die Seitenlinie. Noch jemand kämpfte sich zu ihr vor, schob den Trainer zur Seite und beugte sich zu ihr hinunter. Es war Ramsjø.

»Ist ihr Zustand gefährlich?«

»Nein ... eigentlich nicht.«

»Gott sei Dank.«

Die aufrichtige Anteilnahme in seiner Stimme ließ Ferdinand davor zurückschrecken, ein so prosaisches Thema wie seine finanziellen Probleme anzusprechen.

Die Mitspielerinnen wussten, dass Monica sich von ihren Anfällen rasch erholte, was auch diesmal nicht anders war. Nur zwanzig Minuten später war sie fast wieder die Alte, und Roar sagte, er wolle sie beim morgigen Finale unbedingt einsetzen.

# Feuerwerk

Er sitzt allein in einer Bar. Wie alle anderen ist er festlich gekleidet, doch im Gegensatz zu den meisten Gästen hat er nur wenig getrunken. Wenn er hin und wieder Bekannte trifft, was sich an solch einem Ort und Tag nicht vermeiden lässt, tut er so, als sei er schon stark angetrunken.

Als er die Einladung erhielt, wollte er zunächst ablehnen. Aber langsam war ihm klar geworden, dass er eine solche Chance nicht ungenutzt lassen durfte. Bis jetzt hatten die Leute überhaupt nichts kapiert, doch diesmal würde manchem vielleicht ein Licht aufgehen. Falls er erfolgreich wäre. Denn das Risiko ist ungleich höher als bei den anderen Aktionen.

Er hebt sein Glas, nippt daran und wirft dem Mann am Klavier einen verstohlenen Blick zu. Der Pianist spielt Melodien, die er nicht kennt. Es gefällt ihm hier nicht, und im dunklen Anzug fühlt er sich unwohl.

Plötzlich ruft eine junge Frau ganz in seiner Nähe: »Noch zwanzig Minuten, Leute!«

Ein Blick auf seine Armbanduhr überzeugt ihn davon, dass sie Recht hat.

Er steht auf und geht unsicher zwischen den Gästen hindurch, von denen sich nur die wenigsten etwas aus der Musik machen. Die Stimmung ist ausgelassen und erwartungsfroh. Draußen im Gang, wo das Licht etwas heller ist, klopft ihm ein Mann im Vorbeigehen freundschaftlich auf den Rücken, sodass der Inhalt seines Glases ein wenig überschwappt.

»Na, etwas zu viel getrunken?«

»Vie … vielleicht.«

»Nur nicht einschlafen, bevor der Spaß richtig losgeht.«

Er nickt, zwingt sich zu einem dämlichen Grinsen und setzt seinen Weg fort. Geht an der Diskothek vorbei, biegt nach rechts ab und schwankt in Richtung Toiletten. Ehe er diese erreicht hat, stützt er sich gegen die Wand und bleibt so stehen, bis er für einen Augenblick allein ist. Dann macht er auf dem Absatz kehrt und geht durch eine kleine Tür, auf der *Notausgang* steht.

In einer dunklen Ecke stellt er sein Glas auf den Boden und trippelt leichtfüßig die schmale Treppe hinunter. Er öffnet behutsam die Tür nach draußen, tritt hinaus und klemmt ein Stück Pappe in den Spalt, damit sie nicht ins Schloss fällt. Von diesem Moment an bewegt er sich wie jemand, der vollkommen nüchtern ist, und spaziert an der Rückseite des Hotels entlang, bis er die nächste Ecke erreicht. Viele Autos parken hier, doch er beachtet sie nicht. Vielleicht ist der Parkplatz nach all den Vorfällen der letzten Zeit sogar bewacht. In geduckter Haltung läuft er im Schutz einer Mauer bis zur Tankstelle.

Dort hält er inne, schaut sich um und verschafft sich einen Überblick über die Lage. Im grellen Neonlicht stehen die Zapfsäulen da wie unbewegliche Roboter, zwölf an der Zahl, von denen acht Banknoten oder Kreditkarten akzeptieren – vier für Benzin, zwei für Diesel, zwei für Gas. Der elegante Verkaufsraum ist hell erleuchtet, aber unbesetzt. Doch was das Beste ist: Niemand tankt in diesem Moment.

Er weiß, dass er vom Hotel aus gesehen werden könnte, von Personen, die zufällig aus dem Fenster blicken, und er weiß auch, dass die Leute schon in Kürze aus dem Haupteingang strömen werden, um Raketen abzufeuern und sich das Feuerwerk anzuschauen. Andererseits sind alle in Feierlaune und haben in der Regel schon so viel getrunken, dass sie Besseres zu tun haben, als eine öde Tankstelle anzustarren.

Er beginnt bei der Zapfsäule, die ihm am nächsten steht, und zieht die Karte durch den Schlitz, worauf die Pumpe anspringt und ein brummendes Geräusch von sich gibt. Dann nimmt er die Zapfpistole, zieht den Schlauch heraus und drückt auf den Abzug. Sofort schießt das Benzin heraus. Der Geruch bereitet ihm Übelkeit, facht seinen Hass jedoch umso mehr an. Er legt die Zapfpistole auf den Boden und lenkt den Strahl so, dass er nicht seine Schuhe trifft. Bevor er zur nächsten Zapfsäule geht, fixiert er den Abzug mit einer Metallklammer, von denen er mehrere in der Jackentasche hat.

Es dauert nicht lange, die vier Zapfsäulen zu präparieren, die sich bedienen lassen. Vier Benzinpfützen breiten sich aus und fließen ineinander. Wieder an der

Ecke des Gebäudes angelangt, zieht er einen kleinen Gegenstand aus der Tasche. Er bleibt stehen und wartet. Die Roboter arbeiten mustergültig und wissen nichts davon, dass der Treibstoff, den sie ausspucken, nicht am vorgesehenen Ort landet. Sie spiegeln sich in dem wachsenden Benzinsee. Er selbst erträgt den Gestank, weil er seinem Zweck dient. Gerne hätte er auch die Gaspumpen geöffnet, was jedoch ein schwierigeres Unterfangen wäre.

Nachdem er das dritte Mal auf die Armbanduhr geblickt hat, überprüft er die Zeitschaltung des kleinen Geräts und legt es vorsichtig auf den Asphalt. Mit dem Fuß schiebt er es der schäumenden Flüssigkeit entgegen, die sich weiter ausbreitet. Er will nicht, dass Menschen zu Schaden kommen, zweifelt aber daran, dass irgendjemand in den letzten fünf Minuten des Jahres noch tanken will. Falls doch noch jemand kommen sollte, würde er nicht mehr Alarm schlagen können. Und den kleinen Gegenstand mit dem Zündmechanismus würde in der Aufregung ohnehin niemand bemerken.

Ein Blick in Richtung Hotel verrät ihm, dass die Gäste bereits aus der Tür strömen. Die ersten Raketen steigen in die Luft und streuen Sternenstaub über das Firmament.

Er eilt denselben Weg zurück, den er gekommen war. Dank der niedrigen Mauer gelangt er ungesehen zur Rückseite des Hotels zurück. Er geht hinein, läuft die Treppe hinauf und betritt den Gang, darauf vorbereitet, so zu tun, als habe er sich in der Tür geirrt. Doch er ist völlig allein. Er geht auf die Toilette, erfrischt sein Gesicht mit kaltem Wasser und kämmt sich die Haare. Dann torkelt er mit dem Glas in der Hand den Gang hinunter.

Er wirft einen Blick in die Bar, und im selben Moment, in dem er feststellt, dass nur noch der Pianist anwesend ist, der eine Minute vor zwölf einen Blues spielt, dringen laute Schreie an sein Ohr. Die Schreie kommen von draußen und werden lauter, hören sich jedoch eher erschrocken als begeistert an.

Selbst der Pianist nimmt die Finger von den Tasten und lauscht. Er dreht sich zu dem angeheiterten Gast um. »Muss ja ein großartiges Feuerwerk sein!«

# Kettenreaktion

Eine Zeit lang war der Andrang an der Tankstelle so groß, dass Gudrun mit aushelfen musste. Manchmal standen die Autos sogar Schlange, und dreimal am Tag wurde neuer Treibstoff geliefert.

Selbst Bolling war gezwungen, bei Ferdinand zu tanken, und stattete ihm nachher einen Besuch ab. »Na, hier brummt das Geschäft ja wieder!« Wie diese Bemerkung gemeint war, begriff Ferdinand, als Bolling hinzufügte: »Aber nicht mehr lange!«

»Ist bei Ihnen bald wieder alles in Ordnung?«

»Selbstverständlich. Es wird rund um die Uhr gearbeitet. Gott sei Dank deckt die Versicherung sämtliche Unkosten.«

Daran zweifelte Ferdinand nicht.

»Die Frage ist, wie wir uns in Zukunft vor solchen Anschlägen schützen können. Wahrscheinlich sollten wir die Pumpen in der Nacht abstellen. Das gilt auch für Sie.«

»Ja, natürlich.«

Bolling sah ihn forschend an. »Sie fürchten nicht, dass bei Ihnen dasselbe passieren könnte?«

»Ach, bei meiner kleinen Tankstelle ...«

»Vielleicht haben *Sie* ja das Feuer gelegt?«

»Was?«

»Um Ihren Laden wieder in Schwung zu bringen.«

Da begriff Bolling, dass er den Bogen überspannt hatte, und eilte hinaus. Ferdinand blieb sprachlos sitzen. Ein bestimmter Satz schoss ihm durch den Kopf.

*Ich könnte ein kleines Feuer für dich arrangieren.*

Nein, so gut meinte es Reidar Vang nicht mit ihm. Nie im Leben würde der Boss Kopf und Kragen riskieren, um einem Waschlappen wie Mücke aus der Klemme zu helfen, das passte nicht zu ihm. Gab es womöglich noch andere Leute, die ihn der Brandstiftung verdächtigten?

Auf diese Frage erhielt er schon wenige Minuten später eine Antwort, als Hatling bei ihm vorbeischaute.

»Der Täter hat einen ziemlich ausgeklügelten Zündmechanismus benutzt. Die Experten aus der Stadt gehen davon aus, dass er über ein großes technisches Wissen verfügt. Stell dich darauf ein, dass meine Kollegen dir bald ein paar neugierige Fragen stellen werden.«

»Du meinst doch wohl nicht, dass ich ...«

»Ach was, keine Rede! Ich wollte dich nur vorwarnen. Sie werden sagen, dass du ein Motiv hast.«

»Dann hätte ich doch wohl eher meine eigene Tankstelle abgefackelt.«

»Du warst mit Gudrun auf dem Fest?«

»Ja, natürlich. Tore war auch dabei. Er hat in der *Happy Bar* gespielt. Wir hatten alles bis ins kleinste Detail geplant.«

Der Polizist lächelte. »Leider wurde auch der Tankautomat durch das Feuer zerstört, sodass wir den Namen des Karteninhabers nicht mehr feststellen können. Die Täter können natürlich auch von auswärts gekommen sein.«

»Auf Fahrrädern durch den Schnee?«

»Tja, es spricht einiges dafür, dass es dieselben waren, die auch die Autos demoliert haben. Ich frage mich, ob sie eines Tages die Bremsen manipulieren. Dann wird's richtig gefährlich.«

»Vielleicht sind es dieselben, die auch den Geldtransporter überfallen haben.«

»Was kann man heutzutage schon ausschließen? Es geschehen so viele rätselhafte Dinge um uns herum ...« Hatling war wieder ernst geworden.

»Denkst *du* auch schon so.«

»Wer tut das nicht?«

Die Abendnachrichten brachten einen Beitrag über neue Aktionen verschiedener Umweltschutzorganisationen. Auf der Europastraße E6 hatten sich mehrere Aktivisten aneinander gekettet, um den Autoverkehr zum Erliegen zu bringen. Und auch im Ausland gab es mehrere Vorfälle. In Deutschland hatten militante Jugendliche, die in Verbindung zu STOP stehen, in der Nähe des Rheins versucht, einen Öltank in Brand zu setzen. In Wales war eine Tankstelle in die Luft gesprengt worden, und in Schweden, auf dem Autobahnabschnitt zwischen Stockholm und Uppsala, hatte man ein Ehepaar festgenommen, das Hunderte von Stahlnägeln auf die Fahrbahn gekippt hatte. Als

Begründung hatten sie angegeben, es gebe einfach zu viele Autos auf der Welt.

Der Reporter brachte die Vorfälle mit den Anschlägen in Verbindung, die sich in einem gewissen Ort in Trøndelag ereignet hatten. Er sprach von einer Kettenreaktion, die wohl so schnell nicht abreißen werde.

»Warum haben die es eigentlich auf die Autofahrer abgesehen?«, warf Gudrun ein. »Es gibt doch viel schlimmere Umweltverschmutzer.«

Auch Ferdinand hatte schon darüber nachgedacht. »Vielleicht, weil das Auto gewissermaßen ein Symbol für die ganze Umweltzerstörung ist.«

»Meinst du das im Ernst?«, fragte Gudrun.

Sie schwiegen, als Margot Stjerns bebrilltes Gesicht auf der Mattscheibe erschien. Sie wurde gefragt, ob STOP mit diesen Aktionen in Verbindung stehe, doch wie immer erteilte sie solchen Spekulationen eine entschiedene Absage. Aber natürlich verneinte sie nicht, dass die Zahl der Sympathisanten für solche Anschläge zunehme und sich unter diesen auch Mitglieder ihrer Organisation befinden könnten.

Sie sprach von »deutlichen Signalen«, dass sich auch die Politik auf eine Zunahme von Umweltkatastrophen einstelle, da im ganzen Land auffällig viele neue Sirenen und Alarmanlagen installiert würden.

Ein Staatssekretär wies die Vermutung Stjerns als ausgemachten Unsinn zurück. Die verstärkten Sicherheitsmaßnahmen seien eine Reaktion auf die erhöhte Terrorismusgefahr. Mit befürchteten Umweltkatastrophen hätten diese Maßnahmen nicht das Geringste zu tun.

Die Fernsehnachrichten schlossen mit einem Bericht, in dem Biologen behaupteten, in wenigen Jahren den Proteininhalt in Getreideprodukten verdoppeln zu können. Die Wettervorhersage meldete ein Andauern der Frostperiode, was um diese Jahreszeit nicht ungewöhnlich war.

Wenige Wochen später wurde die *Soria Moria*-Tankstelle wieder in Betrieb genommen, und obwohl Ferdinand das Gefühl hatte, einige neue Stammkunden hinzugewonnen zu haben, spürte er rasch, dass der Umsatz wieder auf das alte Niveau sank.

Ende Januar flogen Gudrun und Monica gemeinsam nach Oslo. Ein Spezialist für das Pfalzmeyer-Syndrom, der am Rikshospital arbeitete, wollte Monica eingehend untersuchen. Sie hatten vor, ein paar Tage fortzubleiben, weil Gudrun die Gelegenheit nutzen wollte, um ihre Schwester zu besuchen. Gleich in der ersten Nacht, die Ferdinand allein verbrachte, setzte er sich in seinen Wagen.

Er hatte ein ganz bestimmtes Ziel.

Die Uhr auf dem Armaturenbrett zeigte 03:15, als er in der Nähe von Brekkelia hinter einer alten Lagerhalle abbog. Er stieg aus und folgte einem schmalen Pfad, der bergauf führte. Als er sich eine Minute später hinter Mesners Haus befand, war er weder Menschen noch Autos begegnet. Er hätte bereits in der ersten Nacht hierher kommen können, wenige Stunden nach dem Überfall, während Mesner seine Alibitour unternahm, doch er hatte sich gleich entschieden, ein paar Wochen zu warten und sich davon zu überzeugen, dass die Polizei bei ihren Ermittlungen auf der Stelle trat. Nach dem Brandanschlag auf der anderen Seite der Autobahn hatte er so viel zu tun gehabt, dass er kaum einen Gedanken an den Hühnerstall verschwendet hatte. Eine Zeit lang hatte er sich sogar eingebildet, dass sein geschäftlicher Aufschwung ewig anhalten würde und er den Hühnerstall getrost vergessen konnte.

Erst jetzt wurde ihm klar, dass er sich unterschwellig geweigert hatte, Kapital aus dem Überfall zu schlagen. Denn im Grunde war er ein redlicher Mensch, dem es nie in den Sinn gekommen war, mit dem Gesetz in Konflikt zu geraten. Den Gedanken, die Täter zu bestehlen, hatte er selbst als irrwitzige Idee betrachtet.

Am Nachmittag war er in seiner Verzweiflung zum Altersheim gefahren und hatte seine Mutter gefragt, ob sie wirklich einen Großteil ihres Geldes für wohltätige Zwecke gespendet habe. Ihren verwunderten Blick würde er nie vergessen.

»Aber lieber Ferdinand, du weißt doch, dass ich meine Versprechen zu halten pflege.«

Die ganze Ausbeute dieser Tour war ein Obstkorb, den ihm Nils Ramsjø überreichte, als er gerade den Heimweg antreten wollte. Er habe doch wohl nicht vergessen, dass er an der Lotterie teilgenommen hatte, von deren Einnahmen ein neues Klavier angeschafft werden sollte?

Er spähte zur Villa hinauf, die sich am höchsten Punkt des Abhangs befand. Hinter einem der Fenster brannte noch Licht, wahrscheinlich war es das Badezimmer. Die schmale Sichel des Mondes tauchte die Schneelandschaft in ein fahles Licht. Da die Straße am Anfang des Abhangs eine Kurve beschrieb, glaubte er von eventuell vorbeifahrenden Autos nicht gesehen zu werden. Dennoch hatte er den cremefarbenen Tarnanzug angezogen, den die Heimwehr nach der letzten Reservistenübung nicht zurückgefordert hatte.

Mit den alten Gummistiefeln an den Schuhen wagte er ein paar Schritte in den Schnee hinein.

Er war tief, aber nicht so tief, dass Ferdinand nicht hätte gehen können. Er kletterte über den niedrigen Zaun und stapfte den Hang hinauf. Dass er deutliche Spuren hinterließ, war nicht zu vermeiden. Andererseits sank er so tief ein, dass exakte Schuhabdrücke nicht zu erkennen waren. Plötzlich musste er lächeln. In dieser Hinsicht brauchte er nun wirklich keine Angst zu haben. Falls Mesner dem Hühnerstall am Morgen einen Besuch abstattete und feststellte, dass die Geldsäcke fort waren, konnte er schwerlich Anzeige erstatten.

Als er sich dem Holzverschlag näherte, beschleunigte sich sein Herzschlag, jedoch eher aus gespannter Erwartung als aus Angst. Sollte das Ganze so einfach sein?

Er erreichte die Wand und ging um die Ecke. An der Schmalseite fand er keinen Eingang und musste auch um die nächste Ecke gehen. Er schlich weiter, fühlte die groben Holzlatten an seinem Rücken und ließ die Villa nicht aus den Augen. Er ertastete eine Tür und drehte sich um. Als er die Klinke nach unten drückte, bewegte sich die Tür keinen Millimeter. Er fuhr mit der Hand über das Holz, bis er ein Vorhängeschloss entdeckte, ein unnötig solides Schloss, das kaum dazu da war, irgendwelche Hühner einzusperren, vor allem, weil es hier schon längst keine Hühner mehr gab.

Er fischte seine Taschenlampe aus seiner Jacke und richtete sie gegen die Tür. Den Lichtschein schirmte er mit dem Körper ab und schaltete sie sogleich wieder aus. Er hatte genug gesehen. Das neue Vorhängeschloss aus rostfreiem Stahl sollte Unbefugten offenbar den Zugang verwehren. Was darauf schließen ließ, dass Mesner hier wirklich das Geld versteckt hatte.

Er hatte auch gesehen, dass die Scharniere so befestigt waren, dass man von außen mit einem Schraubenzieher nichts ausrichten konnte. Auch war der Schuppen gar nicht so baufällig, wie er gedacht hatte. Das Herausreißen der Latten würde ziemlichen Lärm verursachen, und die Löcher in der Wand waren so klein, dass nur Federvieh hindurchkriechen konnte. Der Kerl hatte sein Versteck gut abgesichert, womöglich eine Alarmanlage installiert.

*Verdammt!*

Wie hatte er nur so naiv sein können, zu glauben, er könne mir nichts, dir nichts die Tür öffnen und die Geldsäcke hinaustragen? Natürlich war er davon ausgegangen, ein paar rostige Schrauben entfernen und drinnen ein wenig graben zu müssen. Aber mit so etwas hatte er nicht gerechnet. Seine Kneifzange würde kaum einen Abdruck im Bügel des Schlosses hinterlassen, wenn er es versuchte. Der Tankstellenbesitzer Ferdinand Krogh galt als praktisch veranlagter Mann, aber ein professioneller Einbrecher war er nicht.

*Verdammter Mist!*

Am liebsten hätte er sich mit voller Wucht gegen die Tür geworfen, konnte sich jedoch beherrschen. Mit schweren Schritten stapfte er um den Hühnerstall herum und folgte seiner eigenen Spur den Abhang hinunter. Die unerwartete Niederlage hatte seine Kehle austrocknen lassen. Wenn sein Körper irgendwo Feuchtigkeit produzierte, dann in den Augenwinkeln.

Als er den Weg erreicht hatte, warf er dem Haus einen letzten Blick zu und eilte davon. Er kümmerte sich nicht darum, ob er mitten in der Nacht im verwaschenen Skianzug der Heimwehr gesehen wurde. Doch er begegnete niemand. Dann stieg er in sein Auto und fuhr nach Hause. Er sehnte sich nach einer Zigarette und einem Schluck von dem Whisky, den er von Hatling geschenkt bekommen hatte. Als er auf das Tankstellengelände zurollte, sah er, dass schon wieder ein paar Leuchtbuchstaben seines Schriftzugs ausgefallen waren.

LEV   BEN   & MOTE

Er kramte in der Schublade hinter der Kasse und entdeckte, dass er keine Sicherungen mehr vorrätig hatte.

Da er keinen Schlaf finden konnte, stand er wieder auf und genehmigte sich einen weiteren Whisky. Er zündete sich eine Zigarette an, ging in der Wohnung auf und ab und betrachtete die fast regungslosen Goldfische in Monicas Aquarium. Von ihrem Fenster aus konnte er den Schimmer über der Stadt erkennen. Erneut tigerte er hin und her und fühlte eine unbändige Wut in sich aufsteigen.

Er dachte unablässig an Mesner. Was empfand er? Schlief er friedlich neben seiner attraktiven Frau, in dem Wissen, dass die Beute an einem sicheren Ort war? Würde er ein neues Versteck suchen, wenn er die Spuren im Schnee entdeckte?

Er hatte sich alles so einfach vorgestellt. Die Geldsäcke schienen regelrecht auf Ferdinand gewartet zu haben. Nur mit dem Vorhängeschloss hatte er nicht gerechnet.

Doch es gab noch eine andere Methode, die er gehofft hatte, nie anwenden zu müssen. Im Moment schien sie ihm nicht sehr verlockend, doch wenn er näher darüber nachdachte, war sie vielleicht geeigneter als die erste. Auf lange Sicht war sie wohl auch sicherer. Er musste sich vor Augen halten, dass er, abgesehen von den Tätern, der Einzige war, der *alles* wusste. Ein Zeuge, den niemand in Betracht gezogen hatte. Er musste sich nur ein Herz nehmen und die Situation zu nutzen wissen.

# Im Schutze der Anonymität

Als es zu dämmern begann, saß er an seinem Computer und schickte seine Fußballtipps für die vierte Totorunde ab. Es war Donnerstagmorgen, und Tore füllte gerade die Regale auf. Ferdinand hatte kaum geschlafen, aber einen Entschluss gefasst. Er nippte an seiner zweiten Kaffeetasse und blätterte zerstreut in der Tageszeitung.

Um neun, nachdem es ganz hell geworden war, sagte er Tore, er habe ein paar Besorgungen zu erledigen. Er steckte sein kürzlich repariertes Handy ein, stieg in sein Auto und machte sich auf den Weg. In der Kurve hinter Mesners Haus blieb er einen Augenblick stehen. Die Fußspuren auf dem Abhang waren deutlich zu erkennen, doch von diesem Winkel aus konnte man nicht sehen, ob es auch Fußspuren zwischen dem Schuppen und der Villa gab. Der Mercedes war verschwunden, und er hoffte, dass Mesner zur Arbeit gefahren war, noch ehe die Spuren sichtbar wurden.

Er steuerte den kleinen Parkplatz auf dem Hügel an, wo Doktor Kluge zur Weihnachtszeit seine prophetischen Worte gesprochen hatte. Dort würde er ungestört sein.

Er stellte den Motor ab und zündete sich eine Zigarette an. Durch die Windschutzscheibe, ungefähr zwei Kilometer Luftlinie entfernt, konnte er das Finanzcenter und das Hotel erkennen. Der Anblick bestärkte ihn in dem Gefühl, das Heft in der Hand zu haben. Gleichzeitig war er froh, eine nähere Bekanntschaft mit Mesners vermieden zu haben. Soweit er sich erinnerte, hatte er mit dem Mann nur dreimal gesprochen. Zweimal in seinem Büro, einmal in der Sporthalle.

Ohne Reidars Stichwort hätte er Mesners falsettartig verzerrte Stimme niemals wiedererkannt. Er wusste, dass er selbst eine Begabung hatte, andere Stimmen zu imitieren und seine eigene zu verstellen. Das Handy würde die Verzerrung seiner Stimme noch verstärken. Er tippte die Nummer ein.

Er kam sofort durch und wurde umgehend verbunden.

»Ja, Mesner.«

Ferdinand sah ihn deutlich vor sich, wie er hinter seinem Schreibtisch saß, in Anzug und Krawatte, nicht ahnend, was jetzt passieren würde. Er verlieh seiner Stimme einen deutlich höheren Klang und eine singende, fast nordländisch gefärbte Intonation.

»Jens Mesner?«

»Am Apparat.«

»Sind Sie allein?«

»Ja, was kann ich für Sie tun?« Mesners Stimme klang geschäftsmäßig.

»Hören Sie gut zu. Wir haben Sie eine Weile beobachtet und wollen nicht länger warten.«

»Wer sind Sie?«

»*Wir*, Mesner. Merken Sie sich das. Wir haben eine Nachricht für Sie.«

»Wenn das ein Scherz sein soll, dann ist er überhaupt nicht lustig!«

»Wir machen keine Scherze. Es geht um das Geld.«

»Welches Geld?«

»Jetzt tun Sie doch nicht so!« Dann fügte er langsam und deutlich hinzu: »Das Geld in den beiden Säcken, die Sie im Hühnerstall verstecken.«

Während der folgenden Stille ahnte Ferdinand, wie sich unter Mesner der Boden auftat und sein Finanzberater mit schneeweißem Gesicht in den Abgrund starrte. Statt die Hände zu falten, krampfte sich die Rechte um den Telefonhörer und begann zu zittern. Er ließ Mesner ein paar Sekunden Zeit, um die Mitteilung zu verdauen, ehe er weitersprach.

»Mindestens einmal am Tag werfen Sie dem Hühnerstall einen Blick zu. Der Schnee war ihr Freund und ihr Wachhund, Mesner. Aber wenn Sie heute nach Hause fahren und sich den Abhang ansehen, werden Sie frische Spuren entdecken. Wir haben Sie heute Nacht besucht.«

Er schwieg. Noch immer kam keine Reaktion von Mesner, doch meinte Ferdinand zu spüren, wie dieser mit sich rang, um seine Niederlage zu begreifen und wieder einen klaren Gedanken zu fassen.

»Seien Sie froh, dass wir das Schloss unversehrt ließen. Aber wagen Sie ja nicht, das Geld woanders zu verstecken. Wir lassen Sie nicht aus den Augen, haben Sie das verstanden?«

»J ... ja.«

Ferdinand spürte, dass die Erregung Mesners auf ihn überging. Seine Hände waren feucht geworden. Mesners Hände hoffentlich auch.

»Ich verlange jetzt von Ihnen, dass Sie mir Ihren Namen nennen!«

»Aber nicht doch! Es liegt in der Natur der Sache, dass wir anonym bleiben. Im Übrigen brauchen Sie sich nicht einzureden, dass Sie Ihr Freund Artur Barre verraten hat.« Ferdinand freute sich, Mesner einen weiteren Schlag zugefügt zu haben, indem er zeigte, dass er auch seinen Kompagnon kannte.

»Ich ... kenne keinen Barre«, kam es zögerlich.

»Und wahrscheinlich auch keinen Jon Hassel«, entgegnete er rasch.

Erneutes Schweigen signalisierte Ferdinand, dass er Mesner vollkommen in die Defensive gedrängt hatte. Falls der Kerl anfangs eine feuchte Stirn bekommen hatte, rann ihm der Schweiß jetzt sicher in Strömen übers Gesicht.

»Hören Sie mir gut zu, und ersparen Sie uns sinnlose Proteste. Ich brauche Ihnen wohl kaum zu sagen, was passiert, falls Sie sich weigern, oder?«

Ein kaum hörbares »Nein« drang an Ferdinands Ohr.

»Sie werden Ihrem Hühnerstall heute Nacht einen Besuch abstatten. Sie werden exakt drei Millionen Kronen abzählen und in eine Einkaufstüte von *Räuberkauf 2000* legen. Falls Sie keine Tüte haben, können Sie sich ja im Laufe des Tages eine besorgen. Schließlich ist der Supermarkt nur zweihundert Meter von Ihrem Büro entfernt.«

»Drei Millionen?«

»Ungefähr die Hälfte der Beute, richtig, Mesner. Eine passende Beteiligung, finden wir. Und Barre bekommt doch sicher auch noch seinen Anteil.«

»Ich habe ihm zwei Millionen ver...«

Als er plötzlich innehielt, war es zu spät. Seine Worte kamen einem Geständnis gleich.

»Dann müssen Sie sich eben beide mit anderthalb Millionen begnügen, das ist doch auch ein hübsches Sümmchen. Also, nachdem Sie im Hühnerstall waren, setzen Sie sich in Ihren Mercedes und fahren bis zu der Kreuzung, an der sich die kleine Kapelle befindet. Dort biegen Sie Richtung Løvåsen ab. Berechnen Sie die Zeit so, dass Sie genau um zehn nach zwei neben der gelben Kiste mit Streusand anhalten, die sich an der abschüssigen Straße befindet. Legen Sie die Tüte in die Kiste und fahren Sie sofort weiter, um Brekkelia herum und dann nach Hause. Wiederholen Sie die letzten Anweisungen!«

Mesner kam der Aufforderung mit tonloser Stimme nach. Vielleicht versuchte er die Freude zu überspielen, dass er die Hälfte des Geldes behalten durfte.

»Wir behalten Sie im Auge. Wenn die Summe nicht stimmt, wenn Sie in Begleitung kommen oder Jon Hassel verständigen, werden Sie die Konsequenzen tragen.«

»Ver... verstanden.«

»Und zum Schluss ein gut gemeinter Rat: Wenn unser Mann am Dannevigsveien bemerkt, dass Barre im Laufe der Nacht oder des Tages Richtung Norden aufbricht, erhöht sich unsere Forderung um zehn Prozent.«

Ferdinand ging davon aus, dass diese zusätzliche Drohung seine Wirkung nicht verfehlen würde. Wie gut, dass Vibeke ihm damals Barres Adresse genannt hatte. Mesner sollte ruhig glauben, dass Barre die Verantwortung für ihr Desaster trug.

»Noch Fragen?«

»Wie kann ich sicher sein, dass Sie keine weiteren Forderungen stellen oder die ... Polizei verständigen?« Jetzt schien seine Verzweiflung so groß, dass er nur noch zu einem Flüstern imstande war.

»Warum sollten wir das Risiko eingehen, die Polizei zu verständigen? Dies ist kein Spiel, Mesner, kein GAME, sondern ein Gentlemen's Agreement.«

Als Ferdinand die Verbindung unterbrochen hatte, wurde er von einer so euphorischen Freude gepackt, wie er sie seit Jahren nicht mehr empfunden hatte. Triumph auf der ganzen Linie. Er glaubte sogar, sich wie ein professioneller Erpresser verhalten zu haben, nicht wie ein kleiner Tankstellenbesitzer, der den Ganoven spielte. Die Formulierungen musste er aus Büchern und Filmen kennen. Unbewusst hatte er sich Gudruns Wortschatz angeeignet; offenbar war es auch für ihn nicht folgenlos geblieben, dass seine Frau das Theater liebte und Mitglied einer Laienspielgruppe war.

Darüber hinaus hatte er Gudrun den Umstand zu verdanken, dass sie aufgrund ihrer Schwester noch einen weiteren Tag in Oslo drangehängt hatte, was ihm die Gelegenheit verschaffte, auch in dieser Nacht unbemerkt das *Bellevue* zu verlassen.

Als Ferdinand den Schlüssel im Zündschloss drehte, versuchte er sich abermals Mesners Gesicht vorzustellen. Dass er ihn zwang, sich eine solide Einkaufstüte von *Räuberkauf 2000* zu besorgen, war eine weitere Erniedrigung, die dazu beitragen sollte, ihn endgültig zu brechen und etwaige Gedanken des Widerstands im Keim zu ersticken. Ferdinand empfand keine besondere Freude daran, Mesner zu demütigen, aber es war ein Gebot der Notwendigkeit. Über solche Mittel hatte er in Psychologiebüchern gelesen, die Unterdrückungsmechanismen behandelten – Phänomene, die ihn normalerweise mit Abscheu erfüllten.

Als Ferdinand seine Tankstelle erreichte, erblickte er Jon Hassel in Zivil, der zwei Dinge gleichzeitig tat: Mit der einen Hand füllte er Benzin in sein schickes Privatfahrzeug, einen spiegelblanken Mitsubishi Europa, während er mit der anderen ein Handy an sein Ohr hielt und munter drauflosplauderte. Er gab geradezu das Abbild eines dynamischen Geschäftsmanns ab, den man sich nur schwerlich bei seinen nächtlichen Einsätzen für den Wachdienst *Nero* vorstellen konnte. Oder wurde er gerade von Jens Mesner darüber informiert, dass ihr großer Coup bereits aufgeflogen war?

Doch als Ferdinand zu ihm ging, um ihn zu begrüßen, blieb er vollkommen gelassen. Er beendete das Gespräch erst, als der Tank voll war, ließ das Handy wieder in seiner Tasche verschwinden und hängte den Zapfhahn zurück in die Halterung.

»Na, wie geht's Ihnen?«

»Bestens, danke.« Er wirkte so ausgeglichen wie immer.

»Ich dachte an Ihren Nacken. Keine bleibenden Schäden?«

»Nein, Gott sei Dank. Wäre ich nur rechtzeitig an meine Knarre rangekommen, dann hätte der Typ was erleben können.«

»Seien Sie froh, dass es so glimpflich ablief. Sie hätten gezwungen sein können zu schießen ... vielleicht sogar zu töten.«

Der junge Blondschopf zuckte zusammen, ehe er nachdenklich lächelte. »Da haben Sie wahrscheinlich Recht.«

Im Laufe des Tages versuchte er, sich erneut in Mesners Lage zu versetzen. Hatte es Sinn, sich lange darüber den Kopf zu zerbrechen, wie die Sache hatte auffliegen können? War Mesner am Boden zerstört und betete mit seinen ständig gefalteten Händen zu Gott, oder war er ein abgebrühter Verbrecher, der kühl überlegte, wie er den Erpresser aus dem Weg räumen konnte?

Letzteres konnte sich Ferdinand nicht vorstellen. Er hielt den Finanzberater für einen ordinären Snob, der vom großen Geld träumte und seine Schwächen hinter einer undurchdringlichen Fassade verbarg. Mesner war eher ein dilettantischer Träumer als ein mit allen Wassern gewaschener Ganove. Der Coup an sich war ihm zwar geglückt, aber dem Verbrechen fehlte jede Raffinesse.

Er hatte Mesner weich geklopft, hatte ihm zu verstehen gegeben, dass er schlimmste Konsequenzen zu befürchten hatte, wenn er nicht gehorchte. Ein solch kleinmütiger Spießer würde niemals riskieren, dass seine bürgerliche Existenz mit Haus und Familie in Scherben ging, um von einem langen Aufenthalt hinter Gittern abgelöst zu werden.

Darum würde er weder wagen, Artur Barre um Hilfe zu bitten, noch seiner hübschen Lillian zu gestehen, in was für Schwierigkeiten er sich gebracht hatte. Vermutlich würde er sich ein, zwei Drinks genehmigen und in seiner Villa ruhelos umhertigern, so, wie Ferdinand selbst es nach seinem missglückten Ausflug zum Hühnerstall getan hatte. Falls er sich in Mesner nicht täuschte, zitterte der jetzt an allen Gliedern.

Am Nachmittag wurde Ferdinand von einem Paar mittleren Alters, das für die kommende Nacht ein Zimmer suchte, aus seinen Gedanken gerissen.

»Tut mir Leid, wir renovieren gerade. Ich habe draußen ein Schild aufgestellt, haben Sie es nicht gesehen?«

»Nein, wir haben kein Schild bemerkt.«

»Dann muss es irgendjemand entfernt haben«, sagte Ferdinand. »Vielleicht versuchen Sie es mal beim *Soria Moria*-Hotel.«

»Da waren wir schon, dort ist kein Zimmer mehr frei.«

Normalerweise hätte Ferdinand niemals Gäste abgewiesen, doch er zog es vor, das Haus auch in der kommenden Nacht für sich allein zu haben. Als wenig später das Telefon klingelte, zuckte er zusammen.

»Hallo, ich bin's«, sagte Gudrun. »Wir kommen morgen Vormittag wie verabredet zurück. Die Untersuchungen sind gut verlaufen, und weißt du, was der Spezialist gesagt hat? Dass keinesfalls sicher sei, dass Monica an Pfalzmeyer leidet.«

»Was kann es denn sonst sein?«

»Er meinte, es hätte mit ihrem Stoffwechsel zu tun. Monica leidet unter Eisenmangel; außerdem hat er noch verschiedene Vitamine und Aminosäuren aufgeschrieben, von denen sie eine höhere Dosis braucht als bisher. Wir gehen jetzt erst mal in ein Restaurant und feiern ein bisschen.«

»Ja, tut das, und sag ihr viele Grüße von mir.«

Sie sprachen fünf Minuten miteinander. Aus irgendeinem Grund machten die hoffnungsvollen Neuigkeiten Ferdinand ziemlich müde, außerdem wollte er gern die Abendnachrichten im Fernsehen sehen. Die Wettervorhersage kündigte für die kommende Nacht einen radikalen Wetterumschwung an. Danach stellte er den Wecker auf 1:00 und kroch unter die Decke. Er benötigte dringend Schlaf, um in Topform zu sein, wenn es darauf ankam.

Doch es dauerte eine ganze Weile, bis er endlich einschlief, und als der Radiowecker wenige Stunden später ansprang, fühlte er sich alles andere als ausgeruht. Es half ihm, daran zu denken, dass sich in seiner Nähe ein Mann befand, der sich noch viel zerschlagener fühlen musste. Eine starke Tasse Kaffee weckte bei Ferdinand die Erinnerung an die Nachtwachen seiner Militärzeit. Nach ein paar Minuten fühlte er sich bereit. Er hatte sogar Gudruns Theaterschminke benutzt und weiße Farbe auf sein Gesicht aufgetragen. Wie bei einem echten Manöver, dachte er.

Wie in der Nacht zuvor trug er einen Wollpullover unter dem Tarnanzug, diesmal hatte er jedoch seine Gummistiefel gegen Langlaufschuhe ausgetauscht. Bei der kleinen Kapelle bog er in Richtung Furuly ab, nicht nach Løvåsen, wie er Mesner angewiesen hatte. Die beiden Straßen verliefen ein Stück weit parallel zueinander. Nachdem er einen knappen Kilometer gefahren war, ohne einem anderen Auto zu begegnen, parkte er zwischen zwei großen Holzstapeln. Als er ausstieg, knirschte es unter den Schuhen. Er nahm den Rucksack auf den Rücken und die Langlaufskier vom Dach. Dann schnallte er sich die Skier an und glitt in den Wald hinein.

Auf dem jungfräulichen Schnee kam er gut voran. Er versuchte, direkten Kurs zwischen den Bäumen zu halten. Als er hörte, wie sich ein Auto näherte, warf er sich zu Boden. Da hatte er schon fast die andere Straße erreicht. Scheinwerfer flackerten kurz auf, dann wurde das Motorgeräusch wieder leiser. Die Straße nach Løvåsen konnte kaum mehr als dreißig Meter entfernt sein.

Noch im Liegen bürstete er sich den Schnee vom Anzug. Die Armbanduhr zeigte halb zwei. Er hatte also noch über eine halbe Stunde Zeit. Er rappelte sich auf. Die Kiste mit Streusand musste sich ein Stück weiter vorne auf der rechten Seite befinden. Seine zusammengekniffenen Augen suchten den Rand der abschüssigen Straße ab. Verdammt, er hatte das Nachtsichtgerät vergessen! Am liebsten hätte er die

Taschenlampe angeschaltet, wollte jedoch kein Risiko eingehen. Schließlich konnte er nicht hundertprozentig sicher sein, dass Mesner nicht doch jemand um Hilfe gebeten hatte. Vielleicht lag Jon Hassel in unmittelbarer Nähe auf der Lauer, um sofort einzugreifen, nachdem die Plastiktüte in der Kiste deponiert worden war und ein fremdes Fahrzeug anhielt, um sie mitzunehmen.

Schaudernd zog sich Ferdinand seine weiße Wollmütze tiefer in die Stirn. Verglichen mit diesem Manöver waren die Reservistenübungen der Heimwehr das reinste Kinderspiel.

Er grub sich eine Kuhle im Schnee, legte sich hinein und hielt Ausschau. Inzwischen hatten sich seine Augen an die Dunkelheit gewöhnt, und er zweifelte nicht mehr, dass es sich bei dem rechteckigen Gegenstand um die gelbe Sandkiste handelte. Vor vielen Jahren war sie dort aufgestellt worden, um Autofahrern, die bei winterlichen Straßenverhältnissen ins Rutschen kamen, eine Hilfe zu sein, doch gab es heutzutage wohl kaum noch Fahrer, die sich zwischendurch mit Sand versorgten. Schließlich hafteten die neuen Reifen sehr viel besser als die Produkte vergangener Zeiten. Nur Stichen mit spitzen Gegenständen waren sie immer noch nicht gewachsen, wie die jüngsten Anschläge zeigten, aber wer hatte damit schon rechnen können? Ferdinand hatte sich einige der zerstochenen Reifen angesehen. Seiner Meinung nach hatten die Täter eine Art Pistole verwendet, um die Nägel in die Reifen zu treiben, allerdings waren diese danach wieder herausgezogen worden.

Pistole.

Da war das Wort wieder, allerdings in einem weniger bedrohlichen Kontext. Er versuchte an etwas anderes zu denken. Die Vorstellung, dass ein Wachmann von *Nero* im Schnee kauerte, um ihn zu überwältigen, kam ihm plötzlich absurd vor. Hassel war zwar einiges zuzutrauen, zum Beispiel sich bei einem Überfall bereitwillig niederschlagen zu lassen, doch nie im Leben würde er seine Dienstwaffe benutzen, um sich zu bereichern. Der junge Mann – war er vielleicht deshalb bester Laune, weil Mesner seine Schulden getilgt hatte? – war der Letzte auf der Welt, den Ferdinand sich als kaltblütigen Verbrecher vorstellen konnte.

Das Schlimmste am Warten war die Kälte. Obwohl er zwei Garnituren Unterwäsche unter dem Anzug trug, spürte er, wie der Frost langsam durch die Kleider drang. Vielleicht war dieses Manöver vollkommen überflüssig, eine lächerliche Vorsichtsmaßnahme, wenn er seinen Gegner in Betracht zog. Vermutlich hätte er ebenso gut zu Hause warten und sich eine Stunde später in aller Ruhe mit der Beute versorgen können. Mesner musste völlig eingeschüchtert sein und glauben, es mit knallharten Profis zu tun zu haben.

Eine Zigarette wäre jetzt auch nicht schlecht, konnte ihm allerdings zum Verhängnis werden, falls seine schlimmsten Befürchtungen zutrafen. Er hatte gelesen, wie amerikanische Soldaten im Vietnamkrieg sich mehr als einmal zu erkennen gaben, weil sie versucht hatten, sich die Wartezeit mit Zigaretten zu verkürzen.

Fünf Minuten vor dem verabredeten Zeitpunkt hörte er, wie ein Auto sich näherte. Es schaltete auf der Steigung einen Gang nach unten, erreichte den höchsten Punkt – und verschwand. Er konnte gerade noch die Rücklichter erkennen. Es war kein Mercedes gewesen. Er begann an den Händen zu frieren, obwohl er die schönen Schweinslederhandschuhe trug, die Monica ihm zu Weihnachten geschenkt hatte.

Dann kam er. Er konnte hören, dass es sich um einen Mercedes Diesel handelte, der über die schneebedeckte Fahrbahn fuhr. Im Schneckentempo rollte er über den Scheitelpunkt des Hügels und glitt dann langsam nach unten. Offenbar war sich Mesner nicht ganz sicher, wo sich die Sandkiste befand. Dann schaltete er das Abblendlicht ein, und Ferdinand streckte seinen Kopf über die Schneekante. Das Auto hatte direkt neben der Kiste angehalten. Bei laufendem Motor stieg ein Mann aus und ging um den Kühler des Wagens herum, vielleicht um zu zeigen, dass er eine Einkaufstüte von *Räuberkauf 2000* dabeihatte. Damit gab er gleichzeitig seine Identität preis. Es war Jens Mesner, der einen Wintermantel und einen Schal von Burberry trug. Er ging rasch zu der Kiste und hob den Deckel so weit an, dass sein Gesicht für einen Augenblick verdeckt war. Dann schloss er die Kiste, machte auf dem Absatz kehrt und ging ohne Tüte zu seinem Wagen zurück.

Zögerte er einen Moment, bevor er ihn wieder in Bewegung setzte? Nein, vermutlich hatte er nur vergessen, die Handbremse zu lösen. Als der Mercedes den niedrigsten Punkt des Hügels erreicht hatte, leuchtete das Fernlicht auf, worauf das Fahrzeug genau wie sein Vorgänger in der Kurve verschwand.

So einfach – und so kompliziert.

Ferdinand blieb ein paar Minuten lang mucksmäuschenstill liegen. Vor Kälte klapperte er mit den Zähnen. Dennoch wartete er, indem er an das Geld dachte. Zum ersten Mal begriff er, dass er ein Problem hatte, das Mesner sicher auf weitaus elegantere Weise hätte lösen können. Wie sollte er das Geld ausgeben, ohne dass jemand davon erfuhr? Wie konnte ein von der Pleite bedrohter Tankstellenbesitzer auch nur ein Zehntel der Summe verwenden, ohne gefragt zu werden, woher das Geld stammte?

Schließlich rappelte er sich auf. Steif und verfroren kam er auf die Beine und vergaß beinahe, dass er Skier an den Füßen hatte. Er stakste in Richtung Straße, rutschte seitlich die Böschung hinab und ging zur Sandkiste. Dort legte er die Stöcke hin, hob mit der linken Hand den Deckel hoch und nahm mit der anderen die Plastiktüte. Den Deckel legte er behutsam wieder an seinen Platz. Dann nahm er den Rucksack von seinem Rücken, schnürte ihn auf, stopfte die Tüte hinein und schnürte ihn wieder zu.

Als er gerade die Riemen befestigen wollte, hörte er das Geräusch.

Nicht von einem Auto, das langsam näher kam, sondern von einem, das unten in der Kurve bereits Vollgas gab, um die Steigung im Sturm zu nehmen. Ferdinand wurde von grellen Scheinwerfern geblendet, mindestens zwei auf jeder Seite.

*Verdammt!*

Er warf sich den Rucksack auf den Rücken, griff mit einer Hand nach den Stöcken und begann fieberhaft die Böschung hinaufzulaufen. Als er beinahe oben angelangt war, verlor er die Balance und schaffte es mit letzter Kraft, sich über die Kante zu wälzen, dem Wald entgegen. Den Mund voller Schnee begriff er, dass der Autofahrer ihn trotz seines Tarnanzugs und des irrsinnigen Tempos gesehen haben musste.

Er zog sich weiter ins Dickicht zurück und hörte, wie das Auto an der Kiste eine Vollbremsung machte. Doch selbst wenn der Fahrer neugierig war, würde er keine Verfolgungsjagd im Tiefschnee auf sich nehmen. Vermutlich würde er sich sagen, dass er einen Soldaten bei einer nächtlichen Übung gesehen hatte. Keinen Augenblick war er ihm so nahe gekommen, dass er Ferdinands Gesicht hätte erkennen können.

Als er hörte, dass der Wagen weiterfuhr, stützte er sich auf seine Stöcke und atmete durch. Die panische Flucht hatte ihn völlig erschöpft. Herrgott, wie viel einfacher wäre es gewesen, auf die dämliche Skitour zu verzichten und stattdessen den ganzen Weg mit dem Auto zurückzulegen! Wegen des hektischen Rückzugs hatte er vielleicht sogar die falsche Richtung eingeschlagen.

*Beruhige dich!* Im Grunde hatte er das einzig Richtige getan. Denn falls Mesner sich mit jemand zusammengetan hatte, wartete dieser Jemand sicher hinter dem Steuer eines Autos, um ihn in einem günstigen Moment über den Haufen zu fahren. Glücklicherweise hatten sie damit gerechnet, dass er mit dem Auto bis zur Sandkiste fahren würde. Als der Kompagnon – Hassel? – plötzlich einen Skiläufer erblickte, der aus dem Wald kam, begriff er, dass man ihn zum Narren halten wollte. Er gab Vollgas, um den Widersacher doch noch unschädlich zu machen.

In diesem Fall würde sich im Rucksack wohl ausschließlich Zeitungspapier befinden.

Es war dunkel, es war kalt, und er zitterte.

Er stieß die Stöcke in den Schnee, nahm den Rucksack ab und stellte ihn vor sich zwischen seine Skier. Riss sich die Handschuhe herunter und klemmte sie zwischen die Oberschenkel. Bückte sich und fummelte umständlich an den Schnüren. Öffnete sie schließlich. Steckte die Hände in die Öffnung, ertastete kaltes Plastik und suchte nach einer neuen Öffnung, der Öffnung des Geldsacks. Im nächsten Moment stieß er auf Papier. *Papier*. Plötzlich befand er sich über dem Geländer der Eisenbahnbrücke. Reidar und dessen Kumpel drohten damit, ihn in die Tiefe zu stoßen, weil er sie beim Lehrer verpetzt hatte. Papier und nochmals Papier. In der Dunkelheit bewies das nichts. Er richtete sich auf, öffnete den Reißverschluss seines Overalls und griff nach der Taschenlampe. Dann beugte er sich nach unten, steckte sie in die Öffnung des Geldsacks und schaltete sie an. Als er die Bündel mit den Banknoten sah, hätte er im Gefühl des Triumphs fast aufgeschrien.

Er zitterte noch immer. Als er den Rucksack ein zweites Mal zuschnürte, die Taschenlampe in der Brusttasche verschwinden ließ und die Handschuhe wieder anzog, sah er ein, wie leicht er sich von seiner Fantasie hatte fortreißen lassen und wie sehr ihm die

Demütigungen der Kindheit noch in den Knochen steckten.

Wahrscheinlich war er angespannter gewesen, als ihm selbst bewusst gewesen war, vielleicht hatte er sogar größere Angst empfunden als Mesner. Ein zufällig vorbeifahrendes Auto hatte ihn fast zu Tode erschreckt.

Alles Weitere bereitete ihm keine Probleme. Ein Blick auf die Sichel des Mondes zeigte ihm, in welche Richtung er gehen musste, und so verfehlte er dem Holzstapel nur um ungefähr fünfzehn Meter. Er legte den Rucksack in den Kofferraum und befestigte die Skier auf dem Dach. Im Auto zündete er sich endlich die ersehnte Zigarette an, startete den Motor und drehte die Heizung voll auf. Dann stellte er die Innenraumbeleuchtung an und angelte sich eine Tube, die in einem leeren Fach unterhalb des Armaturenbretts lag. Mit Hilfe der Vaseline ließ sich die Schminke leicht entfernen. Er stellte sich vor, wie es wäre, in eine von Hatlings Verkehrskontrollen zu geraten. Dass er das gute Wetter zu einer nächtlichen Skitour auf den beleuchteten Loipen von Brekkelia genutzt hatte, ging ja noch an, warum aber die weiße Theaterschminke?

Unterwegs lachte er mehrmals laut auf. Als er den leuchtenden Schriftzug auf dem Dach erblickte, fühlte er sich befreit. BELLEVUE BENZIN & MOTEL. Gestern hatte er neue Sicherungen gekauft.

Als er auf dem Parkplatz anhielt, musste er sich eingestehen, ziemliches Glück gehabt zu haben. Auf der anderen Seite, was sollte bei einem so läppischen Gegner wie Mesner schon schief gehen? War dieser jetzt der Verzweiflung nahe oder vielmehr erleichtert, dass die anonymen Erpresser sich mit der Hälfte der Beute begnügt hatten?

Er trug den Rucksack und die Skier ins Haus. Hinter sich schloss er die Tür, zerrte sich die Kleider vom Leib und ging sofort unter die Dusche. Mit dem Handtuch rubbelte er sich gründlich ab und sandte Reidar ein warmes Dankeschön. Hatte der etwa prophetische Fähigkeiten? *Probier die Chips aus, und du wirst sehen, dass sich dein Leben verändert.*

Er zog sich Jeans und ein sauberes Hemd an und ging in die Küche. Die Uhr an der Wand zeigte Viertel vor drei. Er zog die Jalousie nach unten und nahm die Decke vom Tisch. Dann hob er die Plastiktüte aus dem Rucksack.

*Herzlich willkommen bei Räuberkauf 2000!*

Als er den gesamten Inhalt des Geldsacks auf die Tischplatte geschüttet hatte, sah er, dass sich auf dem Boden tatsächlich eine Menge Zeitungspapier befunden hatte. Um ihm beim ersten raschen Blick vorzugaukeln, es befänden sich wirklich drei Millionen in der Tüte? Er wurde von quälenden Zweifeln gepackt.

Er begann zu zählen. Das Geld lag größtenteils in einem einzigen Durcheinander, nur ganz oben hatten sich ein paar sorgsam gebündelte Geldscheine befunden. Es gab sehr viel mehr Hunderter als Tausender. Ferdinand notierte die Zwischensummen auf einem Block. Als er fertig war, addierte er die Zahlen und setzte automatisch zwei Striche unter das Ergebnis.

*300.000.*

Nicht mehr und nicht weniger. Etwas fehlte, eine unbedeutende und doch entscheidende Null.

Er überprüfte die Summe sicherheitshalber, doch das Ergebnis blieb dasselbe. Eine unglaubliche Frechheit! Mesner konnte ihn doch nicht missverstanden haben! Das war einfach nicht möglich!

Ferdinand riss sich los, lief in den Flur und holte sein Handy. Er spürte, wie seine Kiefermuskeln sich verspannten, wusste, dass seine Lippen weiß wurden, spürte, dass seine Wut ihm fast die Besinnung raubte.

Was sollte er dem verdammten Schwein sagen? Sollte er ihn gleich zur Schnecke machen oder einen sarkastisch-versöhnlichen Ton anschlagen, ihn freundlich darauf hinweisen, dass dem Finanzexperten ein kleiner Rechenfehler unterlaufen sei? Er zögerte kurz, bevor er die Nummer eintippte.

Als er von der Skitour zurückgekehrt war, hatte völlige Stille geherrscht. Jetzt hörte er, wie ein gewaltiger Windstoß das Haus aufseufzen ließ.

Dann klingelte es an der Tür. Er stopfte die Scheine in die Tüte, versteckte sie unter der Spüle, ging an der Rezeption vorbei und öffnete die Tür einen Spaltbreit. Draußen stand ein Mann im Wintermantel. Es war Jens Mesner, und er lächelte.

# Auf einen Drink

Er hatte seinen Burberryschal lässig um den Hals geschlungen und verströmte den Duft eines exquisiten Rasierwassers, als sei er zu einer nächtlichen Party gekommen.

»Hallo! Siv hat mir erzählt, dass Monica zusammen mit Ihrer Frau verreist ist. Und meine Frau denkt, dass ich ebenfalls auf Reisen bin. Um die Wahrheit zu sagen, war ich mehrere Stunden im Auto unterwegs, und da dachte ich, es wäre eine gute Idee, Ihnen einen kleinen Besuch abzustatten.«

Der entspannte Tonfall verunsicherte Ferdinand. Aber am meisten verwirrte ihn, dass der Kerl ausgerechnet zu ihm gekommen war. Er konnte doch unmöglich wissen, dass ...

Mesner zeigte keine Spur von Befangenheit, als er eintrat. Er warf Mantel, Schal und Handschuhe auf einen der Korbstühle, die neben der Rezeption standen. Er trug auch jetzt einen dunklen Anzug, doch sein kobaltblauer Schlips passte nicht zu den braunen Augen.

»Ich glaube, das Wetter schlägt um. Hätten Sie einen Drink für mich, Herr Krogh?«

»Ja, äh, zufällig bin ich noch wach ...«

»Zufällig?« Mesner lächelte überheblich. »Sie belieben zu scherzen. Sie müssen doch hellwach sein, nachdem Sie gerade bei der Sandkiste waren und die Tüte geholt haben. Der Inhalt wird Sie ein bisschen enttäuscht haben, nehme ich an.«

Nach dieser Entgegnung, die er mit gespielter Beiläufigkeit vorgetragen hatte, ging er ins Wohnzimmer, schaltete ein paar Lampen ein und ließ sich auf dem Sofa nieder. Ferdinand ging ihm nach. Er hatte die Worte vernommen, doch sie prallten an ihm ab. Was Mesner gesagt hatte, konnte nicht wahr sein; er weigerte sich einfach, es zu glauben.

»Woher ... wissen Sie ...«

»Okay, fangen wir damit an.«

Der Mann und seine Stimme schienen wie verwandelt. Am Telefon war er verängstigt und kleinlaut gewesen, doch jetzt hatte sich Mesner wieder in einen dynamischen, selbstgewissen Geschäftsmann verwandelt, der die Spielregeln bestimmte und keine Hemmungen hatte, Menschen in Not verantwortungslose Kredite aufzuschwatzen.

»Ich muss zugeben, dass ich erst mal drauf reingefallen bin und ziemlich angeschlagen war. Eine Weile rätselte ich, wer der Anrufer sein konnte, der alles wusste, was die Polizei nicht weiß. Die Verstellung Ihrer Stimme ist Ihnen gut gelungen, Respekt. Ich war wirklich am Boden.«

»Das sind Sie immer noch. Wir hatten verabredet ...«

Mesner brach in schallendes Gelächter aus. »Sie haben mich angeknockt, und ich habe Sie auf die

Bretter geschickt, so sieht's aus. Wenn Sie das nicht einsehen, sind Sie dümmer, als ich geglaubt habe.«

Ferdinand spürte, wie sich seine Kehle zuschnürte. Er stand mitten im Zimmer, unfähig zu einer Entgegnung, nicht gewillt, die Realität zu akzeptieren.

»Ich fragte mich, wie es bloß möglich war, dass jemand von der Sache Wind bekommen hatte. Ich ging die Namen meiner Mitarbeiter durch. Es gab nur eine Erklärung. Ich musste einen einzigen Fehler gemacht haben. Dann fiel mir ein, dass Sie mich Ende November in meinem Büro aufgesucht haben und erzählten, wie schlecht Ihr Motel ging. Hören Sie mir zu?«

»Ja ...«

»Das einsame *Bellevue* ist der ideale Treffpunkt, dachte ich mir. Ich konnte ja nicht ahnen, dass der Inhaber die Angewohnheit hat, seine Gäste zu belauschen.«

Mesner schien so zufrieden mit sich, dass Ferdinand schlucken musste, aber feuchter wurde seine Kehle dadurch auch nicht.

»Artur und ich haben kein einziges Wort schriftlich festgehalten. Wir haben nur ein einziges Mal über den Plan gesprochen. Also mussten *Sie* es sein!«

»Sehr scharfsinnig!«, hörte er sich sagen, wusste jedoch, dass die Ironie nicht durchdrang.

»Zugegeben, die Erkenntnis kam etwas zu spät. Niemand ist unfehlbar. Aber Ihr Fehler wiegt schwerer. Sie haben mir zwar den Schlaf geraubt, aber meine Intelligenz unterschätzt. Kommen Sie, lassen Sie uns einen trinken. Es sieht so aus, als könnten Sie auch einen Drink vertragen.«

Ferdinand ging mechanisch zum Wandschrank, um den Whisky und zwei Gläser zu holen.

»Bedienen Sie sich.«

»Danke. Wenn ich mich herablasse, Sie nach all den Unannehmlichkeiten, die Sie mir bereitet haben, persönlich aufzusuchen, dann nur, um Ihnen zu sagen, dass es für Sie nichts mehr zu holen gibt. Sie haben Ihr Geld bekommen und sollten sich glücklich schätzen, so glimpflich davongekommen zu sein. Betrachten Sie es als Trostpflaster, Sie haben das Geld bitter nötig. Haben Sie mich verstanden, Krogh?«

»Ich wollte zehnmal so viel ...« Er sagte das vor allem, um sich die Dimension seines Verlusts zu vergegenwärtigen. Das Schlimmste war nicht die Erkenntnis der Niederlage, sondern die plötzliche Einsicht, wieder der hilflos Unterlegene zu sein. Er setzte sich auf einen Stuhl. Mesner schob ihm die Flasche entgegen.

»Größenwahnsinn, wenn Sie mich fragen. Der Hai hat ein großes Maul, aber wenig Verstand. Und Sie scheinen sich nicht einmal mit den üblichen Konditionen in der Geschäftswelt auszukennen. Zehn Prozent der Forderungen sind in meiner Branche ein üblicher Abschluss. Take it or leave it.«

»Leave it.«

Es entstand eine kurze Pause. Danach sprach Mesner deutlich langsamer: »*So* dumm sind Sie nicht. Sehen Sie der Realität in die Augen! Sie wissen, dass der Überfall niemals aufgeklärt werden wird.«

»Nur solange ich den Mund halte«, versuchte es Ferdinand.

»Natürlich werden Sie den Mund halten. Es sei denn, Sie legen Wert darauf, mit in den Abgrund gerissen zu werden. Denken Sie nach. Sie können das Geld verdammt gut gebrauchen. Jetzt gehört es Ihnen. Und im Gegensatz zu mir sind Sie vollkommen allein. Ich kann von *Wir* sprechen. Artur hat sich fast totgelacht, als ich ihm erzählt habe, was Sie über *unseren Mann* am Dannevigsveien gesagt haben.«

»Ich ... ich werde über Ihren Vorschlag nachdenken.«

»Reden Sie keinen Unsinn. Trotz allem haben Sie einen Gewinn eingestrichen, der Ihnen nicht zusteht.«

Ferdinand schwieg und dachte an die Banknoten, die in der Tüte unter der Spüle lagen. Dreihunderttausend Kronen waren eine hübsche Summe, genug, um sich die Gläubiger für einige Zeit vom Hals zu schaffen. Drei Millionen hingegen waren ein Vermögen. Mesner hatte eingeräumt, ziemlich angeschlagen gewesen zu sein. Jetzt war er wieder obenauf, doch irgendwo in seiner Darstellung musste es einen Fehler geben, eine Lücke; Ferdinand hatte sie nur noch nicht entdeckt.

Er füllte ein wenig Whisky in sein Glas und schaute auf.

»Auf Ihr Wohl!«, sagte Mesner generös.

»Prost.«

»Jetzt, da wir Partner sind, Krogh, müssen wir zusammenhalten. Tun wir das, wird nie etwas herauskommen. *Niemals!* Sie haben doch selbst den Ausdruck *Gentlemen's Agreement* benutzt. Ich hätte es nicht besser sagen können.«

Ferdinand zuckte die Schultern, konzentrierte sich ganz darauf, Mesners Achillesferse zu finden.

»Wir sind immer noch Geschäftspartner. Nichts hat sich geändert. Und falls wider Erwarten jemand lästige Fragen stellen sollte, können wir uns gegenseitig auf dem Laufenden halten. Wir spielen in einem Team und können uns hin und wieder in aller Freundschaft treffen. Entweder bei mir oder bei Ihnen. Vielleicht können unsere Familien mal gemeinsam zu Abend essen. Monica und Siv haben sich ja schon angefreundet. Und unsere Frauen ...«

»Treiben Sie's nicht zu weit, Mesner!«

Ferdinand hörte, dass seine Stimme einen verzerrten Klang hatte. Tatsächlich glaubte er die Schwachstelle in Mesners Darstellung erkannt zu haben, doch benötigte er etwas Zeit, um sich auf den Gegenschlag vorzubereiten. Wollte er wieder die Oberhand gewinnen, musste er alles genau durchdenken. Er durfte nicht zulassen, dass sich auch in seine Argumentation Fehler einschlichen. Mesner hatte seine Wortwahl einem gnadenlosen Kampfsport, dem Boxen, entlehnt, doch bei ihrem Schlagabtausch ging es um Scharfsinn, nicht um Muskelkraft.

Nach dem ersten Schock spürte er mehr und mehr, dass Mesner nicht so selbstsicher war, wie er vorgab. Der Kerl bluffte nur. Offenbar hoffte er, dass sein Gegner, den er dreist als Partner bezeichnete, die Schwachstelle in seiner Argumentation nicht erkannte. Oder hatte er diese in seinem blinden Eifer selbst übersehen?

Langsam kam Ferdinand zu Bewusstsein, dass er

sich in der stärkeren Position befand. Das Gefühl der Unterlegenheit hatte mehr mit der Psyche als mit Fakten zu tun. Mesners Argument war das altbekannte gewesen: mitgefangen, mitgehangen. Einen Moment lang hatte sich Ferdinand davon betäuben lassen. Aber war er wirklich mitgefangen? Wie groß war die Gefahr tatsächlich, von Mesner mit in den Abgrund gerissen zu werden?

Er warf einen Blick auf die Armbanduhr, die Viertel nach drei zeigte. In der Stille, die zwischen ihnen entstanden war, hörte er das Heulen des Windes. Die Meteorologen sollten also Recht behalten.

Er atmete tief durch und sagte: »Wenn Sie fertig sind, dann hören Sie jetzt bitte mir zu.«

Er versuchte so ruhig und beherrscht wie nur möglich zu sprechen, geradezu beiläufig, als habe das, worüber sie sprachen, nichts mit Raub oder Erpressung zu tun.

»Ich bin ganz Ohr.«

Falls er sich nicht irrte, war Mesner bereits ein klein wenig aus dem Gleichgewicht geraten.

»Ich werde mich kurz fassen. Erstens lasse ich mich nicht mit dem Taschengeld abspeisen, das sich in der Tüte befindet. An meiner Forderung hat sich nichts geändert. Wird sie nicht binnen einer bestimmten Frist erfüllt, auf die ich gleich zurückkomme, werde ich der Polizei einen anonymen Tipp geben, wer den Raubüberfall verübt hat.«

Anstatt zu antworten, stand Mesner der Mund offen.

»Ein solcher Tipp ließe sich niemals zu mir zurückverfolgen«, fuhr Ferdinand fort. »Ein Brief ohne Fingerabdrücke, am Computer geschrieben, in der Stadt eingeworfen. Nicht die perfekte Lösung für mich, aber eine Katastrophe für Sie. Mir bleiben immerhin die dreihunderttausend Kronen, während Sie ins Kittchen wandern.«

»Sie glauben doch nicht, dass wir verschweigen würden, was mit dem restlichen Geld passiert ist?«

»Denken Sie nach, Mesner. Wer würde der abgesprochenen Aussage zweier Ganoven Glauben schenken, die einen Geldtransport überfallen haben? Wie wollen Sie denn beweisen, dass ich mein Schweigegeld bekommen habe? Hier in der Gegend besitze ich einen tadellosen Ruf.«

»Wohl wahr, aber das gilt auch für mich. Wer würde einem anonymen Hinweis trauen? Wie wollen *Sie* Ihre Behauptung beweisen?«

Obwohl seine Stimme immer noch fest war, konnte er eine gewisse Verunsicherung nicht verbergen.

»Zum einen kann ich den Ablauf des Überfalls detailliert beschreiben. Das reicht, um gezielte Ermittlungen in Gang zu setzen.«

»Meinen Sie wirklich?«, fragte Mesner verblüfft.

»Ich werde den Beamten erzählen, wie Sie Jon Hassel wegen seiner Schulden zur Teilnahme gezwungen haben. Hassel ist unerfahren in solchen Dingen und wird einknicken, sobald die Polizei unbequeme Fragen stellt. Und wenn ich mich nicht irre, ist Artur Barre bei der Polizei ein alter Bekannter. Ich kann noch weitere Details ausplaudern, anonym natürlich. Über den Hühnerstall, beispielsweise, oder wie Sie von Ihrem günstig gelegenen Büro aus Abend für Abend den Geldtransport beobachten konnten.«

Dass Mesner schweigend die Lippen zusammenkniff, erfüllte Ferdinand mit Genugtuung, und er zögerte nicht, seinen Gegner weiter in die Ecke zu drängen.

»Ich könnte der Polizei auch verraten, dass Barre wenige Wochen vor dem Überfall im *Bellevue* übernachtet hat. Meine Unterlagen werden zeigen, dass Barre hier unter dem Namen Adam Tofte, wohnhaft in Drammen, logiert hat. Ein Schriftgutachten wird zu dem Ergebnis kommen, dass es sich um Barres Handschrift handelt. Warum also hat er einen falschen Namen angegeben?«

Jetzt bestand kein Zweifel mehr. Seinem Finanzberater hatte es endgültig die Sprache verschlagen. Wie paralysiert sah er die Lawine auf sich zurasen, die ihn unter sich begraben, seinen Feind aber verschonen würde.

»Natürlich wird die Polizei sich fragen, wer der anonyme Informant ist. Doch warum sollte Krogh, wie die Herren Mesner und Barre behaupten, ein Interesse daran haben, seine Gäste zu belauschen? Da dürfte es die Polizei schon eher interessieren, dass der Besitzer eines schwarzen Mercedes in derselben Nacht dem Motel einen Besuch abstattete ...«

Ferdinand sah Mesner an, wie dieser verzweifelt nach einem Ausweg suchte, den es nicht gab. Jetzt musste er erfahren, wie es war, wenn einem vor Angst die Kehle austrocknete. Er brauchte fast eine Minute, ehe er in der Lage war, ein paar Worte hervorzupressen. *»Du verdammtes Schwein!«*

»Ihre Wortwahl überrascht mich. Eben haben Sie mich noch als Partner bezeichnet. Ich glaube, diesen Status sollten wir beibehalten. Zwei Millionen siebenhunderttausend, Mesner, und zwar sofort! Das heißt, spätestens in einer halben Stunde. Keine Sandkiste diesmal, das Geld liefern Sie persönlich bei mir ab. Von da an wird mein Mund für immer verschlossen bleiben.«

Jens Mesner kam mühsam auf die Beine und ging mit schleppenden Schritten zum Panoramafenster. Dort blieb er stehen, faltete die Hände, als wolle er beten, und starrte hinaus. Vielleicht lauschte er dem Wind. Ferdinand gab ihm Zeit, um einzusehen, dass seine kühne Argumentation nur zu einer neuerlichen Niederlage geführt hatte. Er zündete sich eine Zigarette an und beobachtete seinen Finanzberater, der über die Ungerechtigkeit der Welt nachzudenken schien. Er allein hatte den Plan ersonnen, und jetzt, nachdem er umgesetzt worden war, tauchte ein Außenstehender auf, der keinen Finger gerührt hatte, und verlangte die Hälfte des Gewinns.

»Ich glaube, Sie sind in erster Linie hierher gekommen, um sich für Ihren Scharfsinn bewundern zu lassen«, sagte Ferdinand. »Mir soll es recht sein, auf diese Weise brauche ich nicht mehr bei Ihnen anzurufen und den Rest der Summe einzufordern.«

Mesner drehte sich blitzartig um, als sei er plötzlich wieder zu sich gekommen. »Etwas sollten Sie wissen, Krogh. Kurzfristig an dreihunderttausend heranzukommen war kein Problem, aber an drei Millionen ...«

»Wollen Sie mir etwa weismachen, dass der Boden unter dem Hühnerstall gefroren ist und Sie deshalb ...«

»Wenn's doch nur so einfach wäre.« Dieses eine Mal warf Mesner die Hände in die Luft. »Es gibt dort kein Geld, begreifen Sie das doch!«

»Haben Sie es woanders hingebracht?«

»Nein, es war nie dort.«

»Was?«

»Könnten Sie nicht bitte Ihre Zigarette ausmachen? Mir wird ganz schlecht von dem Qualm.«

Ferdinand kam der Bitte umgehend nach, worauf Mesner ein paar Schritte näher kam.

»So viel Geld irgendwo zu verstecken wäre doch der reine Wahnsinn. Jeder hätte es finden können, unter anderem Sie.«

»Warum haben Sie dann zu Barre gesagt, dass ...«

*»Weil ich wollte, dass er es glaubt.«*

»Bitte?«

»Der Idiot hat zu Banken kein Vertrauen. Er hat geglaubt, dass ich das Geld irgendwo verschwinden lasse und ihn um seinen Anteil betrüge. Gleichzeitig konnte ich ihn davon überzeugen, dass es Selbstmord wäre, das Geld nur wenige Tage nach dem Überfall in Umlauf zu bringen. Was natürlich auch wahr ist. Ich selbst habe noch keine einzige Krone ausgegeben. Artur neigt zum Leichtsinn. Daher bekam er zunächst nicht mehr als zweihunderttausend. Außerdem traue ich ihm nicht recht. Für ihn wären solide Vorhängeschlösser überhaupt kein Problem.«

»Und er hat es bis jetzt nicht versucht?«

»Nein, er glaubt, ich hätte eine Alarmanlage installiert.«

Ferdinand erinnerte sich, dass er dasselbe gedacht

hatte. In gewisser Weise war er beeindruckt. Mesner war doch cleverer, als er angenommen hatte. Außerdem sah er ein, dass er Hatling sicher von dem geplanten Coup in Kenntnis gesetzt und auch dieses Gespräch niemals stattgefunden hätte, wäre da nicht die Lüge mit dem Hühnerstall gewesen. »Sie hätten sich mit jemand zusammentun sollen, der zuverlässiger ist.«

»Sie sagen es! Aber ich kannte sonst niemanden. Ich hab Barre mal auf der Trabrennbahn kennen gelernt.«

»Und wo ist das Geld jetzt?«

»Natürlich auf der Bank.«

»Dann sind Barres Befürchtungen doch nicht ganz unberechtigt.«

»Ich habe nie die Absicht gehabt, ihn übers Ohr zu hauen. Mit der Zeit soll er alles bekommen, was ihm zusteht. Auf sicheren Wegen, mit der Post, von verschiedenen Banken.«

»Zwei Millionen?«

»Wir haben *eine* vereinbart, um ehrlich zu sein. Minus den Vorschuss.« Mesner hatte sein Lächeln wiedergefunden. Sogar seine hübschen braunen Augen leuchteten.

»Und Jon Hassel fürchten Sie nicht?«

»Der ist seine Schulden los und hat auch noch ein gutes Geschäft gemacht. Das hat er mir quittiert.«

»Bleibe immer noch ich.«

»Sie bekommen, was Sie verlangen. Aber es kann ein paar Tage dauern. Falls Sie genauso klug sind wie ich, dann warten Sie einige Monate, bis Sie sich bedienen.«

»Und um welche Bank handelt es sich, die ein paar Tage Zeit braucht? Etwa um Ihre eigene?«

»Jetzt enttäuschen Sie mich aber, Krogh. Wie, glauben Sie, hätten meine Kollegen reagiert, wenn ich einen Tag nach dem Überfall sechs Millionen auf mein Konto eingezahlt hätte?«

Ferdinand beugte beschämt den Kopf. Mesner setzte sich wieder aufs Sofa und nahm einen Schluck von seinem Whisky. Dann faltete er ein weiteres Mal die Hände und sagte: »Ich bin Realist und sehe widerwillig ein, dass wir kooperieren müssen. Und in Ihrer Eigenschaft als mein Verbündeter sollten Sie wissen, dass ich zwischen Weihnachten und Neujahr, einen Tag nach dem Fußballturnier, den Großteil des Geldes in einen Koffer gestopft habe und ins Ausland geflogen bin.«

»In die Schweiz?«

»Erraten!« Plötzlich leuchtete Mesners Gesicht auf wie eine Sonne, die durch die Wolkendecke bricht. »Sie sollten sehen, wie viele Banken es in Zürich gibt! Ich hatte die Qual der Wahl.«

# Heimkehr

Am Morgen des letzten Freitags im Januar frischte der Wind erneut auf, nachdem er sich zwischenzeitlich gelegt hatte. Ein unerwartet milder Luftstrom überbrachte einen verfrühten Frühlingsgruß. Ein lauer Platzregen prasselte herab. Als Ferdinand Richtung Flughafen fuhr, hatte sich die eben noch gefrorene Fahrbahn in eine breite Wasserstraße verwandelt. Ferdinand musste die Geschwindigkeit stark drosseln, um nicht ins Schleudern zu geraten.

Er stand in der Ankunftshalle hinter der Glasscheibe und sah, wie das silbrig glänzende Flugzeug von Osten einschwebte und sich im starken Gegenwind aufrichtete, um dann abrupt und hart aufzusetzen. Für einen Moment dachte er an Monicas Flugangst, bevor seine Gedanken zu Jens Mesner zurückkehrten.

Ihr Gespräch war eine harte Auseinandersetzung für beide gewesen, doch im Grunde musste er dem Mann dankbar sein. »Ich glaube, wir werden ein gutes Team bilden«, hatte er zum Abschied gesagt, und Ferdinand war geneigt, ihm zuzustimmen. War er erst mal als Erpresser enttarnt, konnte dies die unangenehmsten Konsequenzen haben. Er war sicher, dass Mesner genauso dachte. Obwohl er ihm immer noch skeptisch gegenüberstand, hatten ihn seine Ausführungen über die Diskretion Schweizer Banken davon überzeugt, dass sich das Geld in besten Händen befand. Es ging um eine Form der Geldwäsche, die ihm sicherer erschien als ein gewisser Hühnerstall.

Mesner hatte ihm genau erklärt, wie es die neuen, bahnbrechenden Sherlock-Holmes-Karten für Außenstehende unmöglich machten, an das Geld heranzukommen. Sicherheitshalber hatte er die Beute auf vier verschiedene Banken verteilt. Wann immer sie es wollten, konnten sie vom Finanzzentrum aus via Satellit das Geld auf weitere Unterkonten im Ausland überweisen, ohne dass irgendjemand Einblick in die Transaktionen hatte. Nur ihre Fingerabdrücke waren erforderlich. Ferdinand konnte die Konten auch unter fremden Namen führen; von einer Ausweispflicht oder anderen bürokratischen Maßnahmen war keine Rede.

Seine Kenntnis internationaler Finanztransfers war Mesners größte Stärke. Seine Schwäche hingegen war der Drang, mit seinem Wissen zu prahlen. Offenbar empfand er es als gewisse Erleichterung, dieses Wissen mit jemandem teilen zu können. Ferdinand wollte ihm bislang nicht sagen, wie er Mesners Gespräch mit Barre im Motel hatte belauschen können. »Wenn ich sicher sein kann, dass das Geld mir gehört, werde ich es verraten.« Er hatte Mesner auch nicht anvertraut, dass er den Überfall beobachtet hatte.

Als er gähnend verfolgte, wie das Flugzeug über die Landebahn rollte, fiel ihm ein, wie müde er sich gefühlt hatte, als er vor anderthalb Stunden erwacht war. Sein kleiner Skiausflug schien ihm wie eine ferne Erinnerung aus alten Tagen. Auch Tore hatte an diesem Morgen einen müden Eindruck gemacht. Als er zehn Minuten zu spät zur Arbeit kam, hatte er dunkle Ringe unter den Augen gehabt, als hätte auch er nur wenig Schlaf bekommen.

Als die große Glastür sich öffnete, kamen ihm die beiden Frauen in seinem Leben mit ihren Koffern entgegen.

»Hallo, Papa!« Monica ließ ihren Koffer fallen und schlang die Arme um seinen Hals.

Die Umarmung war ungewöhnlich lange und intensiv. Ferdinand schloss daraus, dass das Ergebnis der ärztlichen Untersuchung für Monica doch mehr bedeutete, als er geahnt hatte. Dabei ängstigten sich Zwölfjährige doch kaum so sehr um ihre Gesundheit, wie ihre Eltern es taten.

»Vielleicht komme ich eines Tages ja doch in die Nationalmannschaft.«

»Warum nicht? Aber hast du nicht auch mal was anderes als Fußball im Kopf?«

»Mein Trainer sagt auch manchmal, dass es wichtigere Dinge im Leben gibt, aber ich glaube, er meint es nicht so.«

»Tja, dann fang mal an, ordentlich Vitamine zu schlucken.«

Gudrun küsste ihn auf die Wange und drückte hingebungsvoll seine Hand. Auch ihr schien die Diagnose des Arztes große Hoffnung zu machen.

»Du siehst müde aus, mein Schatz«, bemerkte sie.

»Ach, ich kam gestern erst spät ins Bett. Ich musste so viel an Monica denken und hab mir ein paar Drinks auf ihr Wohl genehmigt.« Er nahm die beiden Koffer und ging in Richtung Parkhaus voran. Auf der Autobahn peitschten Regen und Wind so heftig gegen den Wagen, dass Ferdinand das Steuer mit aller Kraft festhalten musste, um nicht die Kontrolle über das Fahrzeug zu verlieren. Auf dem Fjord tanzten weiße Schaumkronen.

»Was für ein grauenvolles Wetter!«, stieß Gudrun aus.

Als der Verkehr nach wenigen Kilometern zu stocken begann, wechselte Ferdinand die Fahrbahn, musste sich jedoch vor dem Tunnel, der in beide Richtungen nur einspurig befahrbar war, wieder in die Schlange einreihen. Er spürte, dass Gudrun seinen Fahrstil nicht mochte, doch sie sagte nichts.

Im Tunnel kam der Verkehr fast vollständig zum Erliegen, und während Monica ihm von einigen Gästen erzählte, die gestern Abend dasselbe noble Restaurant besucht hatten wie sie, fragte sich Ferdinand, was der Grund für den Stau sein mochte. Er erhielt die Antwort, als er die Tunneleinfahrt erreichte und auf die neue Brücke gelangte, die offiziell noch gar nicht eingeweiht worden war.

Auf beiden Seiten der Straße stand jeweils ein durchnässter Polizist neben seinem Streifenwagen und winkte den Verkehr weiter. Der Wagen, der unmittelbar vor ihnen fuhr, war der letzte, der durchgelassen wurde.

»Ist doch wieder typisch!«, knurrte Ferdinand. »Auf der Post stehe ich auch immer in der langsamsten Schlange.«

»Ein Unfall?«, fragte Gudrun.

»Ich kann nichts erkennen«, entgegnete er.

»Da vorne steht ein komischer Mann«, kam es vom Rücksitz.

»Wo?«

»Na, da vorne, am Geländer, der mit dem schwarzen Regenmantel. Neben dem kleinen Jungen.«

Ferdinand ließ den Wagen einen Meter weiter nach vorne rollen. Dann sah er die beiden, ungefähr zwanzig Meter von ihnen entfernt. Sie standen mitten auf der gesperrten Fahrbahn zwischen weiteren Streifenwagen. Erst glaubte er, es handele sich um einen Polizisten, doch der Regenmantel deutete auf etwas anderes hin. Der Mann trug eine Schirmmütze und hielt sich einen Pappkarton vor die Brust. Der Junge im gelben Ölzeug drückte sich eng an ihn. Zwei Polizisten redeten auf den Mann ein.

Ferdinand ließ die Scheibe hinunter und rief zu dem Polizisten, der die Autos auf der anderen Straßenseite weiterwinkte: »Was ist denn los?«

»Stör ihn doch nicht!«, sagte Gudrun.

Doch der Polizist rief zurück, ohne sich umzudrehen: »Ein Verrückter, der droht, die Brücke in die Luft zu sprengen!«

»Und Sie halten den Verkehr nicht auf?«

»Keine Panik! Wir sind gerade erst angekommen. Sicher blufft er nur.«

»Woher wollen Sie das wissen?«

»Weil keine Bohrlöcher da sind. Ein Karton mit TNT reicht nicht aus.«

»Dann nehmen Sie ihm doch den Karton weg!«

»Was glauben Sie, was meine Kollegen gerade versuchen?«

»Vielleicht ist eine Klapperschlange drin«, mutmaßte Monica.

Gudrun fragte besorgt, ob es denn keine Möglichkeit gäbe, von hier zu verschwinden, doch bevor Ferdinand antworten konnte, geschah etwas. Ehe die beiden Polizisten den Mann in der schwarzen Regenjacke daran hindern konnten, hatte dieser den Pappkarton über das Geländer geschleudert, woraufhin der Junge ein paar Luftsprünge machte, als würde er sich unbändig freuen.

Für ein paar unendliche Sekunden schienen alle auf der Brücke die Luft anzuhalten.

Doch nichts geschah. Kein Knall war zu hören, keine Explosion erschütterte die Umgebung. Die Polizisten packten den Mann am Arm und führten ihn zum nächsten Streifenwagen. Der Junge stand am Geländer und winkte enthusiastisch.

»Hallo, Mama!«, krähte er, »siehst du mich?«

Ferdinand bekam ein Zeichen, dass er weiterfahren sollte.

Er setzte den Wagen in Bewegung und sah den festgenommenen Mann in die Tiefe winken. Gleichzeitig hörte er durch das noch immer geöffnete Fenster, wie dieser zu den Polizisten sagte: »Das war nur eine Warnung!«

Zu Füßen des Jungen lag ein aufgeweichtes, selbst gemaltes Plakat auf der Fahrbahn:

WIR LASSEN UNS NICHT VERTREIBEN!

»Unser Freund Svanebukt«, stellte Ferdinand fest.

»Die neue Brücke verschattet im Sommer einen Teil seines bescheidenen Ackers.«

Normalerweise hätte er zu Hause eine Vase mit Blumen auf den Tisch gestellt. Dennoch ärgerte er sich über Gudrun, als diese ihm zuflüsterte: »Du hättest zumindest ein kleines Geschenk für Monica besorgen können.«

»Ja, ich weiß.«

»Sie hat etwas für dich gekauft.«

»Tut mir Leid.«

Er fragte sich, ob Gudrun bereits in den Wechseljahren war. Manchmal konnte er ihr es wirklich nicht recht machen. Kümmerte er sich intensiv um seine Tochter, beklagte sie sich, dass er sie vernachlässigte.

»Du änderst dich wohl nie«, stellte sie fest.

»Ja, ich weiß, mein Name ist Ferdinand Egoist.«

»Man kann sich doch trotzdem Mühe geben.«

»Ich werde heute Nachmittag etwas besorgen.«

Als Monica mit geheimnisvoller Miene und auf den Rücken gehaltenen Händen die Küche betrat, drehten sie sich um.

»Bitte warte einen Moment!«, sagte Ferdinand und lief hinaus.

Er hastete zur Tankstelle hinüber. Tore stand hinter der Kasse und redete mit Hatling und dessen rothaariger Kollegin. Ferdinand bemerkte, dass beide in Uniform waren, während er die Kasse öffnete.

»Ach, da bist du ja. Könnten wir kurz mit dir sprechen?«, fragte der Hauptkommissar.

»In zwei Minuten stehe ich zu eurer Verfügung.«

Er nahm einen neuen Tausendkronenschein aus der Lade. In der Einkaufstüte von *Räuberkauf 2000* befanden sich noch wesentlich mehr, doch die hatte er in der Werkstattgrube versteckt. Ohne die beiden Polizisten noch eines Blickes zu würdigen, eilte er ins Büro und nahm ein Kuvert aus der Schublade. Er legte den Geldschein hinein, klebte ihn zu und schrieb mit dem Füller *Für Monica!* darauf.

Als er in die Küche zurückkam, rührte Gudrun in einem Kochtopf, während Monica am Tisch Platz genommen hatte.

»Ich hatte nur was vergessen.«

»Ich hab ein Geschenk für dich, Papa. Ein Mitbringsel aus der Hauptstadt.«

»Für mich? Ach, das wäre doch nicht ...«

Er nahm das flache Paket mit dem grellen Geschenkpapier in Empfang.

»Sei vorsichtig mit dem Klebeband«, ermahnte ihn Monica. »Ich möchte das Papier gern wieder verwenden.«

Gudrun reichte ihm eine Schere, mit der er das Klebeband vorsichtig durchschnitt. Wie erwartet, packte er ein Buch aus: *So gewöhne ich mir das Rauchen ab.*

»Das ist aber eine gute Idee. Vielen Dank!« Er umarmte Monica, obwohl er überhaupt nicht vorhatte, das Rauchen aufzugeben.

»Der Arzt meinte, dass Passivrauchen mir besonders schaden könnte.«

»Hinweis verstanden. Ich habe auch eine kleine Überraschung für dich.« Er steckte die Hand in die

Innentasche seiner Jacke und zog den Umschlag heraus. Monica öffnete ihn und strahlte übers ganze Gesicht. Dann wollte sie Siv anrufen. Ferdinand fragte sich, ob Mesner möglicherweise auf dieselbe Idee gekommen war.

»Ich glaube, die ist noch in der Schule«, sagte Gudrun, als Monica aus der Küche lief. Gudrun drehte sich zu Ferdinand um. »Hattest du den Umschlag schon ...«

»Ja, er lag im Büro. Ich hätte ihr gerne etwas anderes geschenkt, aber ich hatte heute Morgen schrecklich viel zu tun.«

»Entschuldige bitte!« Sie küsste ihn betreten.

»Ist schon gut.«

»Du siehst wirklich erschöpft aus, mein Liebling.«

»Ich werde mich später ausruhen. Drüben wartet Besuch auf mich.«

Als er im lauen Wind über den asphaltierten Platz ging, hatte er das Gefühl, etwas laste auf seiner Brust. War es sein schlechtes Gewissen?

# Ein Strich durch die Rechnung

Hatling hatte bereits Platz genommen, während Vibeke im Türrahmen zu Ferdinands Büro stand.

»Was du für ein Tempo draufhast!«, sagte Hatling bewundernd.

»Ich musste noch ein Geschenk für Monica einpacken. Sieht so aus, als hätte Kluge sich bei der Diagnose ihrer Krankheit geirrt. Vermutlich leidet sie nur an Vitaminmangel.«

»Kann ich mir vorstellen. Kluge wird ja immer verschrobener.«

»Kaffee?«

»Nein, danke, wir haben es auch eilig.«

Vibeke schloss die Tür hinter sich, blieb jedoch stehen. Ferdinand ließ sich auf seinen Schreibtischstuhl sinken und angelte sich eine Zigarettenschachtel. Dabei dachte er an Monicas Geschenk, zündete sich aber dennoch eine an. Er hatte ja noch nicht einmal einen Blick in das Buch geworfen. »War jemand von euch an der Autobahnbrücke im Einsatz?«

»Nein, das haben die Kollegen aus der Stadt gemacht«, antwortete Hatling. »Ich habe erst davon erfahren, als wir schon unterwegs waren. Jetzt scheint Svanebukt völlig durchgedreht zu sein.«

»Sieht ganz so aus.«

»Den werden sie erst mal bei sich behalten. Und eine saftige Geldstrafe wird's auch geben.«

»Weil er einen leeren Pappkarton auf sein Grundstück geworfen hat?«

Die Polizistin lächelte, doch Hatling war nicht nach Scherzen zumute. »Das war noch das Ungefährlichste an der ganzen Aktion. Aber jetzt zu unseren beiden Anliegen. Zuerst geht's um Tore. Er war heute Nacht unterwegs.«

»Ist das etwa auch verboten?«

»Erzähl ihm die Geschichte, Vibeke.«

»Ich habe gestern Abend ein paar Überstunden gemacht«, begann sie. »Als ich gegen zwölf nach Hause fuhr, habe ich ihn zufällig auf seinem Fahrrad gesehen. Er kam offensichtlich vom Bahnhof. Aber um diese Zeit fahren schon längst keine Züge mehr. Vielleicht hat er Måsvik besucht, dachte ich, der wohnt ja schließlich da. Ich bin ihm zu Fuß gefolgt ...«

»Vibeke ist ziemlich schnell auf den Beinen«, warf Hatling ein.

»Doch anstatt nach Hause zu fahren, ist Tore zur Werkstatt seines Vaters geradelt. Zwei Stunden hat er sich dort aufgehalten. Danach ist er in Richtung Løvåsen gefahren, ausgerechnet zum Altersheim, und ist kurz in einem alten Schuppen gewesen. Danach kehrte er zurück, hat gezögert, als er *Haugens kolonial* passierte, und hat sich dann erneut auf dem Bahnhofsgelände umgesehen. Als das Unwetter einsetzte, ist er in Richtung *Soria Moria* aufgebrochen. Mit Rückenwind war er zu schnell für mich, außerdem war ich schon ziemlich erschöpft, also bin ich nach Hause und habe mich hingelegt.«

Heute Nacht, dachte Ferdinand. Warum ausgerechnet heute Nacht? »Was habt ihr unternommen?«, fragte er.

Hatling fuhr fort. »Ich habe heute Morgen mit Karl Blix in seiner Werkstatt gesprochen. Der produziert wirklich ausgefallene Maschinen und Werkzeuge. Aber er will nichts davon hören, dass man sie auch benutzen könnte, um Autos zu beschädigen oder Tankstellen in die Luft zu sprengen. Er versichert, sein Sohn sei pünktlich um halb zwölf nach Hause gekommen, nachdem sein Auftritt in der *Happy Bar* beendet war. Ich finde allerdings, dass Tore heute sehr müde aussieht.«

»Was sagt Tore dazu?«

»Dreimal darfst du raten.«

»Dass er sich nicht erinnern kann.«

»Richtig. Aber ich zweifle daran, dass er wirklich so minderbemittelt ist, wie er tut.«

»Der tut nicht nur so. Er war eine Frühgeburt.«

»Na und, das war ich auch.«

»Hab mir schon lange so was gedacht. Was war das andere, worüber ihr mit mir reden wolltet?«

»Da geht's um den Überfall auf den Geldtransport. Wir haben alle üblichen Verdächtigen überprüft, bis jetzt ohne Erfolg. Doch heute Morgen, als ich bei Blix war, ergriff Vibeke ein zweites Mal die Initiative ... und brachte auch dich mit ins Spiel.«

»Mich?«

Ferdinand zuckte zusammen, gleichermaßen neugierig wie verwundert. Keinen Augenblick hatte er einen Gedanken daran verschwendet, er könne selbst ins Visier der Fahnder geraten.

»Anfang Dezember hast du bei uns angerufen und dich nach dem Halter eines bestimmten Fahrzeugs erkundigt.«

»Hab ich das?«

»Mach du weiter, Vibeke.«

»Ich habe Ihnen damals den Halter des Wagens genannt. Er hatte ein Paar Handschuhe bei Ihnen liegen lassen.«

Als Ferdinand an seiner Zigarette zog, spürte er eine leichte Verkrampfung der Kiefermuskulatur. »Ich kann mich gar nicht mehr richtig erinnern, aber wenn Sie es sagen ...«

»Wie Knut schon erwähnte, haben wir uns am Morgen mit einigen alten Bekannten beschäftigt. Und bei einem Namen musste ich stutzen: Artur Barre, wohnhaft am Dannevigsveien in Oslo, Besitzer eines Opel Scherzo.«

»Ah, jetzt weiß ich es wieder.«

Hatling kratzte sich am Kopf. »Vibeke hat ein ausgezeichnetes Gedächtnis. Es stellt sich die Frage, was der Kerl hier einen Monat vor dem Raubüberfall zu suchen hatte.«

»Ist die Frage an mich gestellt?«

»Ja, kannst du dich an ihn erinnern?«

*Ein barhäuptiger Mann, der sich in den Dreißigern befinden musste und einen schwarzen Mantel trug.*

*Graue Augen. Schüttere, zurückgekämmte Haare. Leichter Østlandsdialekt.*

»Überhaupt nicht. Der hat hier nur einmal getankt.«

»Schade, dass er nicht bei dir übernachtet hat. Dann hättest du ihn doch sicher besser im Gedächtnis behalten, oder?«

*Er hätte sich nach dem Frühstück Barres Glas sichern sollen, aus dem dieser seinen Saft getrunken hatte. Möglicherweise würde Hatling irgendwann dessen Fingerabdrücke mit einer Polizeidatei abgleichen wollen.*

»Ganz bestimmt.«

»Vielleicht kannst du dich ja erinnern, was du nach dem Telefongespräch mit Vibeke getan hast.«

»Ich habe versucht, ihn auf dem Handy zu erreichen. Darum hatte ich ja bei euch angerufen. Aber er hat nicht geantwortet, obwohl ich es mehrmals probiert habe.« Ferdinand war sicher, nicht zu erröten.

»Hast du ihm die Handschuhe mit der Post geschickt?«

»Das wollte ich zuerst. Aber dann hab ich's sein lassen. Dachte, warum soll ich auch noch Geld für jemand ausgeben, den ich in meinem Leben nie wiedersehe. Er ist auch nie gekommen, um die Handschuhe abzuholen.«

Hatling versuchte mit der Handfläche ein Gähnen zu verbergen. »Hast du sie aufgehoben?«

»Oh, ich denke, die sind schon vor Weihnachten in die Mülltonne gewandert. *So* wertvoll waren sie nun auch wieder nicht.«

»Tja, da kann man nichts machen. Es ist nämlich durchaus möglich, dass dieser Barre etwas mit dem Überfall zu tun hat.« Er stand auf. »Schade für Vibeke. Ein solches Gedächtnis wäre allein schon eine Beförderung wert. Dein Angestellter dagegen ...«

»Wollt ihr was Bestimmtes unternehmen?«

»Ich soll den Ermittlern aus der Stadt nur unter die Arme greifen. In einer Stunde bekommen wir Besuch von einem Kollegen, dann sehen wir weiter. Vielleicht ziehen wir einen Psychologen zu Rate, was Tore angeht.«

»Da seid ihr völlig auf dem Holzweg.«

Als die beiden Besucher im strömenden Regen zu ihrem Streifenwagen liefen, fragte sich Ferdinand, ob es in ihrem Gespräch nicht auch einen Subtext gegeben hatte. Er warf einen Blick auf seine Hand mit der Zigarette. Sie zitterte kein bisschen. Bisher hatte sie wohl auch keinen Grund dazu.

Doch erneut hatte er das Gefühl, etwas laste auf seiner Brust.

Nachdem er die Zigarette ausgedrückt hatte, ging er zu Tore hinein. Trotz der dunklen Ringe unter den Augen schien dieser seine Müdigkeit überwunden zu haben. Vielleicht war seine betretene Miene eine Folge von Hatlings Befragung. Für einen Moment war Ferdinand versucht, ihm den Arm um die Schultern zu legen und mit ihm zu sprechen wie ein Vater mit seinem Sohn, um aus ihm herauszukitzeln, was er mit seinen nächtlichen Ausflügen bezweckte. Doch er ließ es bleiben. Vielleicht wäre ein Psychologe doch das Richtige für Tore.

»Ich muss noch mal weg.«

»Bei dem Sau... Sauwetter?«

»Ich brauche ein bisschen frische Luft.«

Während er im Auto saß, wurde ihm die Scheinheiligkeit seiner Worte bewusst. Anstatt mit Regenmantel und Gummistiefeln den Elementen zu trotzen, hatte er sich in sein warmes Auto gesetzt. Er musste den Tatsachen ins Auge sehen. Was er brauchte, war nicht frische Luft, sondern Veränderung. Vielleicht benutzte er deshalb jeden Vorwand zu einem kleinen Ausflug.

Endlich besaß er die Chance, sich einige lang gehegte Wünsche zu erfüllen. An einem der nächsten Tage wollte er gemeinsam mit Mesner zur Bank gehen, um die volle Verfügungsgewalt über sein Geld zu erhalten. Trotz der milden Temperaturen, die momentan herrschten, war es ein verlockender Gedanke, mit Gudrun und Monica in den Süden zu ziehen. Ob Pfalzmeyer oder nicht, vielleicht konnten sie irgendwo noch mal von vorne anfangen. Doch es gab einen Haken, auf den Mesner ihn hingewiesen hatte. Allzu große Extravaganzen würden Misstrauen wecken. Und wollte er das wirklich – seine Arbeit aufgeben, an der er zwanzig Jahre lang festgehalten hatte? Womöglich wäre es das Beste, sich einfach seiner Schulden zu entledigen und im Großen und Ganzen so weiterzuleben wie bisher.

Er bemerkte, dass er Richtung *Soria Moria* unterwegs war, ohne zu wissen, warum. Nachdem er unter der Autobahn hindurchgefahren war, hielt er an und wendete den Wagen ungefähr an der Stelle, an der das Ehepaar Svanebukt seine biodynamischen Produkte angeboten hatte. Er blickte zum Mast empor, der jüngst errichtet worden war. Jonas Svanebukt war der Meinung, der kleine Apparat an der Spitze diene der Messung von Radioaktivität, doch Ferdinand glaubte, es handele sich um eine Sirene.

Er fuhr wieder zurück, kam am Bahnhof vorbei und schlug aufs Geratewohl nacheinander verschiedene Richtungen ein. Während die Scheibenwischer hektisch arbeiteten, warf er einen Blick auf die Pension *Solgløtt*, die ebenso schlecht besucht war wie sein Motel. Er wusste, dass der Inhaber sich mit dem Gedanken trug, die Herberge in ein physikalisches Institut umzuwandeln. Ein Opel Scherzo, der vor dem Haus parkte, ließ ihn an Artur Barre denken. Hatte Mesner nur geblufft, als er behauptete, Barre habe schallend gelacht, als er ihm vom »Mann in Oslo« erzählte? Hatte Mesner überhaupt mit ihm gesprochen? Das musste Ferdinand ihn fragen.

Er parkte vor dem Altersheim und dachte daran, dass er seine Mutter schon lange nicht mehr besucht hatte.

Der Zeitpunkt war nicht sonderlich gut gewählt, denn als er die Eingangshalle betrat, stieg ihm sofort der Geruch des Mittagessens in die Nase. In diesem Haus wurde die Hauptmahlzeit des Tages sehr früh eingenommen. Nils Ramsjø, dem er am Empfang begegnete, sagte, er solle sich nicht darum kümmern, doch Ferdinand zog es vor zu warten, bis das Mittagessen vorüber war.

»Ich habe gehört, bei Ihnen ist heute Nacht eingebrochen worden.«

»Woher wissen Sie denn das?«

»Knut Hatling hat mit dem Täter gesprochen.«

Ramsjø lächelte verwundert. »Wie sonderbar. Dabei habe ich nicht einmal Anzeige erstattet. Heute Morgen habe ich entdeckt, dass die Tür zum Fahrradschuppen aufgebrochen worden war. Eigentlich spielt es keine Rolle, weil ich ohnehin das Schloss erneuern wollte. Soweit ich feststellen konnte, ist auch nichts gestohlen worden. Darf ich fragen, wer der Täter ist?«

»Tore«, antwortete Ferdinand und ärgerte sich, den Vorfall überhaupt erwähnt zu haben.

»Ihr Tore? Tore Blix?«

»Ja. Leider kommt er hin und wieder auf merkwürdige Ideen.«

»Er ist geistig behindert, nicht wahr?«

»Keine sehr ausgeprägte Behinderung. Er ist ein ausgezeichneter Pianist.«

»Das hat sein Vater mir auch erzählt. Vielleicht spielt er uns etwas vor, wenn wir unser neues Klavier bekommen haben.«

»Ich möchte Ihren Bewohnern nicht zu nahe treten, aber ich kann mir nicht denken, dass sie an seiner Musik großen Gefallen finden würden. Selbst die meisten jungen Leute können Modern Jazz nicht ausstehen.«

»Ansonsten sind Sie mit ihm zufrieden?«

»Es gibt Leute bei der Polizei, die meinen, dass Tore hinter den Zerstörungsaktionen der letzten Zeit steckt.«

»Sind Sie verrückt geworden?«

»Nicht ich, sondern die Polizei.«

»Das halte ich für völlig ausgeschlossen, obwohl

ich seinen Vater, wie gesagt, am besten kenne. Karl und ich treffen uns manchmal bei Hebron.«

Danach eilte er davon, um einem Pfleger zu helfen, der ihm zurief, Edward VII. – einer der senilen Patienten, wie Ferdinand vermutete – sei zum Urinieren auf ein Geländer geklettert.

Die Laune seiner Mutter war durchwachsen, stieg jedoch beträchtlich, als er ihr von Monicas Untersuchung im Rikshospital erzählte.

»Das sind wirklich gute Neuigkeiten. Habe ich nicht immer gesagt, dass ihr Monica zu viel Kartoffelchips und zu wenig Gemüse gebt?«

»Das hast du.«

»Früher nannte man das Skorbut. Hier im Haus stürzen die Leute auch reihenweise zu Boden und verletzen sich, weil wir zu wenig Gemüse bekommen. Ramsjø ist in dieser Beziehung ziemlich geizig.«

»Das ist doch Unsinn! Draußen auf den Tellern habe ich jede Menge nicht gegessene Karotten gesehen.«

»Karotten? Die gibt es hier nur für die Privilegierten, die sich mit dem Personal gut stellen.«

»Jetzt fang bitte nicht wieder damit an.«

»Was sagst du?«

»Ihr werdet hier sehr gut versorgt.«

»Aber du versorgst deine Familie nicht gut, Ferdinand.«

»Wie meinst du das?«

»Du kommst mitten am Freitag hierher. Dabei hast du mir eben noch erzählt, wie viel du zu tun hast. Außerdem sind Gudrun und Monica erst vor einer Stunde aus Oslo zurückgekehrt. Wenn du dich also schon von deiner anstrengenden Arbeit losreißt, warum widmest du dann nicht ihnen deine wertvolle Zeit?«

Ferdinand hatte es die Sprache verschlagen.

»Dir muss doch klar sein, wie angespannt sie waren und wie groß jetzt die Erleichterung ist. Du hättest Champagner für euch kaufen sollen!«

»Ja ... äh ... vielleicht.«

»Aber diesen Luxus hebst du dir wahrscheinlich für deinen eigenen Geburtstag auf.«

Reiß dich zusammen, sagte er sich, als er wieder hinter dem Steuer saß. An diesem Tag, an dem er allen Anlass gehabt hätte, sich glücklich zu fühlen, war er einfach vor der Realität geflüchtet. Reichte die Lüge mit den Handschuhen etwa aus, um ihn völlig aus der Fassung zu bringen? Woher kam diese verdammte Ruhelosigkeit?

Champagner war im Grunde ein guter Vorschlag. Also musste er noch mal zum *Soria Moria* zurück. Es wehte immer noch eine kräftige laue Brise, und der Regen schien horizontal vom Fjord zu kommen.

Als er zum zweiten Mal an der Pension *Solgløtt* vorüberfuhr, war der Opel Scherzo verschwunden. Dafür erblickte er ihn kurz darauf vor *Haugens kolonial*. Gab es etwa mehrere Wagen desselben Fabrikats, die über eine ganze Batterie von Frontscheinwerfern verfügten?

Er bremste, bog scharf nach links ab und ließ den Wagen auf den Parkplatz neben dem Bahnhof rollen. Ein Lokalzug hatte gerade angehalten. Einige Fahrgäste stürzten aus den Waggons und liefen auf dem Bahnsteig um die Wette – teils, um nicht völlig durchnässt zu werden, teils, um sich eines der wenigen Taxis zu sichern. Jakob Måsvik, der die kohlschwarze Regenkleidung der Norwegischen Staatsbahn trug, erblickte in diesem Moment seinen Wagen und nickte ihm freundlich zu.

Ferdinand parkte gegenüber des Lebensmittelladens, der sich auf der anderen Straßenseite befand. Er stellte erst die Scheibenwischer und dann den Motor ab. Eigentlich hatte er große Lust auf eine Zigarette, behielt jedoch beide Hände am Lenkrad. Er hoffte, dass der Stationsvorsteher keine Zeit hatte, ihm mit seinem sinnlosen Geschwätz auf die Nerven zu gehen.

Er erschrak, als eine Lautsprecherstimme die Abfahrt des Zuges ankündigte und gleichzeitig ein Mann mit einer Plastiktüte aus dem Lebensmittelgeschäft kam. Er blieb ein paar Sekunden unter dem Vordach stehen, und Ferdinand meinte seinen kurzen schwarzen Mantel wiederzuerkennen.

Er erschrak ein zweites Mal, als Måsviks schrilles Pfeifen das Prasseln des Regens übertönte. Der Mann ging auf seinen Wagen zu. Auf zehn Meter Entfernung konnte Ferdinand die dünnen zurückgekämmten Haare erkennen.

Er erschrak ein drittes Mal, als plötzlich jemand gegen seine Scheibe hämmerte und Måsvik rief: »Könnten Sie mich zum *Soria Moria* mitnehmen?«

Ferdinand ließ die Scheibe hinunter und schüttelte den Kopf. Dann startete er den Motor und folgte Artur Barre.

Unterwegs fixierte er das Handy in der Halterung und tippte die Nummer des Finanzcenters ein.

»Hier ist Ferdinand Krogh. Ich hätte gerne Herrn Mesner gesprochen.«

»Einen Moment, bitte.«

Während die elektronische *Greensleeves*-Version ertönte, konnte er sich eine Weile aufs Fahren konzentrieren.

Er ließ einen großzügigen Abstand zu Barres Wagen, der gemächlich durch den Ort rollte. Schließlich wurde die Musik unterbrochen. »Ja, Mesner.«

»Hier ist Krogh. Es ist wichtig. Sind Sie allein?«

»Ja.«

»Sie haben mir erzählt, Barre hätte damals laut gelacht, als Sie ihm sagten, es handele sich um mehrere Erpresser. Ist das richtig?«

»Ja, das stimmt.«

»Warum, zum Teufel, haben Sie ihn angerufen?«

»Weil ich Angst hatte.«

»Haben Sie meinen Namen genannt?«

»Nein, zu diesem Zeitpunkt ahnte ich noch nicht, dass Sie dahinter stecken.«

»Welchen Rat hat er Ihnen gegeben?«

»Das Geld aus dem Hühnerstall zu schaffen und alles abzustreiten. Ich sagte, das hätte ich bereits getan. Warum fragen Sie jetzt danach?«

»Hat er noch mehr gesagt, zum Beispiel, dass er Ihnen helfen will?«

»Davon war keine Rede, der hat sich doch vor Angst in die Hose gemacht.«

»Und Sie haben ihn später nicht angerufen, um zu sagen, dass Sie alles wieder unter Kontrolle haben?«

»Nein, hätte ich vielleicht tun sollen ...«

»Natürlich hätten Sie das tun sollen, verdammt, denn jetzt ist der Kerl hier!«

»Hier?«, rief Mesner.

»Genau, hundert Meter vor mir, in seinem Auto, ganz in der Nähe von Løvåsen.«

In diesem Moment bog Barre auf den schmalen Weg ab, der zurück zum Hotel führte. Ferdinand vergrößerte den Abstand. Nach einer vielsagenden Pause von Mesner fuhr Ferdinand fort. »Und ich glaube, dass er schon seit einiger Zeit hier ist. Sie haben ihm doch von der Sandkiste erzählt, oder?«

»Ja, aber ich wusste doch schließlich nicht, dass ...«

»Als ich die Tüte aus der Kiste nahm und in den Rucksack stopfte, raste plötzlich ein Auto auf mich zu und hätte mich fast überfahren. Ich dachte damals, es wäre Zufall gewesen, doch jetzt weiß ich es besser. Welch ein Glück, dass ich Skier an den Füßen hatte.«

»Artur wollte sich die drei Millionen unter den Nagel reißen?«

»Sieht ganz so aus. Es sei denn, Sie haben mich angelogen. Geben Sie mir Ihr Ehrenwort, dass Sie nicht gemeinsame Sache gemacht haben und er mich nicht verletzen oder gar töten sollte?«

»Ehrenwort, Krogh!«

»Und er hat Sie später auch nicht angerufen?«

»Nein, wirklich nicht. Er könnte es höchstens versucht haben, während ich bei Ihnen war. Ich bin um Brekkelia herumgefahren, wie Sie mir gesagt hatten. Am Straßenrand habe ich angehalten und eine Weile Musik gehört. Ich wollte Ihnen Gelegenheit geben, das

Geld zu zählen, bevor ich bei Ihnen an der Tür klingelte.«

Ferdinand schaltete einen Gang hinunter, als Barre das Tempo drosselte. Er atmete tief durch. »Ich bin mir einfach nicht sicher, dass Sie die Wahrheit sagen. Warum sind Sie meinen Anweisungen gefolgt, wenn Sie wussten, dass ich dahinter stecke? Warum sind Sie mit der Tüte nicht gleich zu mir gefahren?«

»Ich hatte direkt hinter dem *Bellevue* geparkt und gewartet. Erst als ich Sie nach Hause kommen sah, genau zwanzig Minuten nachdem ich die Tüte in der Sandkiste deponiert hatte, war ich *vollkommen* sicher. Zumal Sie sofort das Küchenrollo hinunterließen.«

Ferdinand nickte stumm. Mesners Erklärung klang plausibel. »Sieht so aus, als hätte sich Barre im *Solgløtt* einquartiert.«

»In dieser Absteige? Warum ist er nicht ins *Soria Moria* gegangen?«

»Zum einen sind wahrscheinlich alle Zimmer belegt, und zum anderen wollte er wohl nicht riskieren, Ihnen über den Weg zu laufen.«

Die Bremslichter des Opel Scherzo leuchteten auf, ehe er vor der Pension anhielt. Als Ferdinand vorbeifuhr, sah er Barre durch den Regen zum Eingang laufen.

»Er hat sich unterwegs ein paar Snacks gekauft. Sollte mich nicht wundern, wenn er noch eine weitere Nacht im *Solgløtt* verbringt.«

»Warum?«

»Weil er sicher nicht unverrichteter Dinge wieder

nach Hause fahren möchte. Wenn Sie die Wahrheit gesagt haben und er nicht weiß, wer ich bin, dann befinden Sie sich jetzt in Gefahr«, sagte Ferdinand. »Gut möglich, dass er es auf *Sie* abgesehen hat«, fügte er genüsslich hinzu.

»Was reden Sie da?«

»Er geht doch davon aus, dass Sie mir die drei Millionen in den Rachen geworfen haben. Vielleicht hat er Angst, dass nichts mehr für ihn übrig bleibt, wenn er Sie weiter gewähren lässt.«

»Verdammt!«

»Sie haben nicht mehr viel Zeit, um ihm zuvorzukommen. Sie sollten ihm schnellstens versichern – natürlich ohne meinen Namen zu nennen –, dass Sie das Problem mit dem Erpresser gelöst haben. Notfalls geben Sie ihm noch etwas mehr Geld, als ihm zusteht, um ihn zu beruhigen. Dann sagen Sie ihm, er soll auf der Stelle von hier verschwinden. Schließlich ist es Ihre Schuld, dass er da ist.«

»Sie meinen, ich soll ihn in der Pension anrufen?«

»Nein«, antwortete Ferdinand, der bereits sein Auto wendete. »Barre wohnt sicher unter falschem Namen dort. Am besten, Sie fahren sofort zu ihm. Geben Sie mir Bescheid, wenn er abgereist ist!«

Nach dieser Aufforderung legte Ferdinand auf. Der Kommandoton war auf seine innere Unruhe zurückzuführen. Er sehnte sich nach Gudrun und Monica, hoffte, bei ihnen eine Geborgenheit zu finden, die ihn Menschen wie Mesner und Barre für einen Augenblick vergessen ließ. Statt Champagner wollte er die teuerste Flasche Wein, die er besaß, aus dem Keller holen.

Überzeugt davon, dass Mesner seinen Anweisungen Folge leisten würde, fiel ihm noch ein weiterer Grund ein, warum Artur Barre schnellstmöglich wieder verschwinden musste. Falls Vibeke mit ihrem brillanten Gedächtnis den Opel Scherzo in der Stadt sehen würde, konnte das katastrophale Folgen haben. Ein paar geschickte Fragen an Barre würde den bereits rissigen Ballon endgültig zum Platzen bringen.

Und wenn sie das Auto letzte Nacht bereits entdeckt hatte? Vielleicht hatte sie Hatling vorhin nur zum *Bellevue* begleitet, um seine Reaktion zu testen ...

*Denk nach, Ferdinand!*

Er tat es, während ein Sturzregen auf die Kühlerhaube prasselte. Schließlich kam er zu der Erkenntnis, dass eine blühende Fantasie auch zu einem gewissen Realitätsverlust führen konnte. Dennoch verkrampften sich seine Kiefermuskeln derart, dass seine Wangen schmerzten.

# Soll ich – soll ich nicht?

Bisher hat er fünf erfolgreiche Aktionen durchgeführt und drei anonyme Leserbriefe geschrieben, doch noch immer findet er keine Ruhe. Weiterhin pocht der Schmerz unter der Haut, den er endlich loswerden will. Langsam, sehr langsam wächst in ihm die Erkenntnis, dass er ihn wohl niemals verlassen würde, dass er immer, bis zum Tag seines Todes, mit dem nagenden Schuldgefühl würde leben müssen.

Was vermisst er – einen Widerhall?

Ja. Verständnis, Akzeptanz, Vergebung.

Eigentlich hat er keinen Grund, zu klagen. Den Medien zufolge haben seine Aktionen eine Wirkung entfaltet, von der er nicht zu träumen gewagt hätte. Doch hatte er gar nicht beabsichtigt, andere zu ähnlichen Handlungen anzustiften. Aber fast täglich wird in den Zeitungen und im Fernsehen darüber berichtet. Autos werden demoliert, Straßen blockiert, Tankstellen gehen in Flammen auf. Nahezu jedes europäische Land ist betroffen.

Die Vorstellung, dies alles in Gang gesetzt zu haben, ist ihm beinahe unheimlich. Er hatte doch nur zur

Ruhe kommen wollen. Das ist das Schlimmste an der Sache, dass niemand den wahren Grund versteht. Wie kann er sich nur verständlich machen? Die Leserbriefe an die Zeitung hätte er sich sparen können, obwohl es ihm eine gewisse Befriedigung verschafft, sie gedruckt zu sehen. Doch die Befriedigung ist nur von kurzer Dauer, weil niemand sie zur Kenntnis nimmt. Steigt er jedoch nachts auf sein Fahrrad und beschädigt fremde Autos, lässt die Resonanz nichts zu wünschen übrig.

Gibt es noch andere Möglichkeiten, sich auszudrücken? Sollte er auf Vandalismus verzichten und inneren Frieden suchen? Als hätte er das nicht oft genug versucht.

Er sitzt allein am Küchentisch und beugt sich über einen Apparat mit ausgetüfteltem Zündmechanismus, kleiner als eine Zigarettenschachtel. Missmutig schaut er ihn an und fragt sich, ob er die für heute Nacht geplante Aktion nicht ablasen soll. Er steht auf und betritt den engen Flur. Behutsam legt er seine Hand auf die Türklinke. Das tut er manchmal, um innere Stärke zu gewinnen.

Im Moment ist niemand da drinnen. Er schiebt die Tür auf und lässt seinen Blick durch den Raum schweifen. Der muffige Geruch macht ihm nichts aus. Er lauscht dem Wind, der ums Haus pfeift, und starrt auf das ungemachte Bett. Decke und Laken sind ein einziges Durcheinander. Die Hausschuhe des jungen Manns stehen nicht ordentlich nebeneinander. Der eine liegt vor dem Fenster, der andere mitten im Zimmer. Über der Stuhllehne hängt ein roter Pullover.

Dann hört er Schritte auf der Treppe, schließt rasch die Tür, eilt in die Küche und steckt den kleinen Apparat in die Tasche.

Doch niemand kommt herein. Er geht zum Kühlschrank, trinkt einen Schluck Milch aus dem Karton, schlurft ins Wohnzimmer und setzt sich vor den Fernseher. Zeit für die Abendnachrichten, die ihn vorübergehend seine persönliche Not vergessen lassen.

Deprimiert betrachtet er die Verwüstungen, die der Sturm hinterlassen hat. Wieder einmal ist der Westen des Landes am stärksten betroffen. Riesige Bäume sind entwurzelt, Hausdächer abgedeckt, kleine Boote gegen die Felsen geschleudert und zerschmettert worden. Doch diesmal war man vorbereitet, Menschen kamen nicht zu Schaden, und der Wind hat sich inzwischen gelegt. Das Bemerkenswerteste an diesem Unwetter, so der Meteorologe, seien die ungewöhnlich warmen Luftmassen gewesen, die von der Küste über das Land getrieben wurden. Trotz eindringlicher Warnungen ihrer Eltern seien einige Kinder einfach nicht zu halten gewesen, hätten sich die Kleider vom Leib gerissen und eine Dusche im Freien genommen.

Die Auslandsnachrichten vermelden, die seit langem grassierende Epidemie auf Zypern sei weitgehend unter Kontrolle. In Russland habe man ein Leck in einem Kühlwasserreaktor entdeckt, eine Gefahr für die Umwelt bestehe jedoch nicht. Japanischen Genforschern sei es gelungen, eine Kuh mit zwei Eutern zu züchten. Von demolierten Autos wird nicht berichtet.

Er tritt ans Fenster und starrt hinaus in die winterliche Dunkelheit. Erneut wird er von einer kribbelnden Unruhe befallen, die ihm unter die Haut kriecht. In ein paar Stunden, wenn er es nicht mehr länger aushielte, würde er aufbrechen, vielleicht zum letzten Mal. Ohne Auto – das liegt in der Natur der Sache – ist sein Aktionsradius natürlich begrenzt. Obwohl es ihm aus verschiedenen Gründen widerstrebt, sieht er sich gezwungen, seinen letzten Angriff gegen das Ziel zu richten, das sich in unmittelbarer Nähe befindet – die Tankstelle von Ferdinand Krogh.

# Ein gemütlicher Abend

Nach den Fernsehnachrichten entkorkte Ferdinand die Flasche Rotwein. Die brutzelnden Steaks in der Pfanne verbreiteten einen Festtagsduft im Haus, obwohl es ein normaler Freitagabend war.

Auf dem Heimweg von der Pension *Solgløtt* hatte er bei *Haugens kolonial* angehalten, und der Besitzer hatte aus seiner Gefriertruhe das Edelste hervorgezaubert, das er zu bieten hatte: gefrorene Hirschsteaks, die, wie er meinte, bis zum Abendessen aufgetaut sein würden. Ferdinand nahm sich viel Zeit für einen ausführlichen Plausch mit Haugen, da er damit rechnete, dass Mesner bald vorbeifahren würde, falls er seine Aufforderung ernst nahm. Und richtig. Knapp zehn Minuten später sah er durch das Fenster neben der Kasse Mesner hinter dem Steuer seines Mercedes in Richtung Pension fahren.

Zu Hause überreichte er die Steaks samt Beilagen einer ebenso überraschten wie beglückten Gudrun, die versprach, sich des Abendessens anzunehmen. Bevor er zur Tankstelle hinüberging, steckte er an der Rezeption die Registrierkarte ein, auf der Adam Tofte stand.

Er saß eine Weile an seinem Schreibtisch und überlegte, ob es irgendeinen Grund gab, sie aufzuheben, doch nachdem Mesner angerufen hatte, um ihn darüber zu informieren, dass Barre wieder verschwunden sei, legte er sie in den Aschenbecher und zündete sie an. »Nachdem ich ihm hunderttausend extra gegeben habe, musste ich ihn nicht mehr lange bitten«, hatte Mesner erklärt.

»Und meinen Namen haben Sie verschwiegen?«

»Natürlich. Ich sagte nur, dass ich Sie kenne und deshalb mit einem Zehntel der Summe abspeisen konnte. Ich habe ihm erklärt, dass der Hühnerstall als Versteck definitiv nicht mehr in Frage kommt und das Geld auf der Bank am besten aufgehoben ist. Das hat er am Ende dann auch eingesehen.«

Er stellte den Rotwein, einen Châteauneuf-du-Pape, auf den Tisch in der Essecke, zündete ein paar Kerzen an und legte drei Gedecke auf. Aus den Lautsprechern drang Glenn Goulds Einspielung der *Goldbergvariationen* von 1955. Gudrun hatte Recht; es war unglaublich, wie genau die CD die Nuancen von Goulds Klavierspiel bewahrte. Tore, der dieselbe CD zu Weihnachten bekommen hatte, war vor Begeisterung schier aus dem Häuschen gewesen und hatte gesagt, er wolle auf dem Klavier einige neue Harmonien ausprobieren, die er bisher nie mit Jazz in Verbindung gebracht habe.

Was dachte Tore eigentlich, als Hatling ihm unbequeme Fragen zu seinen nächtlichen Fahrradtouren gestellt hatte? Konnte er sich wirklich an nichts erinnern? Letzte Nacht hatte ihn Vibeke drei Stunden lang beobachtet. Ihr zufolge sei Tore nicht einmal in der Nähe fremder Autos gewesen. Spähte er neue Ziele für seinen Vater aus, der bereits weitere Verbrechen plante? Niemand konnte Karl Blix seine technischen Fähigkeiten absprechen, doch warum sollte ein so besonnener und redlicher Mann – auch wenn manche ihn als Eigenbrötler bezeichneten – im Dunkeln Anschläge auf Kraftfahrzeuge verüben? Auch hatte er nie eine besondere Sympathie für Umweltschutzorganisationen erkennen lassen.

Doch angenommen, er verfolgte mit seinen mutwilligen Zerstörungen ein anderes Ziel, als die Polizei glaubte. Ferdinand hatte einiges über die eigentlichen Absichten militanter Umweltschützer gelesen, aber warum ein Naturfreund ausgerechnet Benzin anzünden sollte, verstand er nicht. Warum sollte eine Organisation wie STOP hinter den Anschlägen stehen, wie manche behaupteten? Das widerspräche ihren fundamentalen Überzeugungen.

Dennoch war es angenehmer, sich mit solchen Fragen zu beschäftigen als mit Mesners handwerklichen Schnitzern. Gott sei Dank hatte er sie wieder beheben können. Von nun an würde ihre heimliche Zusammenarbeit reibungslos verlaufen; der eine konnte den anderen nicht verraten, ohne selbst mit in den Abgrund gerissen zu werden.

Nachdem Glenn Gould die letzte Variation beendet und die Aria wiederholt hatte, fühlte sich Ferdinand fast in Hochstimmung versetzt und tauschte die CD gegen Art Tatum und Ben Webster aus. *All the things you are* ließ dann endgültig eine beschwingte Weihnachtsstimmung aufkommen, als stände Heiligabend ein zweites Mal vor der Tür. Als Gudrun das Essen auf den Tisch stellte, empfand sie offenbar dasselbe.

»Man könnte glauben, es ist wieder Weihnachten. Kannst du Monica Bescheid sagen?«

Als alle am Tisch saßen, fragte Gudrun ihre Tochter, ob sie nicht ausnahmsweise ihr Stirnband abnehmen könne. Monica tat ihr den Gefallen, worauf Ferdinand zwei Gläser mit Rotwein und eines mit Cola-Light füllte.

»Prost!«, sagte er.

»Gibt es was zu feiern?«, wollte Monica wissen.

»Wir feiern dich, mein Schatz, beziehungsweise die neue Diagnose. Eigentlich solltest du nur einen Berg Gemüse bekommen, aber mit dieser Therapie fangen wir morgen an.«

»Yes, Sir!«

»Außerdem haben wir noch einen weiteren Grund, um zu feiern«, sagte er beiläufig.

»Dass wir vier Motelgäste auf einmal haben?«, fragte Gudrun. Das Kerzenlicht verlieh ihrem Haar einen goldenen Schimmer.

»Das natürlich auch. Merkwürdig, dass alles gleichzeitig geschieht. Aber ich spreche von unseren Finanzen. Das Kreditprogramm GAME hat uns Glück gebracht, Riesenglück sogar!«

»Was heißt das?«

»Dass ich den Kredit nicht zurückzahlen muss.«

Gudrun hätte fast ihr Glas umgestoßen. »Willst du etwa behaupten, du hättest hunderttausend Kronen gewonnen?«

»Nicht behaupten, sondern mitteilen. Das Geld gehört uns.«

»Jippie!«, schrie Monica, die am schnellsten reagierte.

»Wann hast du das erfahren?«, fragte Gudrun.

»Heute.«

Er hatte keine Schwierigkeiten, ihr in die Augen zu sehen. Das Gute an GAME war, dass die Gewinner anonym blieben – und die »Verlierer« natürlich auch. Für eine ganze Weile würde er den Rücken freihaben, zumindest gegenüber seiner Familie. Er konnte Gudrun und Monica glaubhaft erklären, warum sie sich eine Zeit lang etwas mehr leisten konnten als üblich. Vielleicht hätte er ihnen sagen sollen, die Kreditsumme betrage 300.000 Kronen.

»Das nächste Mal gewinnst du wahrscheinlich auch im Lotto!«

»Klar, wenn du mir beim Ausfüllen hilfst.« Er lächelte Monica dankbar an. Unwissentlich hatte sie ihm einen Tipp gegeben, wie er später einmal die Existenz weiterer Geldreserven erklären konnte.

Sie ließen erneut die Gläser klirren, bevor sie sich über die Hirschsteaks hermachten. Im Hintergrund perlten Tatums Läufe zu Websters strahlendem Tenorsaxofon. *My one and only love.* Es wurde ein herrlicher Freitagabend.

Nach dem Essen spielten sie Scrabble, anstatt sich wie üblich vor den Fernseher zu setzen. Unter viel Gelächter entbrannte eine leidenschaftliche Diskussion, ob das Wort *Käfighahn* zulässig sei. Die Wortschöpfung ging auf Ferdinands Konto. Monica meinte, dieses Wort noch nie gehört zu haben, und Gudrun verwies auf das große norwegische Wörterbuch, in dem solch ein Substantiv nicht vorkäme.

»Na und? Ein Käfighahn ist eben ein Hahn, der im Käfig sitzt«, verteidigte sich Ferdinand.

»Was tut er da?«

»Er ist von seinen Hühnern dort eingesperrt worden und hat nichts zu melden – genau wie ich.«

»Ach, Papa.« Monica verdrehte die Augen.

»Versuch ihn dir vorzustellen. Dort sitzt er und schreit und will raus, der Arme, doch sie haben ihm Hände und Füße zusammengebunden.«

»Ein Hahn hat keine Hände.«

»Meiner schon. Weil er nicht mehr fliegen darf, hat er sich seiner Flügel entledigt. Stattdessen sind ihm Finger gewachsen. Lange, schlanke Klauen ...«

Die Diskussion endete damit, dass das Wort genehmigt wurde, doch nur, weil Ferdinands Kredit ihnen allen so viel Glück gebracht hatte.

Gegen zehn Uhr begann Monica zu gähnen und erinnerte sich plötzlich daran, dass sie morgen Training hatte. Gudrun wollte am Vormittag eine Veranstaltung besuchen; STOP hatte zu einer Diskussionsrunde eingeladen, die unter der Leitung von Margot Stjern im Konzertsaal des *Soria Moria*-Hotels stattfinden sollte. Monica umarmte sie beide und verschwand dann in ihrem Zimmer. An ihrem zwölften Geburtstag hatte sie erklärt, zu alt für Gutenachtgeschichten zu sein. Manchmal vermisste Ferdinand das Vorlesen an ihrem Bett, doch nicht an diesem Abend. Gudrun hatte ihm zu verstehen gegeben, dass sie gegen ein Schäferstündchen nichts einzuwenden hätte.

Es wurde eine Wiederholung ihrer Liebesnacht von Anfang Dezember und weiß Gott keine schlechte Wiederholung, dachte er. Aufgrund der Wärme ließen sie das Fenster geöffnet, während sie im Mondlicht die Initiative ergriff, ihn zuerst mit dem Mund befriedigte und sich dann auf ihn setzte. Ab und zu öffnete er die Augen, um ihre wippenden Brüste zu betrachten, deren Anblick ihn schon in die Nähe eines Orgasmus brachten. Also schloss er sie wieder, weil er aus Erfahrung wusste, dass er Schwierigkeiten mit einer neuen Erektion hatte, wenn er zu früh kam. Auch Gudrun sollte auf ihre Kosten kommen, nachdem sie ihn so ausgiebig verwöhnt hatte.

»Mein armer Käfighahn«, flüsterte sie ihm ins Ohr.

Als er schließlich kam, musste er sich beherrschen, um seine Lust nicht hinauszuschreien. Warum war sie nicht immer so gewesen? Was geschah mit einer Frau, die nach zwanzig Jahren alle Hemmungen über Bord warf, um sich ganz ihrer Leidenschaft hinzugeben? Hatte sie ein bestimmtes Buch gelesen, oder war sie von selbst zu der Einsicht gelangt, dass es höchste Zeit war, gewisse Dinge auszuprobieren? Oder war etwas mit *ihm* geschehen, dass es ihr plötzlich ermöglichte, ihre Passivität zu überwinden? Er wollte sie später danach fragen.

Nachdem er sich ein paar Minuten auf dem Rücken entspannt hatte, wurde er wieder aktiv und legte sich auf sie. Unter fortwährenden Küssen und Liebkosungen glitt er ihren Körper hinab und verwöhnte sie so, wie sie ihn verwöhnt hatte. Als er ihre lustvollen Bewegungen spürte und ihr Stöhnen hörte, wurde er von einem plötzlichen Glücksgefühl übermannt. Dies tue ich aus reiner Liebe, dachte er, ehe er sich erneut von seiner Leidenschaft fortreißen ließ. Nachdem sie fast gleichzeitig gekommen waren, ließ er sich erschöpft neben ihr auf das Kissen sinken.

»Perfektes Timing«, murmelte Gudrun.

»Ja, wie im Film.«

»Viel besser als im Film. Du hast dich verändert, Ferdinand.«

»Habe *ich* mich verändert?«

»Glaubst du, dass es etwas mit dem Geld zu tun hat?«

»Ach was.«

»Oder im Gegenteil mit der Angst, dass bald alles vorbei sein könnte?«

»Vorbei?«

»Es geschehen so viele schreckliche Dinge um uns herum.«

Er streckte seinen Arm aus und tastete nach der Zigarettenschachtel; er wollte genauer wissen, was Gudrun damit meinte. Da klingelte das Telefon.

»Was für ein Glück«, kicherte sie. »Im Film klingelt es immer im falschen Moment.«

Ferdinand schwang die Füße aus dem Bett. »Trotzdem verdammt spät für einen Anruf.«

»Ist doch erst fünf nach elf«, hörte er sie sagen, als er in den Flur trottete.

Er schloss die Tür hinter sich, nahm den Hörer ab und schaute an sich hinunter. Er hoffte, dass sich jemand verwählt hatte, damit er rasch wieder zu Gudrun unter die Decke krabbeln konnte, um mit ihr über die Dinge zu sprechen, über die sie viel zu selten sprachen.

»Krogh.«

»Hier Mesner. Hatten Sie sich schon schlafen gelegt?«

»Ja.«

»Ich muss mit Ihnen reden.«

Ferdinand versuchte, den angespannten Ton in Mesners Stimme zu überhören. »Schießen Sie los. Aber machen Sie's kurz.«

»Nicht am Telefon. Das braucht ein wenig Zeit.«

»Sie können doch wohl sagen, worum es geht.«

»Artur hat mich gerade aus Oslo angerufen. Er weiß über Sie Bescheid, und wir müssen eine schnelle Entscheidung treffen ...«

»Wie zum Teufel ...« Ferdinand hielt inne und versuchte sich zu beherrschen, was kein leichtes Unterfangen war. Er konnte Mesner auch nicht sagen, er solle ihn morgen wieder anrufen.

»Wir müssen uns treffen.«

»Wo sind Sie?«

»Im Auto, auf dem Weg zum Vereinshaus des Golfklubs. Wissen Sie, wo das ist?«

»Ja.«

»In Ordnung, dort sind wir ungestört. Ich habe einen Schlüssel.«

»Warten Sie! Was weiß Barre von mir?«

»Er kennt Ihren Namen. Fragen Sie mich nicht, woher. Von mir hat er ihn jedenfalls nicht. Wir müssen uns was einfallen lassen.«

»Was soll ich meiner Frau sagen?«

*Klick.*

Als Ferdinand aufgelegt hatte, schoss ihm durch den Kopf, dass Gudrun seine geringste Sorge war. Doch eben noch waren sie einander so nahe gewesen, dass es ihm zuwider war, sie jetzt anzulügen. Was den Kredit anging, hatte er sie zwar auch belogen, aber das war etwas anderes. Sich jetzt einen Vorwand auszudenken, warum er noch mal aus dem Haus musste, kam ihm wie ein Verrat vor.

Er ging wieder ins Schlafzimmer. Gudrun hatte die Nachttischlampe angeknipst und rauchte eine Zigarette. Sie lächelte verwundert, als er sich anzuziehen begann.

»Ein alter Kumpel, der früher in meine Klasse ging, ist mit dem Auto liegen geblieben. Ich werde mal sehen, ob ich es nicht wieder flottmachen kann.«

»Um diese Uhrzeit?«

»Du hast doch selbst gesagt, dass es erst fünf nach elf ist. Wenn ich ihm jetzt helfe, habe ich sicher einen neuen Stammkunden.«

»Du bist viel zu gutmütig, Ferdinand.«

Nachdem er Hemd und Hose angezogen hatte, ging er zu ihr, kniete sich hin und gab ihr einen Kuss.

»Ich werde mich beeilen. Schlaf gut, mein Schatz, und träum was Schönes. Du musst dich morgen schließlich um vier Gäste kümmern. Und danke für ...«

»This is the end of a perfect day«, sagte Gudrun.

Er war sich nicht sicher, ob in ihrer Stimme eine Prise Sarkasmus lag. Er nahm die Zigarettenschachtel und ging auf den Flur hinaus. Dort zog er Pullover und Jacke an, schlüpfte in seine Halbschuhe, schnappte sich Handy und Autoschlüssel und verließ das Haus.

Erst als er hinter dem Steuer saß, wurde ihm bewusst, dass er sich wieder in der bedrohlichen Realität befand. Woher sollte Barre wissen, wer er war, wenn Mesner nicht geplaudert hatte? *Ein alter Kumpel* hatte er zu Gudrun gesagt. Weil er das Gefühl nicht loswurde, dass Reidar Vang etwas mit der Sache zu tun haben könnte?

Er zündete sich während der Fahrt eine Zigarette an, und bei jedem Zug nahm er den intimen Duft einer Frau wahr.

Der Golfplatz lag bei Furuly, nahe der neuen Trabrennbahn. Beim Altersheim bog er ab, ohne seiner Mutter einen Gedanken zu widmen. In seinem Kopf kreiste alles um ein bestimmtes Bild: Er hatte sich auf einen Weg begeben, von dem es kein Zurück gab. Der Weg führte über einen zugefrorenen See. Er wusste nicht, wie lange ihn die Eisdecke noch tragen würde, und mit jedem Schritt, den er auf das Land zuzugehen glaubte, geriet er nur umso weiter auf die Eisfläche hinaus. War es das wert, ein Leben, in dem er sich nur noch auf Zehenspitzen bewegen durfte?

Er schaltete das Radio ein: Kanadischen Wissenschaftlern zufolge sei die weltweite Menge an Plankton im Laufe der letzten Jahre um zehn bis fünfzehn Prozent zurückgegangen, was als alarmierend betrachtet werden müsse.

Sollte er Mesner sagen, dass er sich aus dem Spiel zurückziehe? Nein, noch vor wenigen Minuten hatte er so hoffnungsvoll in die Zukunft geblickt. Zuerst mussten sie herausfinden, ob Barre wirklich etwas in der Hand hatte.

Auf der Höhe des Altersheims war ihm ein anderes Fahrzeug entgegengekommen, doch auf dem Rest des Weges war er vollkommen allein. Zwischen den dicht stehenden Bäumen leuchteten karge Schneereste. Es hatte aufgehört zu regnen, und die sporadischen Windböen waren nur mehr eine schwache Erinnerung an das Unwetter des Morgens. Der schmale Kiesweg beschrieb eine letzte Kurve. Dort, wo der Wald sich lichtete, musste das Klubhaus liegen. Er sah kein Licht hinter den Fenstern des Bungalows, doch Mesners schwarzer Mercedes stand bereits vor der Tür. Er parkte direkt daneben, stellte den Motor ab und stieg aus.

»Hier bin ich, Krogh.«

Der Mercedes hatte das Abblendlicht eingeschaltet. Als er um den Wagen herumging, sah er eine dunkle Gestalt, in deren Mundwinkel eine Zigarette glühte.

Ferdinand merkte zu spät, dass an der Szene etwas faul war. Sie enthielt zwei Fehler: die Stimme und die Zigarette. Mesner sprach anders, und Mesner war allergisch gegen Zigarettenrauch. Der schwache Schein der einzigen Laterne, die sich vor dem Klubhaus befand, enthüllte, dass der Mann graue Augen hatte. Keine braunen. Die ganze Dramatik der Situation wurde Ferdinand erst bewusst, als er sah, dass Artur Barre eine Pistole auf ihn richtete.

# Ein Golfplatz im Winter

Seltsamerweise empfand er keine Angst. Der Mann aus Oslo flößte ihm keine Furcht ein. Ferdinand hatte immer noch den Eindruck, es handele sich um einen Wanderprediger, nicht um einen abgebrühten Ganoven. Die Pistole war sicher eine Attrappe, ein Theaterrequisit, das ihm Autorität verschaffen sollte. Nach einer Weile ließ Barre die Waffe in seiner Manteltasche verschwinden, und Ferdinand brachte sich in Erinnerung, dass der Mann ein Experte für Handkantenschläge war.

»So sieht man sich wieder«, sagte Barre leise.

»Wie haben Sie es erfahren?«

»Von Jens, wie sonst?«

Ferdinand fühlte eine unbändige Wut in sich aufsteigen. »Wo ist er?«

»Ganz in der Nähe. Aber kümmern wir uns nicht um diesen Waschlappen.«

Waschlappen war eine treffende Bezeichnung. Zuerst hatte Mesner ihm weisgemacht, Barre sei nach Oslo zurückgekehrt, dann hatte er ihn hierher gelockt. Was für ein jämmerliches Verhalten, um seine eigene

Haut zu retten. Jetzt folgte er den Anweisungen seines ursprünglichen Partners.

»Was wollen Sie?«

»Das wissen Sie ganz genau. Zuerst ruft Jens mich an und sagt, dass ein Unbekannter drei Millionen von uns erpressen will, weil er angeblich Bescheid weiß. Er soll das Geld an einer einsamen Straße in einer Sandkiste deponieren. Was soll ich tun, wimmert er. Vergiss es, hab ich gesagt. Bring das Geld in Sicherheit und vergiss es.«

Ferdinand nickte. So weit stimmte Mesners Version.

»Aber kann man solchen berufsmäßigen Halsabschneidern trauen? Natürlich nicht! Sicherheitshalber fahre ich also hierher, quartiere mich in einer ärmlichen Absteige ein und lege mich in der Nähe dieser verdammten Kiste auf die Lauer. Und schon kommt dieser Schwachkopf angefahren und tut genau das, was der Erpresser von ihm verlangt hat. Natürlich hatte ich eine Stinkwut auf ihn. Ich konnte doch nicht tatenlos mit ansehen, wie das Geld einfach verschwindet. Wollte herauskriegen, wer der Erpresser ist, und zur Not einen kleinen Autounfall arrangieren. Doch ein paar Minuten später kommt da jemand auf Skiern aus dem Wald heraus und schnappt sich die Beute. Ziemlich clever gemacht, Krogh.«

Barre warf verächtlich die Zigarette weg, als wolle er noch mal seine Verärgerung zum Ausdruck bringen.

»Danke für die Blumen, aber ...«

»Zuerst dachte ich, es wäre dieser Typ von der

Wachgesellschaft, der den Hals nicht voll kriegen kann. Aber ein Anruf überzeugte mich davon, dass er gerade irgendwo in der Stadt im Dienst war. Dann bin ich bei Jens' Villa vorbeigefahren, aber er war nicht da. Hab's auf dem Handy versucht, aber er hat sich nicht gemeldet, der Hosenscheißer. Ich hätte ihm den Hals umdrehen können!«

Ferdinand glaubte ihm aufs Wort. »Und dann fuhren Sie zurück zur Pension?«

»Ja. Ich war müde nach der langen Fahrt von Oslo hierher und noch müder von der ewigen Sucherei im Dunkeln. Ich musste erst mal zu mir kommen. Am Vormittag wollte ich mir dann Jens in seinem Büro vorknöpfen. Aber bevor ich mich auf den Weg machen konnte, stand er schon bei mir auf der Matte. Den Rest kennen Sie ...«

»Ich beginne zu verstehen ...«

»Herrgott, wie sehr der die Hosen voll hatte! Er sagte, er hätte keine andere Wahl gehabt. Trotzdem wollte er mir einreden, alles unter Kontrolle zu haben. Hat noch damit geprahlt, dass er nur dreihunderttausend rausgerückt hat. Mehr hätte er so schnell auch nicht abheben können, meinte er. So ein Quatsch!«

»Mesner hat Recht, was die Bank angeht«, sagte Ferdinand. »Wenn Sie gleich zur Sandkiste gefahren wären, hätten Sie selbst gesehen, dass nicht mehr in der Tüte war.«

»Ich warne Sie! Versuchen Sie nicht auch noch, mich zum Narren zu halten.«

»Er hielt das Versteck für nicht sicher genug und hat das Geld in die Schweiz gebracht.«

»Das kaufe ich Ihnen nicht ab! Sie können nicht einfach in irgendeine Bank spazieren und ein paar Millionen über den Tisch schieben, das weiß sogar ich.«

»Wo ist Mesner? Gemeinsam können wir Sie vielleicht überzeugen.«

»Vergessen Sie ihn! Sagen Sie mir lieber, wo das Geld ist, dann können wir verhandeln.«

Ferdinand zuckte mit den Schultern. »Er hat mir gesagt, dass Sie zu Banken kein Vertrauen haben. Deshalb hat er sich die Sache mit dem Hühnerstall ausgedacht.«

»Ich hätte meinen Anteil sofort kassieren sollen. Her mit dem Geld, und zwar sofort!« Barre schien zu allem entschlossen zu sein. Seine Stimme war schärfer geworden.

Plötzlich kam Ferdinand ein neuer Gedanke. War es möglich, dass Mesner sie beide hinters Licht geführt und das Geld die ganze Zeit auf seinem Grundstück gelegen hatte? »Vielleicht sollten wir doch einmal im Hühnerstall nachsehen?«

Doch Barre bereitete dieser Theorie sofort ein Ende. »Was glauben Sie denn, was ich gemacht habe, als ich gestern bei seinem Haus war? Es dauerte nur eine Minute, dann hatte ich das Schloss geknackt. Hab sofort mit einem Spaten gegraben, völlig umsonst.«

»Und die Alarmanlage?«

»Existiert nicht.«

»Sehen Sie, das Geld ist auf der Bank!«

»Unsinn! Mir will er die achthunderttausend nicht geben, aber Ihnen, einem wildfremden Typ, der nicht mal sein Motel im Griff hat, schiebt er einfach drei Millionen rüber?«

»Zum letzten Mal, ich habe nur ...«

Barre schnitt ihm das Wort ab, und was er sagte, war für Ferdinand die endgültige Bestätigung, dass er doch gefährlicher war, als sein Äußeres vermuten ließ.

»Drehen Sie sich um und schauen Sie auf den Rücksitz!«

Er gehorchte und öffnete die rechte Hintertür des Mercedes. Das Innenlicht schaltete sich automatisch ein und beleuchtete Jens Mesners zusammengesunkene Gestalt. Sein Kopf war auf die Brust gesunken, das Gesicht bleich und starr. Ferdinand spürte Übelkeit in sich aufsteigen und erinnerte sich widerwillig an die Warnung, die er Mesner hatte zukommen lassen: *Kann gut sein, dass er es auf Sie abgesehen hat.*

»Was glauben Sie, was das bedeutet?«

Ferdinand sah ein, dass er die Situation falsch eingeschätzt hatte. Barre hatte Mesner zu dem Anruf gezwungen. Während sich ihm der Hals zuschnürte, brachte er gerade noch die Frage heraus. »Sie haben ihn doch nicht ... umgebracht?«

»Glaub ich nicht. Einer von hundert hält solche Schläge nicht aus. Die Frage ist: Wollen Sie dasselbe Schicksal erleiden?«

Für einige Sekunden schien die Zeit stillzustehen.

Erst jetzt kroch Ferdinand die Angst in die Glieder. Artur Barre war trotz seiner Bauernschläue in einigen Bereichen schwer von Begriff. Was das Bankwesen betraf, war er noch unwissender als Ferdinand selbst, ja, noch dümmer als Ferdinands Mutter. Seine Gier, seine Angst vor dem endgültigen Verlust des Geldes und die Verärgerung über das bisherige Scheitern seines Vorhabens machten ihn zu einem gefährlichen Mann. Gefährlich, weil er seine fehlenden Kenntnisse und seinen Mangel an intellektuellen Fähigkeiten durch die Anwendung roher Gewalt auszugleichen versuchte. Außerdem war auch er ein ausgeprägter Opportunist.

Ferdinand drehte sich zu ihm um. Ob es Sinn hatte, an Barres Gewissen zu appellieren? Auch den Boss hatte er in einer ähnlichen Situation einst um Gnade angefleht.

»Sollten ... wir nicht versuchen, ihn zu Bewusstsein zu bringen?«, presste er hervor.

»Nicht nötig. Wenn er noch atmet, dann wacht er früher oder später von allein auf.«

»Ich schau mal nach ... ob er atmet.«

»Zum letzten Mal, Krogh, der Typ hat versucht, mich reinzulegen. Er hat es nicht anders verdient. Entweder sagen Sie mir jetzt, wo das Geld ist, oder Sie sind der Nächste!«

Ferdinand wusste, dass die Drohung wirkte, weil sie so primitiv war. Doch am Zucken seiner Mundwinkel konnte sie nichts ändern. Was auch immer er tat, er würde die Katastrophe nicht abwenden können. Er hatte keine drei Millionen, und der Mann aus der Hauptstadt wollte ihm nicht glauben. Erklärungen und Argumente waren nutzlos. Es war Mesners alles entscheidender Fehler, sich mit diesem Kerl verbündet zu haben. Barre hatte ihn kaltblütig ausgeschaltet und sich womöglich aller Chancen beraubt, an das

Geld heranzukommen. Seine letzte Hoffnung ruhte jetzt auf Ferdinand Krogh.

Windböen fegten über den Golfplatz. Dichte Wolken, die vom Meer hergekommen waren, hatten sich vor den Mond geschoben. Die Nacht war pechschwarz. Es gab keinen Wald mehr und keinen Himmel. Falls er noch einen Helfer besaß, war es die Dunkelheit.

»Also gut«, hörte er sich sagen.

Er musste seinen Kontrahenten dazu bringen, sich zu entspannen. Er selbst war handfesten Auseinandersetzungen stets aus dem Weg gegangen, hatte feige den Schwanz eingezogen, wenn der Boss ihn bedrohte, hatte nicht einmal die simpelsten Tricks auf Lager. Seine einzige Waffe war die Dunkelheit. Er drückte mit dem Rücken die Tür zu, worauf das Licht im Inneren des Wagens erlosch. Die Außenbeleuchtung vor dem Klubhaus ließ sich hingegen nicht abstellen. Er steckte eine Hand in die Jackentasche.

»Kann ich mir eine Zigarette anzünden?«

»So gefallen Sie mir schon besser.«

Ferdinand hielt die Zigarettenschachtel in der Hand, öffnete sie und steckte sich eine Zigarette in den Mund. Er hielt die Schachtel Barre entgegen, der einen Schritt auf ihn zutrat und sich bediente. Dann ließ er sie wieder in der Tasche verschwinden und holte sein Feuerzeug hervor. Er hielt die Flamme direkt vor Barres Gesicht, während er selbst die Augen zusammenkniff, um nicht geblendet zu werden. Mehrere Sekunden lang blieb er unbeweglich stehen.

»Das reicht!«

Anstatt seine eigene Zigarette anzuzünden, hob er

den Daumen. Die Flamme erlosch, und von nun an handelte er rein instinktiv. Er hatte keinen Plan, als er beide Fäuste ballte und sie Barre mit voller Kraft gegen die Brust stieß. Barre taumelte zurück. Vermutlich fiel er auch, aber Ferdinand war schon auf dem Weg. Wie von Sinnen stürzte er in der Dunkelheit davon, da er nicht riskieren wollte, sich ins Auto zu setzen, denn dann konnte ihn Barre schon eingeholt haben. Oder er würde ihn mit seinem Mercedes verfolgen und vielleicht sogar auf ihn schießen.

Noch letzte Nacht hatte er fantasiert, Hassel würde ihn aus dem Hinterhalt erschießen. Jetzt war es Ernst.

Das Gras war triefend nass. Jede noch so kleine Senke hatte sich mit Wasser gefüllt. Wärme und Regen hatten den Schnee weitgehend verschwinden lassen, doch das Wasser konnte in dem gefrorenen Boden nicht versickern. Bei jedem Schritt platschte es unter seinen Füßen, als setze eine Eiderente zum Flug an. Er sprintete im Hundertmetertempo, ohne eine Hand vor Augen sehen zu können. Nur fort von hier, in die Freiheit. Angetrieben von der Angst, jeden Moment den Schlag einer Waffe zu spüren oder das Pfeifen einer Kugel zu hören. Er fürchtete auch den Schmerz – das plötzliche Brennen, von dem er gelesen hatte, wenn eine Bleikugel in das Fleisch eindrang.

Er hatte keine Ahnung, in welche Richtung er lief, ebenso wenig wusste er, wo sich der barmherzige Wald befand. Er versuchte Kurs zu halten, doch er begriff, dass seine Kräfte bereits nachließen, als er ein Stechen in seiner Brust spürte.

Ein einziges Mal hatte er den Golfplatz bei Tageslicht gesehen. Letzten Sommer, gemeinsam mit Monica. Wo sich jetzt das Green befand, war einst die Weidefläche eines Bauernhofs gewesen. Sie hatten einen Fußball dabeigehabt und der Versuchung nicht widerstehen können, sich am Rand der Anlage ein paar Pässe zuzuspielen. So hatten sie sich eine Weile vergnügt, bis ein Mann in weißem Polohemd auf sie zugelaufen kam. Er war in heller Aufregung. Ob sie denn nicht wüssten, dass dies ein Golfplatz sei und sie jederzeit Gefahr liefen, einen kleinen, harten Ball an den Kopf zu bekommen?

Ferdinand stürzte und blieb im Matsch liegen. Über irgendwas war er gestolpert. Er spürte Kies unter seinen Händen und einen stechenden Schmerz im Knie. Ein spitzer Stein? Er wusste, dass es auf dem Platz so genannte Bunker gab, die mit Sand und Kies gefüllt waren, um die Spielbedingungen zu erschweren. Seine Hand krampfte sich immer noch um das Feuerzeug.

Er rang nach Atem und lauschte.

*Platsch, platsch, platsch.*

Schnelle Schritte, die sich näherten. Er rappelte sich auf und schlug einen neuen Kurs ein. Neunzig Grad nach rechts. Doch er musste sich vorsichtig bewegen, obwohl ihm der Verfolger im Nacken saß. Vermutlich war es das Geräusch seiner eigenen Schritte, die Barre halfen, ihm auf den Fersen zu bleiben. Er lief in gebückter Haltung, versuchte sich so klein wie möglich zu machen und mit der Dunkelheit zu verschmelzen. Er hielt inne. Die Schritte hinter ihm klangen jetzt anders. Offenbar befand sich Barre im Bunker. Ferdinand glaubte, dass auch Barre stehen geblieben war und lauschte – ein Tiger auf der Jagd nach einem unschuldigen Pflanzenfresser. Vorsichtig schlich er weiter.

Dann schweifte plötzlich ein Lichtkegel durch das Dunkel, suchte das Gelände ab. Ferdinand wusste, dass es nur eine Frage von Sekunden war, bis Barre ihn entdeckt haben würde.

Er änderte die Richtung und spurtete los, auf ansteigendem Gelände. Das tanzende Licht ermöglichte es ihm, hinter den Grasbüscheln, die aus den Schneeresten ragten, eine dunkle Wand zu erkennen.

»Bleib stehen oder ich schieße!«

Die erschöpfte Stimme ließ vermuten, dass Barres Kondition kaum besser war als seine eigene. Er blieb nicht stehen, und Barre schoss auch nicht. Die dunkle Wand bestand aus Tannengrün. Hinein in den Wald, genau wie vor knapp vierundzwanzig Stunden. Schwerer Schnee. Fußspuren. *Fußspuren!* Was seine Rettung werden sollte, konnte sein Ende sein. Aber sein Verfolger musste ihn lebend kriegen. Ein toter Ferdinand konnte ihm nicht mehr helfen.

Sie schlichen um die Baumstämme. Hin und her, kreuz und quer. Er stolperte, rutschte eine Böschung hinunter und blieb auf dem Rücken liegen. Der Lichtkegel flackerte über ihn hinweg. Barre hatte offenbar Orientierungsprobleme, vielleicht weil die Spuren sich kreuzten. Er bewegte sich nicht vom Fleck. Dieser Platz war ebenso gut wie jeder andere. Er schloss die Augen und versuchte Atem zu schöpfen.

Wie hatte ein friedliebender, zivilisierter Mensch wie er nur in solch eine Lage geraten können? Er kannte die Antwort, und dennoch blieb ihm die Sache ein Rätsel. Vor einer halben Stunde – oder war es bereits eine Stunde her? – hatte er ebenfalls auf dem Rücken gelegen, ein bisschen weniger erschöpft, unter Gudrun. Sie hatte sich gefragt, ob ihre erblühte Leidenschaft mit der Angst zu tun habe, dass alles bald vorbei sein könne. Vielleicht mussten sie tatsächlich die kurze Zeit nutzen, die ihnen noch blieb. *Es geschehen so viele schreckliche Dinge um uns herum.* Doch Ferdinand wusste, dass es andere Gründe gab, die ihn zum Dieb und Erpresser hatten werden lassen. Er hatte Gudrun beweisen wollen, dass er kein Versager war, dass ihre damalige Entscheidung, ein eigenes Unternehmen zu gründen, richtig gewesen war. Für den wirtschaftlichen Erfolg würde er schon sorgen, das hatte er ihr stets versichert.

Er begann zu frieren. Die milden Temperaturen konnten den Schnee nicht daran hindern, Kälte abzugeben. In der freien Natur zu überleben war für einen verwöhnten, unbeholfenen Stadtmenschen kein Kinderspiel.

Im Sommer, wenn er mit Hatling unterwegs war, hatte er den Wald nie als Bedrohung empfunden. Das war etwas, das sie gemeinsam hatten, sein Polizistenfreund und er, die Liebe zur Natur. Sie konnten stundenlang schweigend an einem Lagerfeuer oder mit der Angel am Ufer eines Flusses sitzen.

Jetzt schlich der Feind um ihn herum, kam ihm jedoch nie bedrohlich nahe. Ab und zu flimmerte das

Licht der Taschenlampe durch die Äste, doch er hatte das Gefühl, dass Barre die Nutzlosigkeit seines Unterfangens einzusehen begann. Außerdem würden die Batterien nicht ewig halten. Er unterdrückte ein Niesen, wechselte die Stellung, versuchte sich aufzurichten. Als er einen Ast zu fassen bekam, zog er sich nach oben, drückte sich eng an den Stamm und spürte, dass er nun freier atmen konnte. Was nun? Wie lange sollte er warten, ehe er versuchte, den Weg zu seinem Auto zu finden? Oder sollte er lieber eine andere Richtung einschlagen und versuchen, zu Fuß das Altersheim zu erreichen?

Letzteres schien ihm eine Schnapsidee zu sein. Ohne Karte und Kompass war es sicherer, sich am Golfplatz zu orientieren, zum Klubhaus zurückzuschleichen und zu warten, bis Barre in seinen Mercedes stieg und verschwand.

Der Gedanke an den Mercedes führte weiter zu Jens Mesner. Er konnte sich einfach nicht vorstellen, dass sein Finanzberater tot auf dem Rücksitz seines eigenen Wagens saß. Der Mitarbeiter von *Räuberkauf 2000* namens Nilsen hatte den Schlag gut überstanden, Jon Hassel ebenfalls. Falls Mesner wieder zu sich gekommen war, hatte er sich bestimmt hinters Steuer gesetzt und das Weite gesucht. Barre blieb also nur Ferdinands Wagen. Doch der Autoschlüssel befand sich, ebenso wie Zigarettenschachtel und Feuerzeug, in seiner Tasche.

Und falls es Barre gelang, die Zündung kurzzuschließen, sollte es ihm auch recht sein. Hauptsache er war gerettet. Er konnte sich bis zur Dämmerung auf dem Gelände aufhalten, sich einigermaßen warm halten und am Morgen den Heimweg antreten. Am meisten fror er an den Füßen, weil seine Schuhe völlig durchnässt waren.

Er wartete noch zehn Minuten und setzte sich dann langsam in Bewegung. Bis zu einem gewissen Grad hatten sich seine Augen an die Dunkelheit gewöhnt. Er konnte die Umrisse der Bäume jetzt deutlicher erkennen als vorhin. Gemächlich bewegte er sich auf das Gelände zu, das ihm ein wenig heller zu sein schien als die Umgebung. Hoffentlich handelte es sich um den Golfplatz. Nach einer Weile spürte er Gras unter seinen Füßen, hielt sich jedoch weiter dicht am Waldrand, falls er Barre noch einmal begegnen sollte. Dann ging ihm durch den Kopf, dass der Mann, den er längst nicht mehr mit einem Wanderprediger in Verbindung brachte, vermutlich die naheliegendste Lösung gewählt hatte – sich zum Klubhaus zurückzuziehen und zu warten, bis er an seinem Wagen auftauchte. Als es erneut zu regnen begann, kroch er unter eine Tanne und zündete sich eine Zigarette an. Krümmte die Zehen, um weniger zu frieren. Summte *All the things you are* und dachte an Gudrun und Monica. Sie schliefen sicher.

Ein Blick auf die Armbanduhr zeigte ihm, dass ein neuer Tag begonnen hatte. 00:45, der letzte Samstag im Januar. Ferdinand Krogh befand sich unterdessen auf einem seiner bemerkenswerten Waldausflüge.

Wenn er alt war, dachte er, wenn das Verbrechen längst zu den Akten gelegt und verjährt war, wollte er ein Buch über den großen Coup schreiben. Die Leute hatten ein Recht darauf zu erfahren, wie alles vor sich gegangen war. Rätsel mussten aufgeklärt werden, bevor sie zu Mythen wurden. Doch kam ihm die Rolle des Geldes in der ganzen Geschichte immer unwichtiger vor. Sollten sich irgendwann gar die Historiker des Falles annehmen, würden sie andere Themen in den Vordergrund stellen. Sie würden nach den Gründen fragen, die dazu geführt hatten, dass sich zu Beginn des neuen Jahrtausends so vieles ums Geld gedreht hatte, und die denkwürdigen Vorgänge beschreiben, die sich in einem kleinen norwegischen Ort zugetragen hatten – nicht zuletzt die zahlreichen Sabotageaktionen, die gegen Autobesitzer gerichtet waren, in ganz Europa Nachahmer fanden und die Politiker aus ihrer Lethargie rissen. Merkwürdigerweise hatte es sogar Tankstellenbesitzer gegeben, die für die Aktionen ein gewisses Verständnis aufbrachten. Einer von ihnen hatte sogar ...

Er drückte die Zigarette aus und fragte sich, ob er nicht fieberte. Er wechselte die Stellung und lauschte.

Hinter ihm, im Wald, brach ein Zweig.

Und noch einer.

Herrgott. Artur Barre befand sich ganz und gar nicht beim Klubhaus, sondern war zurückgeschlichen, um ihm in den Rücken zu fallen. Jeden Augenblick konnte er von der Taschenlampe geblendet werden. Dies war keine Reservistenübung der Heimwehr, sondern bitterer Ernst. Ein gemeingefährlicher, von Habgier getriebener Verbrecher war hinter ihm her.

Er robbte ein Stück weiter, kroch durch den nassen

Matsch und schlich geduckt am Waldrand entlang. Es dauerte nicht lange, ehe er ein weiteres Knacken hörte. Er richtete sich auf und begann zu laufen. *Platsch, platsch, platsch.* Hörte er nur seine eigenen Schritte oder auch die seines Verfolgers? Er durfte sich nicht umdrehen, um nachzuschauen. Verzweifelt kämpfte er sich vorwärts, stolperte und lief weiter, stürzte und blieb auf einem anderen Untergrund liegen. Kies oder Sand. Vielleicht war er wieder nahe am Ausgangspunkt. Er hob den Kopf und sah ein Licht vor sich. Das Licht einer sich bewegenden Taschenlampe, hundert Meter von ihm entfernt.

Irgendwas stimmte hier nicht. Eben war Barre doch noch hinter ihm gewesen. War Mesner womöglich zu sich gekommen? Oder war das Brechen der Zweige von einem Tier auf Futtersuche verursacht worden? Es gab in dieser Gegend Rehe und Hirsche. Er zögerte und behielt den Lichtkegel der Taschenlampe im Auge. Dann erlosch er, und das Schlagen einer Autotür war zu hören.

Als der Motor angelassen wurde, erkannte er das Geräusch des Dieselmotors. Barre musste hinter dem Steuer sitzen. Mesner wäre sicherlich nicht aus dem Auto gestiegen und mit einer Taschenlampe herumgegangen. Wahrscheinlich saß er immer noch auf dem Rücksitz. Er selbst hatte sich von den natürlichen Bewohnern des Waldes ins Bockshorn jagen lassen.

Er kam wieder auf die Beine. Die Scheinwerfer des Autos flammten auf. Der Mercedes wendete vor dem Klubhaus, rollte die Zufahrt hinunter und verschwand schließlich zwischen den Bäumen. Dann war alles still. Mit klammen, steifen Fingern fischte er sich eine Zigarette aus der Schachtel und zündete sie an. Sie schmeckte weitaus besser als die vorige. Es war kurz vor halb zwei, und Barre hatte es offensichtlich aufgegeben, auf ihn zu warten. Im Sommer, dachte er, machten es sich die Golfer hier auf den Liegestühlen bequem, in der Hand einen stilvollen Drink, wenn sie nicht gerade ihre kleinen Wägelchen über das Grün zogen, in denen sich ein ganzes Sortiment von Golfschlägern befand.

Sicherheitshalber wartete er noch ein paar Minuten. Dann ging er langsam auf das Klubhaus zu und erblickte seinen Wagen. Zu etwa neunzig Prozent war er sich sicher, dass Barre wirklich den Rückzug angetreten hatte.

Er nahm den Schlüssel in die Hand, fasste sich ein Herz und ging die letzten Schritte zu seinem Auto. Dann öffnete er die Tür, setzte sich rasch hinter das Steuer und drehte den Schlüssel im Zündschloss. Der Motor sprang an. Er legte den ersten Gang ein und wendete den Wagen, genau wie der Mercedes es getan hatte. Alles funktionierte einwandfrei, hier war kein Saboteur am Werk gewesen. Die Scheinwerfer beleuchteten den Kiesweg. Seine Hände vibrierten leicht. Nicht wegen des Untergrunds, sondern vor Erleichterung. Dann begann sein ganzer Körper dermaßen zu zittern, dass er nach ein paar hundert Metern anhalten musste. Er sah ein, dass er ein wenig Zeit brauchte, um die erste Erregung abflauen zu lassen. Die Bäume zu beiden Seiten des Weges waren seine Verbündeten gewesen. Als er die Stimme vom Rücksitz hörte, dicht neben seinem rechten Ohr, wäre ihm vor Schreck fast das Herz stehen geblieben.

»Warum fahren Sie nicht weiter, Sie Narr?«

# Die Fahrradfahrer

»Ganz schöner Schreck, was?«

Ferdinand zitterte, doch in erster Linie fühlte er sich genauso ausgebrannt und verbraucht wie die alten Autobatterien, die seine Kunden hin und wieder von ihm austauschen ließen.

»Wie hätten Sie denn reagiert?«, hörte er sich fragen.

»Los! Dahin, wo das Geld ist!«

»Geben Sie mir eine Minute Zeit. Sonst landen wir noch im Graben.«

»So schlimm?«

»Es gibt Grenzen ... was ich aushalte.«

Barre lachte. »Dann wissen Sie ja, wie's mir geht. Erst macht Jens Scherereien, und dann fangen Sie auch noch an. Den kleinen Waldspaziergang hätten wir uns sparen können. Ich lege keinen Wert auf nasse Füße im Winter. Wenn das Geld nicht wäre, würden Sie jetzt die Engel singen hören.«

Ferdinand schwieg. Vielleicht war der Mann in jungen Jahren wirklich Prediger gewesen.

»Anfangs war ich mir nicht sicher, ob Sie nicht

doch die Wahrheit sagen. Aber als Sie abgehauen sind, wusste ich, dass Sie die Kohle irgendwo gebunkert haben. War ja klar, dass Sie zu Ihrem Auto zurückgehen. Ziemlich viel Beinfreiheit hier hinten ...«

»Was ist mit Mesner?«

Barre ließ sich Zeit mit seiner Antwort, als müsse er gründlich darüber nachdenken. »Ich hab doch gesagt, dass einer von hundert solche Schläge nicht aushält.«

»Aber sein Auto ...«

»Sie sind wirklich dämlicher, als ich dachte. Natürlich hab *ich* den Mercedes weggefahren.«

Ferdinand brach kalter Schweiß aus. Hatte der Wahnsinnige aus Oslo Mesner wirklich umgebracht?

»Sie sollten natürlich glauben, dass ich die Geduld verloren habe. Der Mercedes steht immer noch in der Kurve, an der wir gerade vorbeigefahren sind. Dann bin ich zurückgerannt, und voilà, hier bin ich!«

»Aber wir können ihn doch nicht in seinem Auto ... «

»Doch, können wir, also los jetzt!«

Ferdinand zögerte. Obwohl Barre zum Äußersten entschlossen schien, meinte Ferdinand in seiner Stimme einen ängstlichen Unterton wahrzunehmen. Die Sache mit Mesner schien ihn doch verunsichert zu haben. Vielleicht hatte er nicht gewagt, sich zu vergewissern, ob Mesner noch am Leben war.

Oder bluffte er nur, um ihm vorzugaukeln, wie gefährlich es war, ihm Widerstand zu leisten? War es womöglich doch Mesner gewesen, der hinter dem Steuer seines Wagens gesessen hatte? Er selbst hatte keinen Mercedes in der Kurve gesehen.

»Fahr, sag ich!«

Barres Stimme klang plötzlich heiserer, kälter – und schriller. Um den Ernst der Situation zu unterstreichen, hielt er Ferdinand die Pistole unter die Nase.

»Diese Waffe gehört einem Wachdienst namens *Nero*. Sie ist geladen und nicht gesichert, falls Sie noch ein einziges Mal auf dumme Gedanken kommen sollten.«

Ferdinand legte den ersten Gang ein und setzte das Fahrzeug in Bewegung. Es bestand natürlich noch eine dritte Möglichkeit: dass Barre Mesner erschossen hatte und es für ihn kein Zurück mehr gab.

Als sie auf der asphaltierten Straße waren und sich dem Altersheim näherten, sagte Ferdinand leise: »Mesner wollte Sie zu keiner Zeit übers Ohr hauen. Sie hätten nach und nach ihr Geld überwiesen bekommen.«

»Ich will davon nichts mehr hören. Erzählen Sie mir lieber, wie es Ihnen gelungen ist, uns abzuhören. Wie, zum Teufel, haben Sie von unserem Treffen erfahren?«

»Ich wusste nichts davon, aber zufällig hatte ich ein kleines Mikrofon im Feuermelder platziert.«

»Haha, das kaufe ich Ihnen nicht ab.«

»Es gibt so winzige Chips, eigentlich eher ein Scherzartikel, aber sie funktionieren. Ich hab das Gespräch auf Kassette aufgenommen. Sie liegt bei mir zu Hause. Irgendwann wird die Polizei sie finden, wenn mir etwas zustößt.«

Er hatte Barre eigentlich nichts von dem Chip erzählen wollen, aber da er es nun mal getan hatte, folgte er dem eingeschlagenen Weg.

»Sie bluffen noch schlechter als Jens.«

»Dank der Kassette wusste ich genau, wann und wo der Überfall stattfinden sollte. Ich war ganz in der Nähe, als es passierte, da ich sichergehen wollte, dass alles reibungslos ablief.«

»Sie haben gesehen ...?«

»Ich habe alles gesehen. Ich hatte mich in dem Wäldchen hinter der Bank versteckt. Sie kamen mit Ihrem Opel. Fragen Sie mich nach irgendwelchen Details, ich kann Ihnen alles beantworten. Ich habe einen Monat mit der Erpressung gewartet, um mich zu vergewissern, dass die Polizei keine heiße Spur hat.«

Der Mann auf dem Rücksitz schwieg eine Weile, während Ferdinand neue Hoffnung schöpfte. In Anbetracht so überzeugender Argumente würde selbst Barre an seiner Überlegenheit zweifeln. Sie passierten das Altersheim und fuhren in den Ort hinein.

»Okay, okay, ich lasse Ihnen eine Million, damit Sie auch weiterhin die Schnauze halten.« Jetzt zitterte seine Stimme vor Anspannung und wachsender Angst.

»Zum letzten Mal, Barre. In der Tüte, die ich aus der Sandkiste geholt habe, waren nur dreihunderttausend!«

»Zeigen Sie mir Ihr Versteck, dann werden wir sehen. Und glauben Sie ja nicht, dass dies eine Spielzeugpistole ist!«

»Es gibt kein Versteck. Das Geld befindet sich in der Tankstelle.«

»Dann fahren Sie dahin.«

»Bin schon auf dem Weg.«

Ferdinand bemühte sich, seiner Stimme einen festen Klang zu geben. Obwohl er Barre in die Defensive gedrängt hatte, zweifelte er nicht daran, dass jedes falsche Wort eine Katastrophe auslösen konnte. Er wollte erst gar nicht daran denken, was passieren würde, wenn Barre das Geld in der Tüte zählte.

»Soll ich bis zur Tankstelle fahren?«, fragte er, als sie den Bahnhof hinter sich gelassen hatten.

»Natürlich.«

»Wir sollten alles tun, damit wir nicht auffallen.«

»Wir fallen mehr auf, wenn Sie das Auto woanders parken als sonst.«

»Vielleicht ist meine Frau noch wach. Ich will sie da nicht mit reinziehen.«

»Es ist schon nach zwei, verdammt. Dann machen Sie eben auf den letzten Metern Motor und Scheinwerfer aus.«

Sicherheitshalber nahm er den kleinen Umweg, der hinter dem *Bellevue* vorbeiführte. Erleichtert registrierte er, dass im Schlafzimmer kein Licht mehr brannte. Bevor er auf das Gelände fuhr, befolgte er Barres Anweisung, schaltete die Scheinwerfer aus, ging in den Leerlauf und stellte den Motor ab. Nahezu lautlos ließ er seinen Wagen auf den gewohnten Parkplatz rollen und hielt an. Wartete einen Moment, ehe er sich zu Barre umdrehte.

»Knallen Sie die Tür nicht, und halten Sie sich hinter mir.«

»Und vergessen Sie die Pistole nicht. Wenn wir das Geld geholt haben, fahren Sie mich zu meinem Auto. Erst dann sind Sie mich los.«

Beide stiegen aus und lauschten. Ein paar Tropfen

fielen vom Himmel, ein schwacher Wind strich über den Hof. Die beiden Autos vor dem Hotel sowie die dunklen Fenster ließen vermuten, dass alle vier Gäste schliefen, und an der Rezeption erschien auch keine schlaftrunkene Gudrun, um ihn abermals zu begrüßen.

Er ging zur Hintertür des Tankstellengebäudes und war froh, dass er stets einen Schlüssel im Auto aufbewahrte. Nachdem er Barre in den schmalen Gang gelassen hatte, der an der Waschanlage entlangführte, schloss er die Tür hinter sich, schaltete das Licht ein und tröstete sich mit der Tatsache, dass Gudrun alle Sorgen erspart blieben. In diesem Augenblick wollte er nur noch eines – es hinter sich bringen. Er wollte beweisen, dass er nicht mehr Geld besaß, als Mesner und er behauptet hatten, und Barre seinen Teil aushändigen, seinetwegen auch alles, Hauptsache, er kam mit heiler Haut davon. Im Gang schloss er eine Seitentür auf und betrat die Waschanlage, in der es penetrant nach Reinigungsmitteln roch. Durch die schmalen Plastikfenster des Rolltors fiel das Neonlicht der Außenanlage. Die grünen Zapfsäulen leuchteten. Ihr Grün stand für Umweltfreundlichkeit, ließ Ferdinand aber stets an einarmige Soldaten denken.

»Wir müssen rüber in die Werkstatt«, sagte er. »Passen Sie auf, dass Sie nicht stolpern.«

Sie gingen über den schmierigen Boden und schritten durch eine weitere Tür, die Ferdinand hinter ihnen schloss. Auch dieser Raum hatte an der Schmalseite ein Tor mit Plastikfenstern, die jedoch so verschmiert mit Dreck und Öl waren, dass sie kaum Licht hindurchließen. Er befand sich auf vertrautem Terrain, wusste im Moment jedoch nicht, welchen Vorteil er daraus ziehen sollte. An einem Zweikampf war ihm nicht gelegen, er wollte keine unnötigen Risiken mehr eingehen. Er drückte auf einen kleinen Schalter, worauf im Graben das Licht anging.

»Warten Sie hier, wenn Sie sich nicht schmutzig machen wollen.«

»Ich will das Versteck sehen.«

»Wie Sie wollen.«

Er ging bis zum Ende des Grabens, das dem Tor am nächsten lag, und nahm die Metallstufen nach unten. Das Auffangbecken für das Altöl schob er beiseite und trat an die Wand, an der jede Menge eingefettetes Werkzeug in scheinbarer Unordnung hing.

»Hier ist ja mehr Platz, als ich dachte«, kam es von Barre, der offenbar das Gefühl hatte, irgendwas sagen zu müssen. Ansonsten begnügte er sich damit, seine Überlegenheit zu demonstrieren, indem er die rechte Hand in der Manteltasche ließ.

Ferdinand schwieg. Vor einer rechteckigen Aluminiumplatte hing ein Sortiment von Schraubschlüsseln und Schraubendrehern. Er nahm die Werkzeuge ab und löste die Schrauben, mit denen die Platte an der Wand befestigt war. Dann entfernte er die Platte, stellte sie auf den Boden und machte eine einladende Handbewegung.

»Bitte, zählen Sie nach.«

Ferdinand nahm das Funkeln in Barres grauen Augen wahr, als dieser die gelbe Plastiktüte von *Räuberkauf 2000* erblickte, die in dem Hohlraum lag.

»Machen Sie Platz!«

Ferdinand trat einen Schritt zur Seite. Er spürte die Blasen an seinen Füßen, die er in den schweren, nassen Schuhen bekommen hatte.

»Weiter weg!« Jetzt hatte Barre wieder eindeutig das Kommando übernommen.

Ferdinand gehorchte. »Darf ich eine Zigarette rauchen, während Sie zählen?«

»Okay, aber keine dummen Tricks mehr. Ist Rauchen nicht gefährlich hier?«

»Eigentlich nicht, nur wenn ...«

Ferdinand wollte sich schon über die schwere Entzündlichkeit von Motoröl auslassen, ließ es aber bleiben. Barre hatte eindeutig anderes im Sinn, als sich einen Vortrag zum Thema Brandgefahr anzuhören. Er zündete sich eine Zigarette an und beobachtete seinen Widersacher. Er hatte die Pistole aus seiner Tasche genommen und neben sich hingelegt. Danach nahm er die Tüte aus der Nische, zog sich die Handschuhe aus und griff hinein. Ferdinand hatte die Scheine zu gleichen Bündeln zusammengebunden, sodass eine Zählung sehr viel weniger Zeit in Anspruch nehmen sollte als vor vierundzwanzig Stunden.

Was auch der Fall war. Nach wenigen Minuten legte Barre das Geld zurück in die Tüte und drehte sich um.

»Dreihunderttausend«, sagte er verwundert.

»Sag ich doch.«

»Wo ist der Rest?«

»Das habe ich Ihnen schon erzählt. Glauben Sie mir jetzt endlich?«

Ferdinand war sicher, dass Barre endlich überzeugt

war und mit seiner Enttäuschung kämpfte. Sein Gesicht war kreideweiß, als er unendlich langsam seine Handschuhe anzog und den Kopf hob. Seine Mundwinkel begannen zu zucken. Plötzlich hörten sie ein dumpfes Brummen.

»Verdammt, was ist das?«

»Jemand, der tankt.«

»Mitten in der Nacht?«

»Das kommt schon mal vor.« Er dachte an Jens Mesner. Seinen souveränen Finanzberater, der in Anzug und Krawatte in seinem Büro saß, die Hände gefaltet. Der eine noble Villa samt Frau und Tochter besaß und sich im Sommer die Zeit auf dem Golfplatz vertrieb. Herrgott, wie stand es jetzt um ihn?

»Sie haben Zapfsäulen mit Selbstbedienung?«

»Ja, drei Stück.«

»Hm ...«

Barre schien völlig aus dem Gleichgewicht geraten zu sein. Er räusperte sich und nestelte nervös an seiner Kleidung. Offenbar wusste er nicht, wie es weitergehen sollte.

»Ich schlage vor, wir teilen«, sagte Ferdinand.

»Fifty-fifty?«

»Wenn nicht, wird der Polizei eine kleine Kassette zugespielt ...«

»Okay, Sie verdammter ...«

Ferdinand hob den Kopf. Der Tankvorgang dauerte ziemlich lange. Vielleicht ein Lastwagenfahrer, der Diesel einfüllte?

»Was gibt's?«

»Ruhe!«

Das Brummen wurde stärker, jetzt arbeiteten mindestens zwei Pumpen gleichzeitig.

»Ist was nicht in Ordnung?«, fragte Barre ängstlich.

»Ruhe, sag ich!«

Ferdinand drückte sorgsam seine Zigarette aus und war mit einem Mal hochkonzentriert. Bildete er sich den schweren Geruch von Benzin nur ein?

»Warten Sie einen Augenblick!«

Während er sich an dem paralysierten Barre vorbeidrückte, schnappte er sich die Pistole, ließ sie kurzerhand in seiner Jackentasche verschwinden, eilte die Metallstufen hinauf und lief zu dem Tor mit den Plastikfenstern. Nun gab es keinen Zweifel mehr; das Benzin lief unter dem Tor hindurch, und sein Geruch drang durch die Ventile an der Wand. Er presste sein Gesicht gegen die Fenster und sah durch die Staubschicht hindurch mehrere Dinge auf einmal.

Drei seiner grünen Soldaten hatten ihren einzigen Arm auf den Asphalt gelegt, doch der lange Schlauch sorgte für eine kontinuierliche Blutzufuhr. Durchsichtiges, blankes Blut strömte aus den offenen Armen, doch weil es in der Nähe keine Autos gab, bildete sich auf dem Boden eine zunehmend größere Lache. Das einzige Fahrzeug, das Ferdinand am Rand seines Blickfelds sah, war ein altes Fahrrad.

Um Himmels willen!

In der nächsten Sekunde erblickte er eine Gestalt, die langsam am Tor vorbeischlich. Er kniff die Augen zusammen. Es war ein junger Mann. In der Hand hielt er eine kurze Stange. Tore!, dachte Ferdinand entsetzt. Knut hatte also doch Recht gehabt.

»Was ist hier los?«, rief Barre, der mit der Plastiktüte in der Hand die Metallstufen hinaufkam.

Die Stimme explodierte in Ferdinands Ohren und ließ ihn instinktiv handeln. Er drückte rasch auf den Knopf, der das Tor öffnete.

»Was ist das für ein ekelhafter Benzingestank?«

Normalerweise öffnete sich das Tor sofort, wenn man auf den Knopf drückte, doch diesmal versagte es den Dienst. Als Ferdinand mit dem Fuß gegen den Knopf trat, erinnerte er sich daran, dass die Hauptsicherung abgeschaltet war. Dies tat er immer nach Feierabend.

»Bleiben Sie hier!«, schrie er den Mann im Mantel an. Dann rannte er zur Tür, riss sie auf, durchquerte die Waschanlage, lief den Korridor hinunter und stürzte in sein Büro. Erneut sah er Tore, als er durch das Fenster blickte. Tore machte gerade eine rasante Kehrtwendung vor Zapfsäule Nummer vier. Noch nie hatte er seinen Assistenten, der jetzt zu seinem Fahrrad spurtete, so schnell auf den Beinen gesehen.

Ferdinand hastete in den Verkaufsraum und tat etwas, das er noch nie getan hatte – er sprang einfach über den Tresen, anstatt um ihn herumzugehen. Unter der Kasse befanden sich zwei rote Knöpfe, die er fast gleichzeitig drückte. Der eine löste einen Alarm bei der nächsten Feuerwache aus, der andere brachte die Pumpen sofort zum Stillstand. Das Brummen verstummte. Dann lief er zum Eingang, drehte den Knauf des Schnappschlosses und war mit einem Satz draußen. Beißender Benzingestank schlug ihm entgegen. Ein rascher Blick auf eine der Zapfpistolen verriet ihm, dass der Abzug mit einer Metallklammer gesichert wurde. Aber das Benzin lief nicht mehr heraus. Doch die Asphaltfläche zwischen den Pumpen, die aufgrund des Dachs stets trocken war, sah aus, als hätte es tagelang geregnet.

Ein Streichholz würde ausreichen, ein Feuerzeug, ein winziger Funke ...

Unschlüssig verharrte er ein paar Sekunden an seinem Platz. Er fragte sich, ob Tore entwischt war und Barre sich immer noch in der Werkstatt befand. Da geschah etwas Unerwartetes.

Zu seiner Rechten bog ein Mann auf einem Fahrrad um die Hausecke. Ferdinand vermutete, dass Tore um das Gebäude herumgefahren sein musste. Er war dunkel gekleidet, beugte sich weit über den Lenker und schwankte beim Fahren hin und her. Da begriff er, dass es sich nicht um Tore handeln konnte, es sei denn, dieser hätte in Rekordtempo die Kleider gewechselt. Dem Mann folgte ein weiterer Fahrradfahrer. Er fuhr noch schneller als der erste, während er in einer Hand die kurze Stange hielt. Es war Tore.

»Komm und hilf mir!«, rief er.

Ferdinand lief durch die Benzinlache. Fast wäre er über einen kleinen Gegenstand gestolpert, hastete aber sofort weiter, nur fort von hier.

Vor ihm, am Straßenrand, hatte Tore den anderen Fahrradfahrer eingeholt und ihn mit sich zu Boden gerissen. Er hob die vermeintliche Stange, eine Luftpumpe, schlug jedoch nicht zu. Der Mann unter ihm winselte. Tore senkte den Arm, hielt den Mann jedoch mit Hilfe eines Knies auf dem Boden. Selbst im Zwielicht kam Ferdinand dessen Nacken irgendwie bekannt vor.

»War er es, der ...«

»Ja.«

»Und du hast versucht, ihn daran zu hindern?«

»Ja. Gestern Nacht hab ich mir sein Fahrrad angesehen. Er hatte ein komisches Ding auf dem Gepäck ... träger. Aber ich wollte ihn auf frischer Tat erwischen.«

»Ist es dein Vater?«

Tore sah ihn verständnislos an. Dann drehte er den Mann herum, sodass er auf dem Rücken lag und zu ihnen emporblickte. Er blutete aus einer kleinen Schürfwunde an der Stirn.

»Roger«, sagte der Mann leise.

»Roger?«

»Er war an diesem Abend auf einer Party. Ich hatte vergessen, ihm zu sagen, er soll einen anderen Heimweg nehmen. Er war einfach zu jung, um zu wissen, wie gefährlich Autos sind.«

Der Saboteur, der auf dem Rücken lag, war nicht Karl Blix, sondern ein klein gewachsener Mann, den Ferdinand fast noch besser kannte – der Leiter des städtischen Altersheims.

Ferdinand hatte ein bestimmtes Bild vor Augen: Nils Ramsjø in der Sporthalle, der sich mit ängstlichem Blick über die ohnmächtige Monica beugt. Ramsjø musste dieser Anblick an seinen verunglückten Sohn erinnert haben. Ein Unglück, das in gewissem Sinne auch den Verlust seiner Frau nach sich gezogen hatte.

Aber war das ein ausreichendes Motiv, um Anschläge auf Autos und Tankstellen zu verüben?

Tore brachte ihn in die Wirklichkeit zurück. »Warum hast du geglaubt, dass er mein Vater ist?«

»Tut mir Leid«, entgegnete Ferdinand. »Das handwerkliche Geschick ...«

Er wurde von Ramsjøs klarer, aber tonloser Stimme unterbrochen. »Mein guter Freund Karl hat mir beim Bau der Apparate geholfen. Aber er wusste nicht, wozu ich sie verwenden wollte.«

»Und einen solchen Apparat wollten Sie auch bei mir benutzen?«

»Er liegt auf dem Boden, ein kleiner Gegenstand ...«

»Ich habe keinen Appa... Apparat gesehen«, sagte Tore.

Ferdinand erstarrte.

»Um Gottes willen, Krogh, bleiben Sie hier!« Ramsjø hatte die Stimme gehoben. »Das Feuer kann jeden Moment ausbrechen, und ich will nicht, dass jemand zu Schaden kommt!«

Ferdinand drehte sich zur Tankstelle um; er hatte Mühe sich vorzustellen, dass sie wirklich in akuter Gefahr war.

Doch wenige Sekunden später passierte es. Blitzschnell und doch langsam wie die Zeitlupeneinstellung in einem Film. Eine Szene, die sich nicht aufhalten ließ, ein Drama, das seinen Lauf nahm wie die Explosion einer Zeitbombe – was ja auch der Fall war.

Die Tür des Tankstellengebäudes öffnete sich, und ein Mann in schwarzem Mantel, der eine gelbe Plastiktüte trug, kam heraus. In diesem Moment schlug die erste Flamme hoch, und Ferdinand bemerkte, dass es genau an der Stelle passierte, wo er fast über einen kleinen Gegenstand gestolpert war. (Die bösartige Form eines Deus ex Machina, dachte er später.) Der Mann stieß einen Schrei aus, wandte sich um und wollte wieder hineingehen. Aber das Schloss war bereits zugeschnappt. Dann begann er zu rennen. Bevor er die nächste Ecke erreicht hatte, stand alles um ihn herum in hellen Flammen.

Die Schreie der lebenden Fackel, so lange sie anhielten, waren das Schlimmste.

Da es sich um konzentriertes Benzin handelte, kam es nur zu wenigen Explosionen. Binnen zwölf Minuten waren drei Feuerwehrlöschzüge und ein Streifenwagen vor Ort. Der Brand konnte relativ schnell eingedämmt werden, doch der Verkaufsraum sowie das Büro wurden arg in Mitleidenschaft gezogen.

Ferdinand war um die Tankstelle herumgelaufen, um seine Familie und die Motelgäste zu wecken, doch hatte zu keiner Zeit die Gefahr eines Übergreifens der Flammen bestanden.

Auch Knut Hatling und Vibeke waren sofort zur Stelle. Nils Ramsjø gestand ohne Umschweife, dass er für sämtliche Anschläge und Sabotageakte der letzten Monate verantwortlich sei. Nein, es ginge ihm nicht um den Umweltschutz, seine Beweggründe seien eher privater Natur gewesen. So könne er der Polizei nicht vergeben, dass der Unfallfahrer, der seinen Sohn überfahren habe, nie gefunden wurde. Er verwies auf eine ganze Reihe von Leserbriefen, in denen er geschildert hatte, wie grausam es sei, ein Kind durch die besinnungslose Raserei eines Unbekannten zu verlieren. Dass seine Frau vor Trauer und Verzweiflung den Verstand verloren habe, mache seine Verbitterung nur umso größer. Sein einziger Trost in all den Jahren sei seine Privatwohnung im Altersheim gewesen, besser gesagt das Zimmer seines Sohnes, in dem er seit dessen Tod nicht das Geringste verändert habe. Falls er eine Freiheitsstrafe verbüßen müsse, bitte er inständig darum, dass dies auch so bleibe.

Ramsjø wirkte gefasst, als er abgeführt wurde, doch die untersetzte Gestalt machte mit einem Mal einen gebeugten Eindruck.

Die Polizei ließ die verkohlte Leiche in die Gerichtsmedizin bringen, und es vergingen mehrere Tage, ehe mit Sicherheit feststand, dass es sich um den arbeitslosen Junggesellen Artur Barre handelte, der die vorige Nacht in der Pension *Solgløtt* verbracht hatte. Sein Opel Scherzo wurde in der Nähe des Bahnhofs gefunden. Der Polizei in Oslo war er seit langem bekannt. Keiner der drei Männer, die sich bei Ausbruch des Brandes in der Nähe der Tankstelle befunden hatten, konnte mit Sicherheit sagen, wie Barre plötzlich auf der Bildfläche erschienen war. Nils Ramsjø hatte zu diesem Zeitpunkt auf dem Rücken gelegen, Tore konnte sich nicht genau erinnern, meinte ihn jedoch plötzlich vor der Tür des Geschäftsraums gesehen zu haben, während Ferdinand vermutete, Barre müsse von der Straße aus gekommen sein, als Tore sich gerade auf sein Fahrrad schwang, um Ramsjø zu verfolgen.

Ferdinand musste erklären, was er in der Stunde, die dem Brand vorausging, getan hatte, und gab an, um zehn nach elf einen Anruf von jemand erhalten zu haben, der sich als ehemaliger Mitschüler ausgab und behauptete, mit dem Auto in der Nähe von Nordbygda liegen geblieben zu sein. Gudrun konnte das bestätigen. Als er dorthin kam, habe er weder Mann noch Auto gesehen, sei ungefähr eine Stunde lang in der Gegend herumgefahren, ohne ihn zu finden, und danach zur Tankstelle zurückgekehrt. Da er zu unruhig gewesen sei, um zu schlafen, habe er ein paar dringliche Arbeiten verrichtet und sich gerade im Graben seiner Werkstatt befunden, als er plötzlich den Benzingeruch wahrnahm.

Die Polizei vermutete, dass es sich bei dem Anrufer um Ramsjø gehandelt habe, der Ferdinand von der Tankstelle weglocken wollte. Ferdinand hielt es für möglich, dass die Stimme tatsächlich die von Ramsjø gewesen sei, wollte sich jedoch nicht festlegen.

Die Familie Krogh kam in dieser Nacht natürlich nicht zur Ruhe, lehnte psychologischen Beistand indessen freundlich, aber bestimmt ab.

Im Laufe des Samstags wurde das *Bellevue* von zahlreichen Schaulustigen aufgesucht, darunter mehrere Teilnehmer der mehrtägigen Veranstaltung von STOP, die zurzeit im *Soria Moria*-Hotel stattfand und sich unter anderem damit beschäftigte, inwieweit auch gewalttätige Umweltschutzaktionen berechtigt seien, um die Politiker zum Handeln zu zwingen. Auch Margot Stjern suchte den Ort des Geschehens auf. Ein rotwangiger und erregter Jakob Måsvik folgte ihr auf dem Fuße. Er brachte seine Enttäuschung zum Ausdruck, als er erfuhr, dass Ramsjø mit seinen Aktionen die Zahl der Verkehrsunfälle hatte eindämmen wollen. »Traumtänzer!«, war sein lakonischer Kommentar.

An einem solchen Tag war es nicht verwunderlich, dass sich Ferdinand nicht um die Richtigkeit seiner Tototipps kümmerte, sondern stattdessen einen Ausflug zum Fjord unternahm. An einem Felsvorsprung nahm er die Pistole aus seiner Jackentasche und warf sie ins Wasser.

Er hatte Schwierigkeiten, sich das Gesicht von Artur Barre vorzustellen. Vielleicht würde es in seinen Träumen zurückkehren, um ihn zu peinigen. Er hatte gelesen, dass dies auch nach vielen Jahren noch vorkommen konnte. Im Moment empfand er jedoch nichts.

Er war gerade nach Hause gekommen, als Hatling auf der Matte stand und sich erkundigte, ob er etwas für sie tun könne. Gudrun und Ferdinand bedankten sich für die Nachfrage und versicherten, gegebenenfalls darauf zurückzukommen. Bevor der Hauptkommissar sich verabschiedete, erzählte er, ein Jogger habe am Morgen den Bankangestellten Jens Mesner tot auf dem Rücksitz seines Mercedes gefunden, und zwar in der Nähe des Golfplatzes bei Furuly. Es deute vieles darauf hin, dass er ermordet worden sei. Seine Frau Lillian hatte geglaubt, er befinde sich auf einer Konferenz. Sie und ihre Tochter nahmen die Hilfe eines Psychologen dankbar an.

Die Polizei versuchte herauszufinden, ob zwischen

den Todesfällen Barre und Mesner womöglich ein Zusammenhang bestand. Theoretisch war es möglich, dass der Karatespezialist Barre Mesner mit einem Handkantenschlag getötet hatte, aber warum? Mögliche Papiere, die Barre bei sich getragen hatte und die eine Verbindung zu Mesner hätten belegen können, waren zu Asche verbrannt.

Ferdinand gab Hatling vollkommen Recht, als dieser betonte, er wundere sich weiterhin über die Tatsache, dass Barre ausgerechnet an Ferdinands Tankstelle vor zwei Monaten seine Handschuhe vergessen hatte. Er halte es für nicht ausgeschlossen, dass irgendeinem Unbekannten die volle Wahrheit bekannt sei.

»Irgendwann«, mutmaßte Ferdinand, »wird die betreffende Person vielleicht ein Buch darüber schreiben.«

# Der Schrei

Von außen betrachtet unterscheidet sich die kleine Bahnhofsstadt nicht wesentlich von vielen anderen norwegischen Städten. Auch hier wurde eine Umgehungsstraße gebaut, um die Bewohner von dem lärmenden, stinkenden Durchgangsverkehr zu verschonen. Daher kommt es auch nur selten zu Autounfällen. Auch sonst passiert nicht viel. Geschäfte im Ort gibt es kaum noch.

Doch glücklicherweise verfügen die meisten Einwohner über ein Auto, mit dem sich im Nu das riesige Einkaufszentrum auf der anderen Seite der Umgehungsstraße erreichen lässt. Die Menschen kommen von weither, um dort einzukaufen. Man trifft sich, vertreibt sich die Zeit und erlebt Dinge, die man nirgendwo sonst erleben würde. Wenn es einem in der Stadt zu langweilig wird – und wem ginge es nicht so von Zeit zu Zeit? – ist es beruhigend zu wissen, dass ganz in der Nähe ein Ort existiert, an dem es hoch hergeht.

Für die Alten ist die Entwicklung weniger erfreulich, obwohl mehrmals im Monat Shuttlebusse zum

Einkaufszentrum eingesetzt werden. Allen recht machen kann man es schließlich nie. In einer Zeit, in der, global betracht, weitaus weniger Samenzellen produziert werden als vor zehn Jahren – die Ursachen zu erläutern würde an dieser Stelle zu weit führen –, ist es gut zu wissen, dass weiterhin kleine friedliche Gemeinden existieren, deren Einwohner in Frieden und Harmonie miteinander leben und deren Behörden stets das Wohl der Allgemeinheit im Blick haben.

Dennoch war es diese Bahnhofsstadt, in der alles begann. Bei näherer Betrachtung werden natürlich auch hier die Menschen von Alltagssorgen geplagt, aber man ist doch alles in allem zufrieden.

Am heutigen Tag zum Beispiel, mitten im sonnigen Mai, wird bei den Kroghs Geburtstag gefeiert. Sie wohnen in einem länglichen Gebäude, das sich neben einer abgebrannten Tankstelle befindet. Gudrun Krogh betreibt hier ein Motel, während ihr Mann Ferdinand bei der Tankstelle auf der anderen Seite der Autobahn angestellt ist. Er ist es, der Geburtstag hat, und seine Mutter ist aus dem Altersheim zu Besuch gekommen. Ein junger Mann namens Tore Blix, der stundenweise bei der Autobahnmeisterei arbeitet, ist ebenfalls anwesend. Ab und zu schaut er verstohlen zu Monica, der Tochter des Ehepaars, hinüber, doch sie ist zu jung, um die bewundernden Blicke zu würdigen. Sie sitzen auf der Terrasse, von der aus man einen großartigen Blick auf den blauen Fjord hat.

Ferdinand Krogh wirkt ein wenig abwesend, was an seinem alten Mitschüler Reidar Vang liegt, der ihn kurz vor Weihnachten zweimal besucht hatte. Seitdem hat er von ihm weder etwas gehört noch gesehen. Vielleicht ist er tot, zu einem Staubkorn des Universums geworden. Vielleicht hat er eine neue Frau in einer neuen Stadt kennen gelernt, irgendwo im Norden. Mit ein wenig Glück würde Ferdinand nie wieder »Mücke« genannt werden.

Nachdem sie die Sahnetorte gegessen haben, räuspert sich seine alte Mutter. »Lieber Ferdinand«, beginnt sie, »vielleicht erinnerst du dich daran, dass ich vor einiger Zeit einen Teil meiner Ersparnisse für wohltätige Zwecke spenden wollte. Ich hatte dies auch wirklich vor, doch der nette Herr Ramsjø, der leider nicht mehr bei uns im Altersheim ist, hat mich davon überzeugt, dass das Geld nur selten an der richtigen Stelle ankommt. Geben Sie es lieber Ihrem Sohn, sagte er, da ist es in den besten Händen. Heute möchte ich seinen Rat beherzigen – bitteschön!« Mit diesen Worten überreicht sie ihm einen verschlossenen Umschlag.

Ferdinand Krogh umarmt seine unberechenbare Mutter mit einem dankbaren Lächeln. Danach genießt er eine Zigarette und denkt über die Wechselfälle des Lebens nach. Ausgerechnet der Brandstifter Nils Ramsjø hatte seine Mutter überredet, das Geld ihrem Sohn zu schenken. Er kann es gut gebrauchen, um endlich sein GAME-Darlehen abzulösen. Außerdem wartet er auf den Scheck der Versicherungsgesellschaft. Alles hätte schlimmer kommen können – besser natürlich auch.

Er fragt sich, was mit Mesners Vermögen im Ausland geschieht. Er ist der Einzige, der davon weiß, doch es befindet sich immer noch außer Reichweite. Die Konten lauten nicht nur auf andere Namen, auch benötigt man für Transaktionen einen ganz bestimmten Fingerabdruck. Die Banken, deren Namen er nicht kennt, werden die Generosität ihres unbekannten Kunden zu schätzen wissen.

Ich hätte der RÄUBER DES JAHRZEHNTS werden können, denkt er und nickt, als Gudrun ihn fragt, ob er noch Kaffee möchte.

Genau in dem Moment, als sie die geblümte Thermoskanne hebt und er ihr seine Tasse entgegenstreckt, während ihre Blicke sich treffen und er sich fragt, ob ihr schon einmal der Gedanke gekommen sei, dass sie mit einem gescheiterten Verbrecher verheiratet ist, wird die Stille von einem durchdringenden Heulton zerrissen.

»Lieber ...«, begann sie.

Doch diesmal ist es weder das Telefon noch der Radiowecker oder einer der Feuermelder. Auch Jakob Måsvik, der auf dem Bahnsteig so gern in seine Trillerpfeife bläst, ist nicht für den Krach verantwortlich. Die Lärmquelle muss sich in größerer Entfernung befinden. Alle auf der Terrasse lauschen, doch niemand begreift, warum die Sirene plötzlich zu heulen anfängt.

Niemand begreift es.

Die Sirene befindet sich auf der anderen Seite der Autobahn, an der Spitze eines Masts, der auf einer kleinen Anhöhe errichtet wurde. Der gellende Ton ist in weitem Umkreis zu hören, in der ganzen Stadt, im

Einkaufszentrum, im Altersheim, ja sogar auf dem weit entfernten Golfplatz.

Die Leute heben erstaunt ihre Köpfe. Der Himmel ist immer noch klar und blau, kein Feind ist zu sehen. Verständnisloses Kopfschütteln. Was soll der Unsinn? Warum stellt keiner die Sirene ab, warum kann niemand von der Polizei oder der Heimwehr dem infernalischen Heulen ein Ende bereiten? Doch nichts geschieht. Der schrille Ton hält an, niemand scheint sich für ihn verantwortlich zu fühlen.

Nach einer Weile gehen die Leute wieder zu ihren Alltagsgeschäften über, als sei nichts geschehen. Vermutlich handelt es sich nur um eine Übung. Vielleicht kann man sich sogar an das Heulen gewöhnen und es in das eigene Dasein integrieren.